STEIDL

taschenbuch 170

*Halldór Laxness* wurde am 23. April 1902 in Reykjavik geboren. 1955 wurde er mit dem Nobelpreis für Literatur ausgezeichnet. Laxness starb 1998 in der Nähe von Reykjavik. Seine Romane und Erzählungen erscheinen in deutscher Sprache in der von Hubert Seelow betreuten Werkausgabe des Steidl Verlags.

# Halldór Laxness

# Atomstation

Roman

Aus dem Isländischen von Hubert Seelow

Steidl

Titel der isländischen Originalausgabe:
»Atómstödin«, 1948

Wir senden Ihnen gern unser kostenloses Gesamtverzeichnis:
Steidl Verlag, Düstere Straße 4, D-37073 Göttingen

02 03 04 05 06 7 6 5 4 3 2 1


Einbandgestaltung: Klaus Detjen
unter Verwendung eines Fotos von Gerhard Steidl
Gesamtherstellung: Steidl Göttingen
Printed in Germany
ISBN 3-88243-811-8

*Dieses Buch ist dem Andenken an*
*Erlendur í Unuhúsi (gestorben am 13. Februar 1947)*
*gewidmet. Ihm habe ich sehr viel zu verdanken.*

H. L.

*Inhalt*

# *Erstes Kapitel*

## Budubodi

Soll ich diese Suppe hineintragen, sage ich.

Ja, in Jesu Namen, antwortet die schwerhörige Köchin, eine der größten Sünderinnen unserer Zeit; sie hat ein Glanzbild des Erlösers über die Stahlspüle gehängt. Die jüngste Tochter des Ehepaares, ein kleines Mädchen von sechs Jahren, das Thorgunnur heißt und Didi genannt wird, weicht nicht von ihrer Seite, starrt sie gottesfürchtig an, manchmal mit gefalteten Händen, ißt mit ihr draußen in der Küche, schläft bei ihr in der Nacht. Ab und zu blickt das Kind mit mißbilligender Miene, beinahe vorwurfsvollem Blick, mich an, das neue Dienstmädchen.

Ich nahm meinen Mut zusammen und trug die Terrine ins Eßzimmer. Die Familie hatte noch nicht Platz genommen; die ältere Tochter, die vor kurzem konfirmiert worden war, kam herein, ihr Gesicht hatte die schöne Farbe von Sahne, nur ihre Lippen und Nägel waren dunkel geschminkt; mit geschickter Hand ordnete sie ihre dichten, blonden Korkenzieherlocken. Ich sagte guten Abend, und sie sah mich wie aus weiter Ferne an, setzte sich an den Tisch und blätterte weiter in einer Modezeitschrift.

Dann kommt die Frau des Hauses herein, sie bewegt sich rasch, und es geht ein kalter Dufthauch von ihr aus; sie ist nicht gerade dick, sondern mollig, und zufrieden und gepflegt, ihre Armbänder klingeln, sie schaut mich zwar nicht an, sagt aber nun also, meine Liebe, während sie sich setzt, haben Sie schon gelernt, mit dem Elektrobohner umzugehen? Dann zeigt sie auf ihre Tochter, das ist unsere Dudu, und dort kommt der liebe Bobo; außerdem haben wir noch einen Großen, der schon studiert, er ist heute abend in der Stadt, um sich zu amüsieren.

Wie soll sich ein unschuldiges Mädchen aus dem Nordland diese Eingeborenennamen merken können, höre ich da hinter mir; dort steht ein großer, schlanker Mann mit schönem Kopf, leicht angegrauten Schläfen und einer Adlernase, der seine Hornbrille abnimmt und anfängt, sie zu putzen; und obwohl sein Lächeln offen ist, wirkt es gleichzeitig ein wenig müde und abwesend; das ist der Parlamentsabgeordnete für unseren Wahlkreis im Nordland, der Großkaufmann Doktor Bui Arland, bei dem ich angestellt bin.

Als er seine Brille fertiggeputzt und mich genug angesehen hat, reicht er mir die Hand und sagt: Das ist nett von Ihnen, daß Sie den weiten Weg vom Nordland auf sich genommen haben, um uns hier in Reykjavik zu helfen.

Und schon hatte ich Herzklopfen; und schwitzte; und konnte natürlich kein Wort sagen.

Er sagt meinen Namen vor sich hin: Ugla, die Eule, und fährt dann fort: ein gelehrter Vogel; und ihre Zeit ist die Nacht. Aber wie geht es meinem guten alten Falur im Eystridalur mit seinen halbwilden Pferden; und der Kirche? Ich hoffe, daß es uns in der nächsten Sitzungsperiode gelingt, diesem gottlosen Parlament ein bißchen Geld abzupressen, damit die Winde dort im Tal die Messe singen können, wenn erst einmal alles verödet ist. Die halbwilden Pferde müssen allerdings selbst sehen, wie sie auf ihre göttliche Art und Weise zurechtkommen, denn die deutschen Pferdehändler sind bankrott.

Wie froh ich war, daß er weitersprach, damit ich Zeit bekam, mich wieder zu fassen, denn dies war das erste Mal, daß ich ganz weiche Knie bekam, weil ich mit einem Mann sprach. Ich sagte, ich wollte das Harmonium in der Kirche spielen lernen und sei vor allem deshalb nach Reykjavik gekommen: Wir möchten nicht, daß das Tal verödet.

Ich hatte nicht darauf geachtet, daß mich der feiste Lümmel Bobo anstierte, während ich mit seinem Vater sprach und die gnädige Frau die Suppe schöpfte, bis er auf einmal loslachte; er blies die Backen auf, bis sie nicht noch mehr Luft fassen konnten und er herausprustete. Seine Schwester hörte auf, in der englischen Modezeitschrift zu blättern und prustete auch los. In der offenen Küchentür hinter mir steht das Engelsbild und hat die Gottesfurcht verloren und lacht; und sagt zu seiner Kindsmagd, um diese unerwartete Heiterkeit der Familie zu erklären:

Sie will Harmonium spielen lernen!

Die Frau des Hauses lächelte vor sich hin, während sie einen Blick zu ihnen hinüberwarf, und ihr Vater winkte mit der linken Hand in ihre Richtung, schüttelte den Kopf und sah mir ins Gesicht, alles gleichzeitig; aber er sagte nichts; er begann, Suppe zu essen.

Erst als ich mich daran gewöhnt hatte, daß die älteste Tochter sich an den Flügel setzte und, ohne mit der Wimper zu zukken, Chopin vom Blatt spielte, als ob nichts selbstverständlicher sei, wurde mir klar, wie komisch es war, wenn ein großes, dickes Frauenzimmer aus dem Nordland in einem kultivierten Haus verkündete, es wolle Harmonium spielen lernen.

Das sieht euch Nordländern ähnlich, einfach so mit Menschen zu sprechen, sagte die Köchin, als ich wieder hinauskam.

Da regte sich Widerspruch in mir, und ich antwortete: Ich bin auch ein Mensch.

Mein Koffer war schon gebracht worden, ebenso das Harmonium: Letzteres hatte ich an demselben Tag gekauft, für alles Geld, was ich in meinem bisherigen Leben gespart hatte, und das reichte nicht einmal; das Zimmer lag unter dem Dach, zwei Treppen hoch, ich durfte nicht üben, wenn Gäste da waren, im übrigen aber, wann immer ich Zeit hatte. Meine Arbeit bestand darin, das Haus zu putzen, dafür zu sorgen, daß die Kinder rechtzeitig in die Schule kamen, der Köchin zu helfen, zu servieren. Das Haus war weitaus vollkommener als das goldgeränderte Weihnachtskartenhimmelreich, auf das sich eine Frau mit schiefer Nase vertröstet, weil ihr dieses Leben nichts zu bieten hat, es ging nämlich elektrisch, den ganzen Tag wurden Maschinen eingesteckt und betrieben, Feuer gab es nicht, das Wasser der heißen Quellen kam aus der Erde, die glühenden Holzscheite im Kamin waren aus Glas.

Als ich den Hauptgang hineintrug, hatte das Lachen aufgehört, das junge Mädchen hatte angefangen, mit seinem Vater zu sprechen, und nur der kleine Dicke sah mich an. Die gnädige Frau sagte, sie und ihr Mann würden »ausgehen«, was auch immer das bedeutete, und Jona, die Köchin, müßte zu einer Versammlung: Sie hüten das Haus und geben Bubu etwas Warmes, wenn er kommt –

Bu – wie bitte, sagte ich.

Noch ein Eingeborener, sagte der Hausherr; er scheint aus Tanganjika zu stammen, oder aus Kenia; oder aus dem Land, wo sie sich das Haar mit Rattenschwänzen schmücken. Im übrigen heißt der Junge Arngrimur.

Mein Mann ist ein bißchen altmodisch, sagte die Dame des Hauses. Er würde den Jungen am liebsten Grimsi nennen. Doch die heutige Zeit ist schick. Man muß mit der Mode gehen.

Der Hausherr sagte: Sie sind aus dem Nordland, aus diesem unvergeßlichen Tal Eystridalur, die Tochter des Falur mit den halbwilden Pferden, der eine Kirche baut: Können Sie nicht bitte die Kinder für mich umtaufen.

Lieber würde ich mich in hunderttausend Millionen Stücke reißen lassen, als Gunsa genannt zu werden, sagte die älteste Tochter.

Sie heißt nämlich Gudny, sagte ihr Vater. Aber für sie taugt nichts außer dem schwärzesten Afrika: bu-bu, du-du, bo-bo, di-di –

Da sah die gnädige Frau ihren Mann fest an und sagte: Willst du denn wirklich so mit diesem Mädchen sprechen? Und mit einem Blick auf mich: Nehmen Sie die leeren Teller und tragen Sie sie hinaus, meine Beste.

## Keine Angst vor ihr

Doch ich hatte keine Angst vor ihr, nicht einmal, als ich die glänzenden Silberschuhe in ihr Schlafzimmer trug; ich, mit meinen in Saudarkrokur gekauften Latschen. Sie saß sehr notdürftig bekleidet vor einem großen Spiegel, einen zweiten Spiegel schräg hinter sich, und summte vor sich hin, während sie ihre Zehennägel lackierte. Sie war dicker, als ich dachte, wenn sie nichts anhatte, aber nirgends schlaff.

Als ich ihre Schuhe hingestellt hatte und wieder hinausgehen wollte, hörte sie auf zu summen, sah im Spiegel vor sich, daß ich hinter ihr stand, und sagte zu mir, ohne sich umzudrehen:

Wie alt sind Sie eigentlich?

Ich sagte es ihr, einundzwanzig Jahre.

Haben Sie gar keine Ausbildung, fragte sie.

Nein, sagte ich.

Und waren Sie noch nie von zu Hause weg?

Ich war ein Jahr auf der Frauenschule im Nordland.

Sie drehte sich auf ihrem Stuhl um und sah mich direkt an. Auf der Frauenschule, sagte sie, was haben Sie dort gelernt?

Ach, eigentlich nichts, sagte ich.

Sie blickte mir ins Gesicht und sagte: Sie sind nicht ganz ohne einen Ausdruck von Bildung. Ein gebildetes Mädchen hat nie einen Ausdruck von Bildung. Ich ertrage keinen Ausdruck von Bildung bei Frauen. Das ist Kommunismus. Schauen Sie mich an, ich habe Abitur, aber das sieht keiner. Mädchen müssen fraulich sein. Darf ich Ihr Haar sehen, meine Liebe.

Ich trat zu ihr hin, und sie untersuchte mein Haar, und ich fragte, ob sie glaubte, ich hätte falsche Haare; oder Läuse.

Sie räusperte sich würdevoll und antwortete, indem sie mich von sich wegschob: Sie sind hier im Haus.

Ich wollte schweigend gehen, doch sie bekam Mitleid mit mir und sagte, um mich zu trösten: Sie haben kräftiges Haar; es ist schmutziggelb und sollte besser gewaschen werden. Ich sagte wahrheitsgemäß, daß ich es vorgestern gewaschen hätte, bevor ich von daheim abfuhr.

Mit Rinderharn, fragte sie.

Schmierseife, sagte ich.

Sie sagte: Sie könnten es besser waschen, meine ich.

Als ich schon halb zur Tür hinaus war, rief sie mich noch einmal und sagte: Was für Ansichten haben Sie?

Ansichten? Ich? Keine.

Soso, meine Liebe, das ist gut, sagte sie. Hoffentlich sind Sie keine von denen, die über Büchern liegen.

Ich habe schon manche Nacht über einem Buch gewacht.

Gott der Allmächtige steh' Ihnen bei, sagte die gnädige Frau und schaute mich angstvoll an. Was haben Sie denn gelesen?

Alles, sagte ich.

Alles? sagte sie.

Auf dem Land liest man alles, sagte ich; fängt mit den Isländersagas an; und liest dann alles.

Aber doch wohl nicht die Kommunistenzeitung, sagte sie.

Wir lesen die Zeitungen, die wir umsonst bekommen in unserer Gegend, sagte ich.

Passen Sie auf, daß Sie keine Kommunistin werden, sagte die gnädige Frau. Ich habe ein Mädchen aus dem Volk gekannt, das alles las und Kommunistin wurde. Sie landete in einer Zelle.

Ich will Organistin werden, sagte ich.

Ja, Sie kommen aus einem sehr abgelegenen Teil des Landes, sagte die Frau. Gehen Sie jetzt, meine Liebe.

Nein, ich hatte kein bißchen Angst vor ihr, obwohl sie eng mit der Regierung verwandt war und ich die Tochter des alten Falur im Nordland, der meint, ein Haus für Gott bauen zu müssen, seine Pferde aber frei herumlaufen läßt; und obwohl sie aus Porzellan ist und ich aus Lehm bin.

# *Zweites Kapitel*

## Dieses Haus – und unsere Erde

Die Köchin sagte, sie habe schon vielen Glaubensgemeinschaften angehört, sei aber jetzt endlich zu einer gestoßen, die das wahre Christentum verkünde. Dieser Glaube wurde von den Schweden finanziert und war in Smaland erfunden worden, war dann über den Atlantik ausgewandert und hieß jetzt nach einer amerikanischen Stadt mit einem langen Namen, den ich nicht behalten kann. Sie wollte mich auf die Versammlung mitnehmen. Sie sagte, sie habe nie volle Vergebung ihrer Sünden bekommen, bevor sie zu dieser smaländisch-amerikanischen Gemeinschaft kam.

Was für Sünden sind das? sagte ich.

Ich war ein wirklich schrecklicher Mensch, sagte sie. Aber Pastor Domselius sagt, in zwei Jahren könne ich hüpfen.

Nach smaländisch-amerikanischem Glauben begannen die Leute nämlich zu hüpfen, wenn sie heilig geworden waren. Und die Sünden lasteten so schwer auf dieser stämmigen Person, daß sie sich nur schwer in die Lüfte erheben konnte. Als ich sagte, ich hätte keine Sünden, sah sie mich voller Mitleid und Entsetzen an, erklärte sich aber dazu bereit, für mich zu beten, und sagte, das würde helfen, denn sie war davon überzeugt, daß der Gott in der smaländisch-amerikanischen Gesellschaft besondere Rücksicht auf sie nahm und das tat, was sie sagte. Man hatte ihr verboten, das kleine Mädchen auf Abendversammlungen mitzunehmen, aber bevor sie ging, jagte sie das arme Kind aus dem Bett und ließ es lange in seinem gepunkteten Nachthemd auf dem Boden knien, die Hände unter dem Kinn falten und fürchterliche Jesuslitaneien vorsagen, wobei es unzählige Verbrechen bekannte und den Erlöser beschwor, sich nicht an ihm zu rächen. Zum Schluß liefen dem Kind die Tränen über die Wangen herab.

Alles Leben floh am frühen Abend aus dem Haus, ich blieb allein zurück in dieser neuen Welt, die an einem einzigen Tag mein früheres Leben zu einer undeutlichen Erinnerung gemacht hatte, fast möchte ich sagen, zu einer Geschichte aus einem alten Buch. Drei Salons, zwei in der gleichen Richtung und der dritte im rechten Winkel dazu, voller Kostbarkeiten. Diese tausend schönen Dinge schienen alle von allein dorthin gelangt zu sein, ohne jegliche Anstrengung, wie Schafe im Frühjahr auf eine nicht eingezäunte Hauswiese strömen. Hier gibt es keinen Stuhl, der so ärmlich wäre, daß man ihn für unsere trächtige Kuh bekäme, unser ganzes Vieh würde nicht ausreichen, wenn alle in dieser Familie einen Sitzplatz haben sollten. Ich bin sicher, der Teppich im großen Salon kostet mehr als unser Hof mit allen Gebäuden. Wir haben ein Möbelstück, den durchgesessenen Diwan, den mein Vater vor ein paar Jahren auf der Versteigerung kaufte, und ein Bild, den Tafelgrimur, wie wir Kinder ihn nannten, Hallgrimur Petursson auf der Kanzel mit seinen Jesustafeln um sich herum; und dann natürlich das Harmonium, meinen Traum, doch das war leider noch nie in Ordnung, solange ich mich erinnern kann, weil wir keinen Ofen in der Stube haben; die halbwilden Pferde sind unser Luxus. Warum haben die, die arbeiten, nie etwas? Oder bin ich Kommunistin, daß ich so frage, das Häßlichste von allem Häßlichen, das einzige, vor dem man sich hüten muß? Ich berühre mit meinem Finger das Instrument in diesem Haus, was für eine Welt der Schönheit in einem Ton, wenn er richtig neben einem anderen Ton steht; wenn es eine Sünde gibt, dann die, nicht Klavier spielen zu können; und dabei habe ich zu der Alten gesagt, ich hätte keine Sünde. Doch die größte Überraschung erlebte ich, als ich das Zimmer des Hausherrn betrat, das gleich neben der Eingangstür lag, überall, vom Fußboden bis zur Decke, nur Bücher, aber was immer ich auch aufschlug, ich konnte nichts davon verstehen; wenn es ein Verbrechen gibt, dann ist es ein Verbrechen, ungebildet zu sein.

Schließlich ging ich in mein Zimmer hinauf und spielte auf meinem neuen Harmonium die zwei oder drei Stücke, die ich von daheim kannte, außerdem das Stück, das nur die können, die nichts können: Dabei überkreuzen sich die Hände. Ich fand es abstoßend, wie ungebildet ich war, und holte eine dieser langweiligen Volksbildungsschriften vom Verlag Sprache und Kultur heraus, die einen hoffentlich am Ende zu einem Menschen machen, wenn man sich dazu aufrafft, sie zu lesen. So vergeht der Abend, die Leute kommen allmählich wieder nach Hause, zuerst kommt die Köchin von dem amerikanisch-smaländischen Sündenvergebungsakt, dann die mittleren Kinder, jedes für sich, schließlich das Ehepaar, bald ist alles still; doch der, auf den ich mit warmem Essen im Backofen warte, kommt nicht; die Uhr ist drei, und ich wandere durch das Haus, um mich wachzuhalten, schlafe aber schließlich in einem der tiefen Sessel ein. Gegen vier Uhr klingelt es an der Haustür, und ich gehe mit schlaftrunkenen Augen hin und mache auf. Draußen stehen zwei Polizisten, die einen waagrechten Menschen zwischen sich halten. Sie grüßten förmlich mit guten Abend, fragten, ob ich hier wohnte und ob sie rasch eben eine kleine Leiche in die Diele schaffen dürften.

Das kommt ganz darauf an, sagte ich. Wessen Leiche ist das?

Sie sagten, das würde sich früh genug herausstellen, warfen die Leiche auf den Fußboden, legten die Hand an die Mütze und wünschten genauso förmlich gute Nacht, wie sie gegrüßt hatten; ihr Auto setzte sich in Bewegung, sie waren weg, und ich schloß die Tür.

Und der Mann liegt auf dem Fußboden, wenn man von einem Mann sprechen kann, er war kaum alt genug, um sich zu rasieren, hatte blonde Kinderlocken; er hatte den Kopf seines Vaters; sein Mantel und die neuen Schuhe voller Dreck, desgleichen die eine Seite seines Gesichts, als sei er in einer Pfütze eingeschlafen oder im Straßenschlamm gewälzt worden, und vorne hatte er sich vollgespien. Was sollte ich tun? Als ich mich über ihn beugte, hörte ich ihn atmen. Außer dem Gestank von Erbrochenem verbreitete er starke giftige

Dämpfe: Tabak und Schnaps. Glücklicherweise hatte ich schon manchmal gesehen, wie Männer bei Volksfesten auf dem Land vom Branntwein außer Gefecht gesetzt wurden, deshalb wußte ich, was los war, und beschloß zu versuchen, ihn hinauf in sein Zimmer zu schaffen, statt seine Eltern zu wecken, die so elegant und gebildet waren und dieses herrliche Haus besaßen, das vollkommener als das Himmelreich war. Ich schüttelte ihn ein bißchen, aber er murmelte nur etwas vor sich hin, und die Augen gingen nicht auf, man konnte nur eben das Weiße unter den Lidern ahnen. Ich feuchtete einen Schwamm mit kaltem Wasser an und wischte sein Gesicht ab; er sah ganz unschuldig und ganz brav aus und war erst sechzehn, höchstens siebzehn, und seine Hand war offen. Aber er gab kein Lebenszeichen von sich, außer daß er atmete. Sein Kopf fiel kraftlos zurück, als ich versuchte, ihn aufzurichten. Schließlich nahm ich ihn in die Arme und trug ihn hinauf in sein Zimmer bis auf sein Bett. Sein Bruder schlief in dem anderen Bett und merkte nichts. Ich zog ihm den Mantel und die Schuhe aus und knöpfte ihm hier und dort die Kleider auf. Ich fand es nicht richtig, einen siebzehn Jahre alten Jungen ganz auszuziehen, auch wenn er stockbesoffen war, sondern ging in mein Zimmer und legte mich schlafen.

## *Drittes Kapitel*

### Das Haus hinter den Häusern

Hinter den größten Häusern in der Stadtmitte steht ein kleines Haus, das man von keiner Straße aus sehen kann; keinem würde einfallen, daß es existiert. Wer es nicht kennt, würde sich nicht davon abbringen lassen, ja, würde sogar schwören, daß dort kein Haus ist. Aber es steht dennoch dort, ein geriffeltes Holzhaus, nur ein Stockwerk mit Satteldach, schon fast am Zusammenbrechen vor Alter, ein Überbleibsel des alten Handelspostens Reikevig. Engelwurz und Eisenhut, Rainfarn und Ampfer breiten sich nach Belieben auf dem Grundstück aus, an manchen Stellen ahnt man gerade noch den verfallenen Lattenzaun, der keine Schafe mehr abhalten würde, zwischen diesem hoch aufgeschossenen Unkraut, das grün und saftig ist, obwohl wir schon längst Herbst haben. Ich hätte nie gedacht, daß ich dieses Haus finden würde, aber schließlich fand ich es.

Zuerst schien es, als sei kein Lebenszeichen an dem Haus zu entdecken, doch schaute man genauer hin, sah man an einem Fenster einen schwachen Lichtstreif. Ich suchte den Eingang, das Haus stand nämlich schräg versetzt zu den übrigen Häusern, und endlich fand ich die Haustür, sie war an der Rückseite, der Brandmauer eines großen Gebäudes gegenüber, wahrscheinlich war die Straße damals, als das Haus gebaut wurde, auf dieser Seite verlaufen. Ich öffnete die Tür und kam in einen dunklen Gang. An einer Stelle drang ein Lichtstrahl durch eine Ritze zwischen Tür und Pfosten, dort klopfte ich. Einen Augenblick später ging die Tür auf, und in der Öffnung steht ein schlanker Mann, dessen Alter sich kaum bestimmen läßt, es sei denn daran, daß jedes zweite Haar schon anfängt, grau zu werden, und mir kam es irgendwie so vor, als würde er mich kennen, als er mich mit diesen klaren, ausdrucksvollen Augen ansah, die liebenswürdig und zugleich spöttisch unter dichten Augenbrauen hervorblickten. Ich zog meinen Fäustling aus und begrüßte ihn, und er bat mich, hereinzukommen.

Ist es hier? fragte ich.

Ja, hier ist es, sagte er und lachte, als machte er sich lustig über mich oder vielmehr über sich selbst, aber durchaus freundlich. Ich zögerte hineinzugehen und zitierte in fragendem Ton die Worte aus der Zeitungsanzeige:

»Anfangsgründe des Orgelspieles nach zehn Uhr abends«?

Das Orgelspiel, sagte er und sah mich noch immer lächelnd an. Das Orgelspiel des Lebens.

In seinem Zimmer brannte ein Kohlefeuer im Ofen, er benützte nicht die Fernheizung der Stadt. Das einzige Inventar waren eine Menge grüner Pflanzen, von denen manche Blüten trugen, und ein armseliges Sofa mit drei Beinen und zerschlissenem Bezug; ein kleines Harmonium in einer Ecke. Die Tür zu einem zweiten Zimmer stand halb offen, und von dort drangen Parfümdüfte heraus; die zur Küche war ganz offen, dort stand ein Tisch mit ein paar lehnenlosen Stühlen und Hokkern; und das Wasser im Kessel kochte. Die Luft war ein wenig dumpf von den Blumen, und der Ofen schien zu rauchen. An einer Wand hing das farbig gedruckte Bild einer Kreatur, die ein Mädchen hätte sein können, wenn sie nicht bis auf die Schultern herab gespalten gewesen wäre; sie war völlig kahlköpfig, mit geschlossenen Augen und ihrem eigenen Profil in der einen Gesichtshälfte, und küßte sich selbst auf den Mund; sie hatte elf Finger. Ich starrte fasziniert auf das Bild.

Sind Sie ein Bauernmädchen, fragte er.

Ja, sicher, sagte ich.

Wozu wollen Sie Harmonium spielen lernen?

Ich sagte zuerst, daß ich immer Musik im Radio gehört hätte, doch als ich mir die Sache genauer überlegte, fand ich die Antwort zu allgemein, deshalb korrigierte ich mich und fügte hinzu: Ich will in unserer Kirche daheim im Nordland spielen, wenn sie fertig ist.

Darf ich Ihre Hand sehen, sagte er, und ich erlaubte es ihm, und er betrachtete meine Hand und sagte: Sie haben eine hübsche Hand, aber sie ist zu groß für die Musik – er selbst hatte eine schmale Hand mit langen Fingern, die sich weich anfühlte, aber irgendwie ganz unbeteiligt und ohne Strom, so daß ich nicht einmal rot wurde, als er meine Finger betastete; aber es war mir auch nicht unangenehm.

Mit Verlaub, welcher Glaube soll in dieser Kirche bei Ihnen daheim im Nordland verkündet werden, fragte er.

Oh, ich denke, eigentlich gar kein besonders interessanter Glaube, sagte ich, es wird wohl dieser gewöhnliche alte lutherische Glaube sein.

Ich weiß nicht, was interessanter sein sollte, als ein Mädchen zu treffen, das dem lutherischen Glauben anhängt, sagte er. Das ist mir noch nie passiert. Bitte, nehmen Sie Platz.

Luther, sagte ich zögernd, während ich mich hinsetzte. Ist das nicht der unsere?

Ich weiß nicht, sagte der Mann. Ich habe nur einen Menschen gekannt, der Luther las, das war ein Psychologe, der ein wissenschaftliches Werk über das Obszöne schrieb. Luther gilt nämlich als der obszönste Verfasser der Weltliteratur. Als vor einigen Jahren ein Traktat von ihm über den armen Papst übersetzt wurde, konnte es aus Anstandsgründen nirgends gedruckt werden. Darf ich Ihnen Kaffee anbieten?

Ich nahm dankend an, sagte allerdings, das sei nicht nötig, und fügte hinzu, vielleicht ließe ich es sein, für den Schlingel Luther zu spielen, wenn er ein so unanständiger Mensch gewesen sei, und würde mich dazu entschließen, für mich selber zu spielen, aber das Bild dort, sagte ich, denn ich mußte es immer wieder ansehen: was soll das sein?

Finden Sie es nicht wundervoll? sagte er.

Ich finde, so etwas könnte ich auch selbst machen – wenn. Mit Verlaub, soll das ein Mensch sein?

Er antwortete, einige sagen, es sei Skarphedinn, nachdem man ihm mit der Axt Rimmugygur den Kopf bis auf die Schultern herab gespalten hatte; andere sagen, es sei die Geburt der Kleopatra.

Ich sagte, Skarphedinn könne es wohl kaum sein, denn der starb bekanntlich mit der Axt neben sich bei dem Mordbrand an Njall. Aber wer ist Kleopatra? Ist das nicht die Königin, die Julius Cäsar heiratete, kurz bevor er ermordet wurde?

Nein, das ist die andere Kleopatra, sagte der Organist, die, mit der sich Nabeljon bei Waterloo traf. Als er sah, daß die

Schlacht verloren war, sagte er »merde«, zog seine weißen Handschuhe an und traf sich in einem Haus dort in der Nähe mit einer Frau.

Durch die halboffene Tür, aus dem inneren Zimmer, hörte man eine Frauenstimme folgende Worte sagen: Er sagt nie die Wahrheit. Und heraus stolzierte eine große, schöne Frau, stark geschminkt, in Seidenstrümpfen, mit Belladonna in den Augen, roten Schuhen und einem so ausladenden Hut, daß sie sich schräg durch die Türöffnung schieben mußte. Auf dem Weg nach draußen küßte sie den Organisten zum Abschied aufs Ohr und sagte zu mir, wie um zu erklären, weshalb er nie die Wahrheit sagte: Er steht nämlich über Gott und den Menschen. Und ich gehe jetzt zum Ami.

Der Organist zog ein weißes Taschentuch heraus, wischte sich lächelnd die rote Feuchtigkeit vom Ohr und sagte: Das war sie.

Zuerst dachte ich, sie wäre seine Frau oder zumindest seine Braut, doch als er »das war sie« sagte, wußte ich nicht genau, was er meinte, denn wir hatten gerade über die Frau gesprochen, die Nabeljon besuchte, als er sah, daß die Schlacht verloren war.

Aber während ich darüber nachdachte, kam noch eine zweite Frau durch dieselbe Tür, durch die die erste gekommen war, diese zweite war uralt und hinkte, sie trug ein schmuddeliges Flanellnachthemd, ihr graues Haar war zu zwei dünnen Zöpfen geflochten, und sie hatte keinen einzigen Zahn mehr. Sie brachte eine Käserinde und einen Teelöffel auf einem geblümten Dessertteller, legte mir diesen Leckerbissen in den Schoß und nannte mich meine Liebe, sagte, ich solle zugreifen, erkundigte sich nach dem Wetter. Und als sie sah, daß ich mit der Käserinde und dem Teelöffel meine Schwierigkeiten hatte, tätschelte sie mich voller Mitleid mit dem Handrücken auf beide Wangen, sah mich unter Tränen an und sagte: Mein armes Mädchen. Diese Worte des Mitleids wiederholte sie immer wieder.

Der Organist ging zu ihr hin, küßte sie und führte sie mit inniger Zärtlichkeit in ihr Zimmer zurück, nahm mir dann den Dessertteller samt Käserinde und Teelöffel ab und sagte:

Ich bin ihr Kind.

Er breitete ein Tuch über den Tisch in der Küche und stellte ein paar Tassen mit Untertassen darauf, die meisten paßten nicht zusammen, dann brachte er einige altbackene, verhutzelte Blätterteigstückchen, die in Streifen geschnitten waren, ein paar zerbrochene Zwiebäcke und Zucker, aber keine Sahne; ich merkte es am Duft, daß er nicht am Kaffee sparte. Er sagte, ich solle die einzige Tasse, zu der es eine passende Untertasse gab, nehmen. Ich fragte, ob er Gäste erwarte, da er den Tisch für so viele deckte, aber er sagte nein, nur zwei Götter hätten versprochen, sich um Mitternacht bemerkbar zu machen. Wir fingen an, Kaffee zu trinken. Wie eine gastfreundliche Frau auf dem Land bot er mir immer wieder das armselige Gebäck an und lachte über mich, als ich ihm den Gefallen tat, davon zu probieren.

Wie sehr wollte ich diesen Mann näher kennenlernen, mich lange mit ihm unterhalten, ihn über viele Dinge aus dieser Welt und aus anderen Welten befragen; ganz besonders aber über ihn selbst, wer er war und warum er so war, wie er war; aber ich wußte nicht, was ich sagen sollte. Da knüpfte er wieder an unser früheres Gesprächsthema an: Wie gesagt, ich habe tagsüber keine Zeit, aber spät abends oder früh morgens sind Sie willkommen.

Ich fragte, mit Verlaub, welcher Tätigkeit gehen Sie tagsüber nach?

Er sagte: Ich träume.

Den ganzen Tag, fragte ich.

Ich stehe spät auf, sagte er. Wollen Sie eine Grammophonplatte hören?

Er ging in das innere Zimmer, und ich hörte, wie er das Grammophon aufzog, die Nadel wurde auf die Platte gesetzt, und dann begann die Musik. Zuerst dachte ich, das Grammophon sei nicht in Ordnung, denn man hörte nur ein Krachen und Plumpsen, Klappern und Rasseln, doch als der Organist wieder zu mir herauskam, mit treuherziger Miene und stolz, als ob er selbst das Stück komponiert hätte, glaubte ich zu wissen, daß alles so war, wie es sein sollte; trotzdem kam ich ins Schwitzen: immer wieder die verschiedensten schrillen Laute, die aus dem Brummen aufstiegen, und ich verstand plötzlich, wie einem Hund zumute ist, der hört, wie auf einer Mundharmonika geblasen wird, und anfängt zu jaulen: Ich hätte am liebsten schreien wollen; und ich hätte zumindest laut gestöhnt und das Gesicht verzogen, wenn der Organist mir nicht andächtig still und strahlend am Tisch gegenübergesessen hätte. Nun also, fragte er, als er das Grammophon abgeschaltet hatte.

Ich sagte, ich weiß nicht, was ich sagen soll.

Fanden Sie nicht, Sie hätten das auch selbst machen können, fragte er.

Doch, das kann ich nicht leugnen – wenn ich ein paar Blechdosen gehabt hätte und ungefähr zwei Kochtopfdeckel; und eine Katze.

Er sagte lächelnd: Es ist ein Merkmal großer Kunst, daß der, der nichts kann, glaubt, er könnte das selber machen – wenn er dumm genug wäre.

War das etwa schön? fragte ich. Oder habe ich eine so häßliche Seele?

Unsere Zeit, unser Leben – das ist unsere Schönheit, sagte er. Jetzt hast du den Tanz der Feueranbeter gehört.

Und während er das sagte, wurde die Haustür aufgemacht, und es begann eine lange Reise den Flur entlang, bis ein Kinderwagen ins Zimmer gefahren kommt, geschoben von einem jungen Mann, dem Gott Nummer eins.

Dieser fleischgewordene Geist war groß und wohlproportioniert und auf seine Weise gutaussehend, er trug einen Mantel mit Fischgrätmuster und eine sorgfältig gebundene Fliege, wie sie nur die Leute in der Stadt zustande bringen, die Leute auf dem Land lernen das nie, er war ohne Kopfbedeckung, sein lockiges, in der Mitte gescheiteltes Haar hatte den Glanz und Duft von Brillantine. Er nickte mir zu und starrte mir ins Gesicht, seine Augen hatten etwas Glühendes, Stechendes, und er lächelte mich hämisch an, wie man jemanden anlächelt, den man umbringen will – später; und ließ seine schönen Zähne sehen. Er schob den Kinderwagen in die Mitte des Zimmers und stellte zwischen den Blumen einen flachen, dreieckigen Gegenstand ab, der in Papier eingepackt und mit Bindfaden verschnürt war. Dann kam er zu mir, reichte mir seine feuchtkalte Hand und murmelte etwas, das sich wie Jesus Christus anhörte, und er schien nach Fisch zu riechen; vielleicht hat er Jens Kristinsson gesagt; ich jedenfalls grüßte ihn auch und stand auf, wie es die Frauen auf dem Land tun. Dann schaute ich in den Kinderwagen hinein, und dort schliefen echte Zwillinge.

Das ist der Gott Brillantine, sagte der Organist.

Du lieber Himmel, mit diesen süßen Kindern so spät unterwegs zu sein, sagte ich. Wo ist denn ihre Mama?

Die ist draußen in Keflavik, sagte der Gott. Heute ist Amiball.

Kinder halten viel aus, sagte der Organist. Manche Leute glauben, es schade Kindern, wenn sie ihre Mutter verlieren, aber das ist ein Mißverständnis. Selbst wenn sie ihren Vater verlieren, macht ihnen das nichts aus. Hier ist Kaffee. Mit Verlaub, wo ist der Atomdichter?

Er ist im Cadillac, sagte der Gott.

Und wo ist Zweihunderttausend Kneifzangen, sagte der Organist.

F. F. F., sagte der Gott. New York, thirty-fourth street, twelve fifty.

Keine neuen metaphysischen Entdeckungen, keine großen mystischen Visionen, keine theologischen Offenbarungen? fragte der Organist.

Nicht die Bohne, sagte der Gott. Nur dieser Oli Figur. Er behauptet, er habe Verbindung zum Lieblingssohn der Nation. Der Rotz läuft ihm aus der Nase. Wer ist dieses Mädchen?

Du, der du ein Gott bist, sollst nicht nach Menschen fragen, sagte der Organist. Das ist ungöttlich. Es ist eine Privatangelegenheit, wer man ist. Und eine noch privatere Angelegenheit, wie man heißt. Nie fragte der alte Gott, wer ist dieser Mensch und wie heißt er.

Hat sich Kleopatra von ihrem Tripper erholt, sagte der Gott.

Was heißt erholt, sagte der Organist.

Ich habe sie im Krankenhaus besucht, sagte der Gott. Sie war übel dran.

Ich weiß nicht, was du meinst, sagte der Organist.

Krank, sagte der Gott.

Man kann nicht krank genug werden, sagte der Organist.

Sie schrie, sagte der Gott.

Schmerz und Glück sind zwei Dinge, die sich so ähnlich sind, daß man sie nicht voneinander unterscheiden kann, sagte der Organist. Die größte Lust, die ich kenne, ist es, krank zu sein, vor allem schwer krank.

Da hört man, wie in fanatisch gottesfürchtigem Ton an der Tür gesagt wird: Ich wünschte, ich würde endlich Krebs bekommen.

Der Mann war noch so jung, daß sein Gesicht elfenbeinfarben war und nur schwachen Flaum auf den Wangen hatte, das Jugendbildnis eines ausländischen Genies, Postkarten wie diese hängen auf den Bauernhöfen über dem Harmonium, und man kann sie in Saudarkrokur kaufen, eine Mischung aus Schiller, Schubert und Lord Byron, mit knallroter Krawatte und dreckigen Schuhen. Er blickte mit dem fürchterlich angestrengten Blick eines Schlafwandlers um sich, und jedes Ding, ob tot oder lebendig, hatte für ihn ein entsetzliches Geheimnis. Er reichte mir seine schmale Hand, die so weich war, daß ich glaubte, ich könnte sie zu Brei drücken, und sagte:

Ich bin Benjamin.

Ich sah ihn an.

Ja, ich weiß, sagte er. Aber ich kann nichts dafür: Dieser kleine Bruder, das bin ich; dieses schreckliche Geschlecht, das ist mein Volk; diese Wüste – mein Land.

Sie haben die Heilige Schrift gelesen, sagte der Organist; und der Heilige Geist hat sie beim Lesen nach den Regeln unseres Freundes Luther erleuchtet: Sie haben das Göttliche ohne Vermittlung des Papstes gefunden. Bitte, nimm dir eine Tasse Kaffee, Atomdichter.

Wo ist Kleopatra, sagte der Atomdichter Benjamin.

Reden wir nicht davon, sagte der Organist. Nehmt euch Zucker in den Kaffee.

Ich bete sie an, sagte der Atomdichter.

Und ich muß auch mit ihr sprechen, sagte der Gott Brillantine.

Glaubt ihr denn, sie würde mit zwei Göttern herumtändeln wollen, sagte der Organist. Sie braucht ihre dreißig Männer.

Da konnte ich mich nicht zurückhalten und sagte, nein, ich bin zwar nicht gerade ein Ausbund an Tugendhaftigkeit, aber von so einem liederlichen Frauenzimmer habe ich noch nie gehört, und ich möchte bezweifeln, daß es so ein Frauenzimmer überhaupt gibt.

Liederliche Frauen gibt es nicht, sagte der Organist. Das ist ein Aberglaube. Dagegen gibt es sowohl Frauen, die dreißigmal mit einem Mann schlafen, als auch Frauen, die einmal mit dreißig Männern schlafen.

Und Frauen, die mit gar keinem Mann schlafen, sagte ich – und meinte damit in Wirklichkeit mich und hatte angefangen zu schwitzen und alles wie im Nebel zu sehen, sicher war ich schon bis zum Hals hinunter rot geworden und machte mich völlig lächerlich.

Der Kirchenvater Augustinus sagt, der Geschlechtstrieb sei nicht unserem Willen unterworfen, sagte der Organist. Der heilige Benedikt befriedigte ihn, indem er sich nackt in die Nesseln warf. Es gibt keine andere sexuelle Abartigkeit als das Zölibat.

Darf ich Sie nach Hause begleiten, sagte der Gott Brillantine.

Warum, sagte ich.

In der Nacht sind Amis unterwegs, sagte er.

Was macht das schon? sagte ich.

Die haben eine Pistole, sagte er.

Ich habe keine Angst vor einer Pistole, sagte ich.

Die vergewaltigen Sie, sagte er.

Wollen Sie für mich kämpfen, sagte ich.

Ja, sagte er und lächelte durchdringend.

Aber die Kinder? sagte ich.

Benjamin kann sie im Cadillac mitnehmen, sagte er. Wenn du willst, werde ich Benjamin verprügeln und ihm den Cadillac wegnehmen. Ich habe genauso ein Recht darauf, diesen Cadillac zu stehlen, wie er.

Ich gehe und suche Kleopatra, sagte der Atomdichter Benjamin.

Nur ein Lied, sagte der Organist. Das eilt nicht.

Der Gott Brillantine stand auf und holte das flache, dreieckige Ding, das er zwischen die Blumen gestellt hatte, machte den Bindfaden auf und wickelte das Papier ab. Es war ein Klippfisch. Er band den Bindfaden sehr kunstvoll, wie zwei

Saiten, der Länge nach über den Fisch und begann, darauf zu spielen. Er bewegte seine rechte Hand rasch hin und her, so daß es aussah, als schlüge er die Saiten, und man hörte etwas, das wie eine Gitarre klang, eine Hawaii-Gitarre. Dabei winselte er kraftlos durch Mund und Nase, und der Gitarrenklang entstand dadurch, daß er mitten im Spiel mit zwei Fingern seine Nase packte und den Luftstrom aus seinem Innern unterbrach. Der Atomdichter trat vor in die Mitte des Zimmers und stellte sich in Positur. Er hatte die Gebärden der Großen dieser Welt. Ich hätte nicht geglaubt, daß er singen könnte, und war deshalb um so mehr überrascht, als er den Mund aufmachte: Ein Sänger, in dessen Stimme sich Dunkles mit Hellem vereinte, außerdem ein Schauspieler, der das Entsetzen der Seele kannte und das Schluchzen der Italiener imitierte. Er wandte sich mir zu.

Du bist ein Traum, doch etwas fett,
Du bist die Tugend, doch ziemlich nett,
Du bist die Unschuld und vom Land,
Dem schlimmsten Verbrechen eng verwandt.
– Und ich hasse dich so gut wie gar nicht,
Das letzte Mal soll wie das erste Mal sein,
Ich breche aus zu dir, ich breche ein
Durch Atom und Sonne, Erde, Mondenschein.

Während des Nachspiels greift er zufällig in seine Tasche, und es war, als hätte er Eier in den Taschen gehabt und sie wären zerbrochen und er würde ganz glitschig an den Händen, war das Schauspielkunst? Tatsache war, daß er anfängt, eine Menge von Geldscheinen aus seinen Taschen zu ziehen, einen Stoß Banknoten nach dem anderen, Zehner, Fünfziger, Hunderter, er verfällt plötzlich in Raserei und fängt an, die Geldscheine auseinanderzureißen, knüllt die Schnipsel zusammen, wirft sie auf den Boden und trampelt darauf herum, wie wenn man Ungeziefer totmacht; dann setzte er sich hin und rauchte eine Zigarette. Der Gott Brillantine machte mit dem Nachspiel weiter, bis es zu Ende war. Der Organist lachte zunächst recht freundlich, nahm dann aber Besen und Kehrichtschaufel und fegte den Boden sauber, kippte dann das, was in der Kehrichtschaufel war, ins Feuer, bedankte sich für den Gesang und bot mehr Kaffee an. Die Zwillinge waren aufgewacht und hatten angefangen zu weinen.

## Theologische Nachtwanderung

Der Atomdichter fuhr im Cadillac davon, diesem hochherrschaftlichen Auto, wie ich noch nie eines gesehen hatte. Zurück blieb der Gott Brillantine mit den weinenden Zwillingen; und ich.

Jetzt begleite ich dich nach Hause, sagte er.

Sollte nicht eher ich Ihnen mit den Zwillingen helfen, sagte ich.

Die können mich gern haben, sagte er.

Wem gehören diese Zwillinge, wenn ich fragen darf, sagte ich; sind das nicht Ihre Kinder?

Die gehören meiner Frau, sagte er.

Na und, sagte ich, man kann die Kinder doch nicht weinen lassen.

Ich versuchte, so gut ich konnte, die armen Kleinen mitten in der Nacht im Nieselregen dort draußen auf der Straße zu trösten, und bald waren wir von Besoffenen umringt; nach kurzer Zeit schliefen die Würmchen ein. Da wollte ich mich verabschieden, doch es stellte sich heraus, daß ich den gleichen Weg nach Westen gehen mußte wie der Gott.

Als wir einige Zeit die Straße entlang gegangen waren, konnte ich mir nicht verkneifen zu fragen:

War das echtes Geld; oder war es falsches?

Echtes Geld gibt es nicht, sagte er. Alles Geld ist falsch. Uns Götter widert Geld an.

Der Atomdichter muß aber finanziell gut gestellt sein, daß er so ein Auto fährt.

Alle, die stehlen können, sind gut gestellt, sagte der Gott. Alle, die nicht stehlen können, sind schlecht gestellt. Die Schwierigkeit besteht darin, stehlen zu können.

Ich wollte wissen, wo und wie dieser kleine Dichter dieses große Auto gestohlen hatte.

Natürlich von Zangen, unserem Hausherrn, sagte der Gott. Was, du kennst Zangen nicht? Zweihunderttausend Kneifzangen? F. F. F.? – der in New York sitzt und für die Aktiengesellschaft Snorredda und die anderen Fakturen fälscht; und einen Zeitungsartikel über das Jenseits geschrieben und im Nordland eine Kirche gebaut hat?

Sie müssen entschuldigen, daß ich etwas schwer von Begriff bin, sagte ich. Ich komme vom Land.

Es ist überhaupt nicht schwierig, das zu verstehen, sagte er. F. F. F., the Federation of Fulminating Fish, New York; übersetzt: Faktura-Fälschungs-Firma. Ein Knopf kostet in Amerika einen halben Öre, aber du hast eine Firma in New York, F. F. F., die ihn dir für zwei Kronen verkauft und auf die Faktura schreibt: ein Knopf zwei Kronen. Du verdienst viertausend Prozent. Nach einem Monat hast du eine Million. Das verstehst du.

Da wurde plötzlich nach uns gerufen, und ein Mann ohne Kopfbedeckung kam hinter uns hergerannt. Es war der Organist.

Entschuldigt, sagte er, ganz außer Atem vom Laufen. Ich habe etwas vergessen: Ist einer von euch vielleicht in der Lage, mir eine Krone leihen zu können.

Der Gott fand nichts in seinen Taschen, doch ich hatte eine Krone in der Manteltasche und gab sie ihm. Er dankte und entschuldigte sich und sagte, er werde sie mir das nächste Mal zurückzahlen: Ich muß mir nämlich morgen früh fünfzig Gramm Bonbons kaufen, sagte er. Dann wünschte er uns eine gute Nacht und ging.

Wir schoben eine Weile schweigend den Kinderwagen, es war schon nach Mitternacht. Ich versuchte in Gedanken, mir einen Reim auf diesen Abend zu machen, bis mein Begleiter sagt:

Findest du denn nicht, daß ich ein wenig anders bin als andere Männer?

Er sah eigentlich ausgesprochen gut aus und hatte bestimmt manches Mädchen betört mit diesen glühenden Augen und mit diesem weichen Mörderlächeln; doch aus irgendeinem Grund wirkte er nicht auf mich, ich hörte es nicht einmal richtig, wenn er etwas sagte.

Glücklicherweise sind keine zwei Menschen gleich, sagte ich.

Ja, aber spürst du denn nicht, daß ein seltsamer Strom von mir ausgeht, fragte er.

Wenn Sie selbst fühlen, daß ein seltsamer Strom von Ihnen ausgeht, ist das nicht genug? sagte ich.

Ich habe immer gespürt, daß ich anders bin als andere, sagte er. Ich spürte das schon, als ich klein war. Ich fühlte, daß eine Seele in mir war. Ich sah die Welt aus vielen tausend Metern Höhe. Und selbst wenn ich verprügelt wurde, berührte es mich nicht. Ich konnte Reykjavik unter den Arm klemmen und davontragen.

Es muß eigenartig sein, solche Ideen zu haben, sagte ich. Und es fällt mir schwer, das zu verstehen, ich selber habe noch nie eigenartige Ideen gehabt.

Für mich ist das ganz normal, sagte er. Alles, was andere sagen, berührt mich nicht. Ich bin erhaben über andere; über alles. Ich kann über andere Menschen nur lächeln.

Ach so, sagte ich.

Er fuhr fort: Ich spüre, daß ich und das Göttliche eins sind. Ich spüre, daß ich und Jesus und Mohammed und Bu-Buddha eins sind.

Können Sie das beweisen, sagte ich.

Ich bin damit geboren, sagte er. Zuerst glaubte ich lange Zeit, daß die anderen es auch hätten und alle Menschen Dummköpfe seien. Da fragte ich die anderen Jungen. Doch sie verstanden mich nicht. Es stellte sich dann heraus, daß nur ich es hatte; und Benjamin; wir zwei hatten es.

Was hattet ihr? fragte ich.

Eine Seele, sagte er, eine göttliche, unsterbliche Seele: Das ist, wenn Gott und ich eins sind. Du gehst hinaus, um zu stehlen, vielleicht bringst du einen Menschen um: Das berührt dich nicht, du bist eine Seele; du bist ein Teil Gottes. Du wirst verprügelt, das berührt dich auch nicht, besonders wenn du windelweich geschlagen wirst; oder in einen Kampf um Leben und Tod verwickelt wirst; oder die Polizei dich auf den Kopf schlägt und dir anschließend Handschellen anlegt – trotzdem bist du vollkommen glücklich und hast keinen Körper; am folgenden Morgen wirst du vor Gericht gestellt, doch deine Seele ruht in Gott; du wirst ins Gefängnis gesteckt, doch du weißt nichts; verstehst nichts außer Jesus und Mohammed und wie heißt er denn wieder, der dritte; du hörst nur diese eine Stimme, die immer flüstert: Du bist ich, ich bin du. Ich bin sogar auch dann vollkommen glücklich, wenn ich nicht verprügelt werde, Himmel und Erde stehen mir offen, nichts kann mir schaden, ich verstehe alles und kann alles, habe alles und darf alles.

Ich finde, sagte ich, wenn Sie der sind, der Sie zu sein behaupten, dann müssen Sie irgendein Wahrzeichen dafür liefern; er verstand jedoch das Wort Wahrzeichen nicht, deshalb fügte ich erklärend hinzu: Ein Wunder vollbringen.

Er sagte: Kein Mensch auf der Welt außer mir kann auf einem Klippfisch Musik machen. Wenn ich wollte, könnte ich nach Hollywood fahren und Millionär werden.

Ich sagte nichts; da faßte er mich am Oberarm, zog mich zu sich heran und sah mich an: Staunst du nicht? Bist du nicht verrückt nach mir? Hör zu, geh mit mir hier hinein in den Hof, ich muß dir etwas sagen.

Ich weiß nicht, was für ein Idiot ich war, so dumm zu sein und mit ihm hinter das Haus zu gehen, denn natürlich drückte er mich sofort gegen die Wand und fing an, mich zu küssen und zu versuchen, meinen Rock hochzuheben, und der Kinderwagen stand daneben. Ich versuchte zunächst nicht einmal, ihn zu schlagen, doch als ich mich von der ersten Überraschung erholt hatte, sagte ich: Nein, das läßt du lieber bleiben, Freundchen, auch wenn du ein dreifacher Gott bist und außerdem Brillantine im Haar hast. Dann schlug ich ihn, versetzte ihm einen Fußtritt und stieß ihn weg.

Verdammt, bist du gefährlich, sagte er. Weißt du nicht, daß ich dich umbringen kann.

Das dachte ich mir schon, daß du ein Mörder bist, sagte ich. Das wußte ich gleich, als ich dich sah.

Dann kannst du in das Loch von der da schauen, sagte er und fuchtelte mit etwas vor mir herum, ich sah in der Dunkelheit nicht, was es war, es hätte ohne weiteres eine Pistole sein können.

Ein Mann in dem Haus öffnete ein Fenster über uns und fragte, was zum Teufel wir da täten, das sei sein Grundstück, er sagte, wir sollten verschwinden, sonst würde er die Polizei rufen. Der Gott Brillantine steckte seine Pistole in die Tasche, wenn es eine Pistole war, und schob den Kinderwagen wieder hinaus auf die Straße.

Ich wollte dich auf die Probe stellen, sagte er. Du kannst dir ja wohl denken, wie ernst ich es meinte, ein armer Familienvater. Jetzt begleite ich dich nach Hause.

Doch dann fiel ihm plötzlich etwas ein: Ach, jetzt habe ich tatsächlich den verdammten Klippfisch vergessen. Ich bin sicher, daß mich meine Frau verprügelt, wenn ich ihr nichts zu essen bringe für morgen – und er lief wieder hinter das Haus, um das Mittagessen für die Familie zu holen, ich aber machte mich davon, während er nach dem Fisch suchte.

## Viertes Kapitel

## Ermahnungen

Als meine Mutter sechzig wurde, bekam sie hundert Kronen geschenkt. Da stellte sich heraus, daß sie keine Geldscheine kannte. Sie hatte noch nie Geld gesehen. Andererseits hatte es keinen Tag gegeben, seitdem sie zwölf Jahre alt war, an dem sie weniger gearbeitet hätte als im Winter sechzehn Stunden, im Sommer achtzehn, ausgenommen, wenn sie krank war. Es war deshalb nicht verwunderlich, daß es mir so vorkam, als wäre ich gestern abend betrunken gewesen oder im Kino, als ich sah, wie alle diese Geldscheine zerrissen und dann verbrannt wurden.

Die gnädige Frau wird rechtzeitig wach, um gegen elf Uhr ihre Schokolade zu trinken; sie setzt sich auf in diesem großen, imposanten Bett und strahlt vor Glück, weil es keine Gerechtigkeit in der Welt gibt, und beginnt, dieses fette, süße Gebräu zu trinken und die konservative Zeitung zu lesen, denn es ist kein Wunder, daß die Frau diese Welt gut findet und sie konservieren will. Als ich wieder hinausgehen wollte, räusperte sie sich ein wenig und sagte, ich solle warten. Sie überstürzte nichts, trank ruhig die Tasse aus und las den Artikel zu Ende. Als sie zur Genüge getrunken und gelesen hatte, stieg sie aus dem Bett, zog sich einen Morgenmantel über, setzte sich, mir den Nacken zuwendend, vor den Spiegel und fing an, sich zurechtzumachen.

Sie sind ein junges Mädchen vom Lande, sagte sie.

Ich wußte nicht, was ich darauf antworten sollte.

Natürlich geht es mich nichts an, mit wem meine Mädchen es nachts treiben, sagte sie. Aber des Hauses wegen – verstehen Sie.

Des Hauses wegen? sagte ich.

Wie gesagt, des Hauses wegen, sagte sie. Einmal brachte ein Mädchen Läuse ins Haus.

Dann drehte sie sich um auf dem Stuhl, sah mich von oben bis unten an, lächelte und sagte: Kavaliere sind unterschiedlich.

Ach so, sagte ich.

Sehr, sagte sie und musterte mich immer noch mit prüfendem Blick, ein Lächeln auf den Lippen.

Dann weiß ich es, sagte ich.

Dann wissen Sie es, sagte sie und begann wieder, sich im Spiegel zu betrachten. Mein Mann und ich sagten im letzten Jahr nichts, als das Mädchen ab und zu einen Ami mitbrachte; die werden gesundheitspolizeilich überwacht. Wir fanden das besser, als wenn sie es irgendwo anders getrieben hätte, zum Beispiel mit einem verlausten Seemann.

Warum sagte sie »mein Mann und ich«? Hatten sie beide mit der Uhr in der Hand gewacht, bis das Dienstmädchen nach Hause kam? Oder wollte sie mich daran erinnern, daß es einen Unterschied machte, ob man moralisch verheiratet daheim im Bett war oder ein herumstreunendes Mädchen? Sie hatte lange, rotlackierte Nägel, und ich war sicher, daß sie ihren Mann kratzte. Zuerst hatte ich ihr freimütig erzählen wollen, was ich gestern abend erlebt hatte, aber jetzt fand ich, ich brauchte mich von dieser Frau nicht ausfragen zu lassen.

Ganz besonders hoffen wir, sagte sie, daß Sie nicht in einer Zelle gelandet sind.

Zelle – ich sagte, ich verstünde das Wort nicht.

Um so größer ist die Gefahr für Sie, sagte sie. Mädchen vom Lande, die keine Zeitung lesen und nicht verstehen, was in der Gesellschaft vor sich geht, merken nichts, bis sie plötzlich in eine Zelle geraten sind.

Ich werde allmählich neugierig, sagte ich.

Die Schweinerei der Kommunisten kann man nicht mit Worten beschreiben, sagte sie.

Ich werde bald anfangen, mich für Schweinereien zu interessieren, wenn Sie so weitersprechen, sagte ich.

Kein Mädchen in Island war in größerer Gefahr als ich, sagte sie feierlich. Meinem Vater gehören Großhandels- und Einzelhandelsfirmen, Kinos, Trawler, Druckereien, Zeitungen, Trankochereien und Fischmehlfabriken; ich konnte alles und durfte alles; ich konnte jederzeit nach Paris fahren und mich nach Belieben an jeder Schweinerei beteiligen; ich konnte sogar Kommunist werden, wenn ich das gewollt hätte, und dafür kämpfen, daß man meinem Vater das letzte Hemd wegnimmt. Und trotzdem landete ich in keiner Schweinerei. Ich fand meinen Mann, und mit ihm habe ich mein Haus gebaut. Ich habe meine Kinder geboren, meine Liebe, und mein Leben besteht darin, sie für die Gesellschaft aufzuziehen. Keine ehrbare Frau bereut es, ihre Kinder geboren und aufgezogen zu haben, statt sich an Schweinereien zu beteiligen.

## Nächtliche Besucher

Am Abend sagte sie zu mir, ich solle auf mein Äußeres achten, denn es kämen wichtige Leute aus Amerika, um mit dem Hausherrn zu sprechen. Sie sagte, ich solle ihnen die Tür aufmachen und sie hereinbitten, warnte mich aber davor, sie zu begrüßen oder sie anzusehen, und vor allem sollte ich nicht zu entgegenkommend schauen, das würde von Ausländern mißverstanden; wenn ich kein Englisch könnte, wäre es am besten für mich zu schweigen, insbesondere sollte ich mich davor hüten, please zu sagen, wenn ich ihnen das Sodawasser anbot. Mein Mann kümmert sich um den Whisky.

Ich wartete den ganzen Abend halb ängstlich auf diese Gäste, die so vornehm waren, daß sie schmutzig wurden, wenn ein gewöhnlicher Mensch sie begrüßte. Endlich kamen sie. Ihr Auto fuhr am Gartentor vor und war gleich wieder weggefahren, sie standen schon auf der Schwelle, den Finger auf dem Klingelknopf, und ich öffnete und ließ sie herein. Der eine war ein dicker Mann in Offiziersuniform, der andere ein großer Mann in Zivilkleidung. Ich hatte damit gerechnet, daß sie mich nicht ansehen würden, geschweige denn, daß sie sich schmutzig machen würden, indem sie mich begrüßten, doch es kam ganz anders, diese Männer waren die Liebenswürdigkeit selbst, und es war, als ob sie eine alte Freundin getroffen hätten. Sie lächelten freundlich und sagten unglaublich viel, und der eine klopfte mir auf die Schulter, es kam gar nicht in Frage, daß ich ihre Mäntel und Kopfbedeckungen aufhängen durfte, das taten sie selbst. Der Offizier zog sogar eine Handvoll Kaugummistückchen aus seiner Tasche und schenkte sie mir, und der andere wollte nicht hintanstehen und gab mir eine Schachtel Zigaretten. Um ganz ehrlich zu sein, ich habe kaum jemals entgegenkommendere Menschen getroffen, und dabei waren sie so ungezwungen, daß ich alle die steifen Verhaltensregeln, die man mir eingetrichtert hatte, vergaß und lächelte und ihr Freund war. Als ich ihnen kurz danach das Sodawasser und Gläser brachte, hatten sie und der Hausherr sich hingesetzt, mit Landkarten vor sich, sowohl von Island wie von der Welt. Der Hausherr stand auf und kam mir entgegen und half mir, das Tablett abzustellen; er sagte, ich solle in der Nähe bleiben, falls sie noch etwas brauchten, aber sie brauchten den ganzen Abend nichts mehr. Kurz vor Mitternacht kam ihr Auto ans Gartentor, und schon waren sie davongefahren: Aus irgendwelchen Gründen schien es unangebracht, das Auto lange vor dem Haus halten zu lassen.

Doch schon nach wenigen Minuten stand ein neuer Gast vor der Haustür. Es war das erste Mal, daß ich den Premierminister, den Bruder der gnädigen Frau, sah, ich wußte nur, daß er in einem Eckhaus eine Minute von hier in derselben Straße wohnte; ich kannte ihn von Bildern. Er sah mich nicht an, als ich aufmachte, und eilte fast durch mich hindurch mit dem Hut auf dem Kopf ins Haus. Als ich ein Glas und kaltes Sodawasser für ihn brachte, sagte der Hausherr in seinem isländischen Tonfall: Das ist also unsere Bergeule aus dem Nordland. Doch der Minister zündete sich eine Zigarre an, die Schultern zusammengedrückt und mit ernster Leidensmiene; er tat so, als sei er tief in Gedanken versunken, und antwortete nicht auf eine solche Trivialität.

Nach Mitternacht kamen nach und nach immer mehr Besucher; ich vermutete, daß der Minister telefonierte und sie aus dem Schlaf reißen ließ, einige gehörten zu der Sorte von Menschen, die kein Hehl daraus macht, daß der Mittelpunkt des Universums dort ist, wo sie stehen. Sie saßen im Arbeitszimmer des Doktors und unterhielten sich leise, ohne sich zu betrinken. Mir wurde gesagt, ich solle schlafen gehen, doch noch lange in die Nacht hinein kam es mir so vor, als sei das Haus ein heimlicher Marktplatz.

Am folgenden Tag gehe ich in der Dämmerung zum Bäckerladen an der Ecke, schräg gegenüber vom Minister; dort steht immer ein nachdenkliches Mädchen hinter dem Ladentisch und verkauft Milch und Brot, und manchmal ein Junge, der mit ihr spricht, vor dem Ladentisch. Doch jetzt ist plötzlich Unruhe in diese stille Straße gekommen; ungeordnete Gruppen junger Leute treiben sich in der Nähe des Ministerhauses herum; es war etwas geschehen, alle blickten erregt, keiner lächelte. Neugierige Passanten blieben auf den Gehwegen stehen, in der Nachbarschaft gingen Fenster auf. Und unter einer Laterne standen zwei Polizisten mit schwarzen Helmen und Schlagstöcken; kann man vermuten, daß sie sich unter den Augen mit einem rußigen Korken angemalt haben?

Was ist denn los, sage ich zu einem gutgekleideten Herrn, der mit besorgter Miene die Straße entlang hastet, und er antwortet eilig, das sind die Kommunisten, worauf er schon wieder verschwunden ist. Jetzt werde ich wirklich neugierig und stelle einem Mann in schmutzigem Arbeitsanzug dieselbe Frage; er sieht mich zuerst überrascht an und antwortet dann ziemlich barsch, indem er sich abwendet: Das Land soll verkauft werden.

Wer will das Land verkaufen, sage ich mitten auf der Straße vor mich hin, so laut, daß mich die Leute verwundert ansehen. Und nach einer Weile höre ich, daß die Gruppen von jungen Menschen angefangen haben, in die Richtung der Ministerwohnung zu rufen: Wir wollen Island nicht verkaufen, wir wollen Island nicht verkaufen. Ein Junge kletterte auf die Mauer vor dem Haus und begann, eine Rede zu den Fenstern des Ministers hinauf zu halten, aber die Polizei ging zu ihm hin und sagte, er solle aufhören, es sei nämlich niemand daheim, die Leute seien aufs Land gefahren. Allmählich hörte der Junge auf, eine Rede zu halten, doch jemand sagte, wir sollten ein patriotisches Lied singen, und das taten wir. Wenig später zogen die jungen Menschen in Richtung Stadtmitte ab und sangen weiter, die Leute auf den Gehwegen verliefen sich, die Fenster in der Nachbarschaft wurden geschlossen.

Der Bäckerladen war offen, das Mädchen hinter dem Ladentisch, der Junge davor, sie blickten ernst drein, mit großen, reinen Augen, und bemerkten es nicht, als ich guten Abend sagte.

Waren das die Kommunisten? sagte ich.

Wie, sagte das Mädchen, wieder zu sich kommend, und sah den Jungen an.

Das war das Lehrerseminar und der Christliche Verein Junger Männer, sagte der Junge.

Was ist passiert? fragte ich.

Er fragte, ob ich keine Zeitung läse, und ich lachte und sagte, ich käme aus dem Nordland. Da zeigte er mir einen Artikel in der Abendzeitung, wo stand, daß eine der Weltmächte darum nachgesucht habe, daß der isländische Staat ihr seine Hauptstadt Reykjavik, auch Smoky Bay genannt, oder irgendeine andere Bucht im Land, sofern sie sich ebenso gut für den Angriff und die Verteidigung in einem Atomkrieg eigne, verkaufe, verpachte oder schenke. Ich war sprachlos über diesen absurden Gedanken und fragte in meiner Einfalt, ob es damit nicht genauso sei, wie mit allem, was in der Zeitung steht; eines der allerersten Dinge, die man mir als Kind beigebracht habe, sei gewesen, nie ein Wort von dem zu glauben, was in der Zeitung stand.

Hör mal, sagte er. Willst du bei der Lotterie des Jugendpalastes mitmachen? Du kannst im Flugzeug um den Erdball reisen.

Oder eine Nähmaschine gewinnen, fügte das Mädchen hinzu.

Ich möchte nicht um den Erdball reisen, sagte ich. Und ich habe ungeschickte Hände.

Aber du willst einen Jugendpalast, sagte der Junge.

Warum, sagte ich.

Du bist aus dem Nordland, ich bin aus dem Westland, und wir haben keinen Jugendpalast, sagte der Junge.

Und dann? sagte ich.

In einem Jugendpalast werden alle Kultursparten der Welt betrieben, sagte er. Das isländische Volk soll das gebildetste und edelste Volk der Welt sein. Die Kapitalisten sagen, die Jugend solle sich draußen herumtreiben. Das ist falsch. Der größte Palast im Land soll der Jugend gehören.

Was kostet er, sagte ich.

Millionen, sagte er.

Ich habe fünfundzwanzig Kronen, sagte ich, und wollte mir eigentlich Unterwäsche kaufen.

Bist du nicht bei der Frau von Bui Arland? sagte das Mädchen, und ich bejahte es.

Dann brauchst du gar nichts mehr zu erzählen, sagte der Junge. Die mit ihrer Banditenfirma in New York. Die könnten allein einen Jugendpalast bauen für das, was sie uns während des ganzen Krieges mit gefälschten Preisen gestohlen haben. Nimm nur zehn Lose.

Sollte ich nicht lieber die Kirche unterstützen, die mein Vater im Eystridalur im Nordland bauen will? sagte ich.

Bisher waren sie beide ernst gewesen, jetzt schienen sie sich plötzlich zu amüsieren; sie sahen einander an und lachten.

## Sturm in der Suppe

Beim Abendessen fragte ich, ob jemand Lotterielose für den Jugendpalast kaufen wolle. Etwas so Komisches hatte man an diesem Tisch nicht mehr gehört, seitdem das neue Dienstmädchen verkündet hatte, es wolle Harmonium spielen lernen. Die Suppe spritzte in hohem Bogen aus den mittleren Kindern heraus. Der älteste Sohn, der ein Stammgast des Weltschmerzes war, begnügte sich freilich damit, mich mit halb mitleidigem, halb angewidertem Blick zu mustern. Die gnädige Frau sah mich zunächst wortlos an, dann räusperte sie sich unheilschwanger, und ihr Mann schreckte aus seiner Zeitung auf, mit müdem Gesichtsausdruck, als ob er schlecht geschlafen hätte, und sagte wie bitte.

Sie verkauft Lose für einen Jugendpalast, sagte der kleine Dicke.

Der Doktor sagte, er wolle eines sehen, und ich zeigte ihm ein Los: auf der einen Seite das Bild des Palastes, auf der anderen Seite das der Gewinne, die ausgesetzt waren.

Ich danke Ihnen, sagte er und gab mir wieder das Los, wobei er müde lächelte, aber ich war trotzdem froh, seine Brillengläser und den weißen Schmelz seiner Zähne aufblitzen zu sehen. Wir hatten das schon im Parlament, sagte er dann; und wir hatten das auch schon im Stadtrat.

Woher haben Sie diese Zettel, meine Beste, wenn ich fragen darf, sagte die gnädige Frau.

Ich ging in die Bäckerei hinüber, als dieser Auflauf war, und unterhielt mich mit dem Mädchen –

Die Frau des Hauses fiel mir ins Wort und sagte: Ich habe gehört, daß sie Kommunistin ist.

Es war ein Junge bei ihr, der fragte, ob ich ein paar Lose nehmen wolle, sagte ich.

Das sind Kommunisten, sagte die gnädige Frau.

Was geschah denn eigentlich bei diesem Auflauf, fragte der Hausherr.

Ach, das war gar kein richtiger Auflauf, sagte ich.

Doch, sagte der Dicke; das waren die Kommunisten.

Das war eine Ansammlung von Menschen, die sagten, wir wollen das Land nicht verkaufen. Wie ich hörte, war es das Lehrerseminar und ein christlicher Verein.

Die gnädige Frau sagte na also, das habe ich mir doch gedacht: Immer wenn sie behaupten, es seien irgendwelche anderen Leute, dann kann man sicher sein, daß sie es sind. Die verstehen es, Dummköpfe aufzuhetzen. Das Lehrerseminar und ein christlicher Verein – wie passend. Warum nicht der Verein der Frauenrechtlerinnen und der Verein der Chinamission? Ich rate Ihnen, sich die Lose so schnell wie möglich vom Hals zu schaffen. Dieser Jugendpalast – ist ein Zellengebäude.

Darf ich sie sehen, sagte der kleine Dicke, darf ich sie haben.

Ich stand hinter dem Stuhl der bald heiratsfähigen Tochter des Hauses, als diese mir plötzlich ihre spitzen Nägel in den oberen Teil der Kniekehle krallte und mir einen dieser heißkalten Blicke zuwarf, ohne daß ich eine Ahnung davon gehabt hätte, ob sie für oder gegen einen Palast war.

Arglos gab ich dem Jungen eines der Lose.

Alle, sagte er.

Aber genau in dem Moment, als er sie nehmen will, saust eine glitzernde Hand mit Diamant und Armband durch die Luft und schnappt sie mir weg: die gnädige Frau. Und ohne viel Federlesens zu machen, reißt sie sie über Kreuz, längs und quer, auseinander und schleudert die Schnipsel hinter sich durch die offene Flügeltür in das nächste Zimmer. Nach dieser Aktion sah sie mich kalt an und sagte ohne unnötige Höflichkeitsfloskeln:

Wenn Sie noch einmal hier im Haus für die Kommunisten Propaganda machen, werfe ich Sie hinaus.

Dann aß sie einen Löffel Suppe.

Der älteste Sohn hatte die Angewohnheit, zwischen den Gängen zu rauchen, und holte eine Zigarette heraus; er runzelte die Stirn und ließ die Mundwinkel hängen, von allem unendlich angeekelt nach der Suppe.

Es nützt nichts, sich aufzuregen, Mama, sagte er; mit dem Faschismus hat man es versucht; aber das ging nicht: Der Kommunismus wird die Welt erobern, das weiß jeder. Rien à faire.

Sie richtete sich in ihrem Stuhl auf, sah ihm direkt ins Gesicht und sagte mit kaltglänzender Porzellanstrenge: Lieber Junge, es ist an der Zeit, dich in eine Anstalt zu schicken.

Habe ich die Welt geschaffen, in die du mich hineingeboren hast? fragte der Junge ungerührt und rauchte weiter.

Und überhaupt wollte ich dir schon längst einmal ein paar andere Dinge sagen, mein Kind, begann die Frau und sprach mit solcher Erregung, daß ihr Mann wieder aus seiner Zeitung aufschreckte, lächelte und seine Hand auf ihren Handrücken legte, worauf sie den Faden verlor und sich an ihn wandte: Du lächelst, sagte sie, ja, zufällig hast du ein schönes Lächeln, aber leider, hier ist es fehl am Platz.

Meine liebste Dulla, sagte der Mann bittend.

Ich verließ das Eßzimmer, blieb aber nicht in der Küche, sondern ging, noch während sie ihre Suppe aßen, hinauf in mein Zimmer, um nachzudenken. War es nicht am besten zu packen? Aber als ich begann, die wenigen Kleidungsstücke, die ich besaß, zusammenzusammeln, fiel mir ein, daß ich nirgends ein sicheres Nachtquartier hatte, wenn ich ging; und keinen Platz für das Harmonium. Wieviel kann man dem Stolz opfern? Natürlich alles – wenn man stolz genug ist. Weniges ist so erbärmlich, wie sich beleidigen zu lassen, vielleicht gar nichts – ausgenommen, keinen Platz zum Schlafen zu haben.

Die Köchin steht in der Tür und fragt in Jesu Namen, ob ich mich nicht dazu bequemen wolle, das Soufflé hineinzutragen.

Als ich wieder in das Eßzimmer kam und mich nach der Aufregung wieder abgeregt hatte, war die Familie fertig mit der Suppe und schwieg eifrig; der Doktor las wieder seine Zeitung. Ich nahm die leeren Teller, trug den nächsten Gang auf und ging. Die Lotterielose für den Jugendpalast lagen auf dem Boden, und ich ließ sie liegen.

Am Abend war es still im Haus, die mittleren Kinder gingen hinaus, um sich mit den Kindern des Ministers und den Kindern anderer vornehmer Leute hinter eine Hausecke zu stellen und die Vorbeigehenden zu beschimpfen, mit diesem Spiel vergnügten sie sich abends oft stundenlang; der älteste Sohn verschwand mit unbekanntem Ziel. Das gottesfürchtige Elfenkind der Köchin besaß zwei mechanische Bettnässer, Pißpuppen genannt, die diese süße Kleine gewissenhaft versorgen mußte, bevor sie sich an die Jesuslitaneien machte. Und die Frau war auf eine Gesellschaft gegangen, um dieses Kartenspiel zu spielen, das sie Bridge nennen, wo die Spieler einander sagen, was sie in der Hand haben, bevor sie herauslegen. Und meine Wut war schon längst verflogen.

Als ich eine ganze Zeitlang am Harmonium gesessen hatte, um gegen diese großen, unfolgsamen Finger zu kämpfen, die sich auf keine Kunst verstehen, komme ich schließlich wieder zu mir und sehe, daß die Tür offen ist; und in der Türöffnung steht ein Mann; zunächst glaubte ich, ich hätte Halluzinationen. Er sah mich mit leicht zusammengekniffenen Augen an und putzte seine Brille; und lächelte. Zuerst wurde mir kalt, dann wurde mir heiß; ich stand auf, war aber ganz schwach in den Knien; und begann, alles wie durch einen Nebel zu sehen. Ich schwöre einen feierlichen Eid, daß mir das noch nie passiert ist.

Ich hörte Musik, sagte er.

Sie sollten sich nicht lustig machen –

Er fragte, wer mein Lehrer sei, und ich nannte den gewöhnlichen Namen des Organisten.

Ist der jetzt auch noch Organist? sagte Doktor Bui Arland. Ja, warum eigentlich nicht. Er war uns anderen immer weit voraus, so weit, daß er sich angewöhnte, am Tag zu schlafen, um nicht ständig diese dumme Verbrechergesellschaft vor Augen haben zu müssen.

Er züchtet Blumen, sagte ich.

Wie schön, sagte der Doktor. Ich wollte, ich würde Blumen züchten. Wenn ich Zeitungen las, las er italienische Renaissanceautoren in der Originalsprache; ich erinnere mich, er sagte, er wolle sich die Kriegsnachrichten aufheben, bis es in zwanzig Jahren möglich sei, sich den ganzen Krieg in zwei Minuten in einem Konversationslexikon zu Gemüte zu führen. Das freut mich, daß er Blumen züchtet. Meinen Sie, ich sollte ihm meine Kinder schicken? Glauben Sie nicht, er könnte Menschen aus ihnen machen?

Sie fragen keine Kleinigkeit, sagte ich. Sie wissen nicht, daß ich das Dümmste bin, was es in Island gibt, und über nichts eine Meinung habe – Ihnen gegenüber schon gar nicht.

Sie stehen mit beiden Beinen auf der Erde, sagte er und lächelte. Darf ich Ihre Hand sehen? Und als er meine Hand betrachtet hatte: Eine große, wohlgeformte Hand.

Und ich wie ein Vollidiot, völlig durchgeschwitzt, weil er sich meine Hand ansah.

Er setzte sich mit einer routinierten Bewegung die Brille auf die Nase. Dann griff er in seine Tasche, holte hundert Kronen heraus und gab sie mir: Ihre Lotterielose.

Die kosteten nur fünfzig Kronen, sagte ich; und ich kann nicht wechseln.

Sie wechseln später, sagte er.

Ich nehme kein Geld für nichts, sagte ich.

Seien Sie unbesorgt, die Leute bezahlen nur so viel, wie sie unbedingt müssen, sagte er; das ist ein Gesetz. Ich bin Ökonom.

Ja, aber dann muß ich Ihnen noch einmal zehn Lotterielose beschaffen, sagte ich.

Aber möglichst nicht bei der Suppe überreichen, sagte er und lächelte und ging und machte die Tür hinter sich zu.

*Fünftes Kapitel*

## Bei meinem Organisten

Nach Postkarten zu urteilen, sollte man annehmen, musikalische Genies seien Götter und keine Menschen gewesen. Jetzt erfuhr ich, daß die größten Komponisten dieser Welt der übelste Abschaum der Menschheit waren. Schubert galt bei den rechtschaffenen Leuten Wiens nur als ungebildeter Junge, der nicht einmal etwas von Musik verstand, deshalb rächte er sich auch damit, daß er ein so pöbelhaftes Lied wie das Ave Maria komponierte, das sogar die Provinzler im Nordland kennen; und starb mit etwa dreißig an einer Hungerkrankheit. Beethoven erhielt nicht einmal die elementare Bildung des Spießbürgers, er konnte gerade eben schreiben, ähnlich wie die Knechte auf dem Land; und verfaßte einen lächerlichen Brief, der sein Testament genannt wird. Er fühlte sich zu ein paar Gräfinnen hingezogen, ähnlich wie alte Ackergäule zu Zuchtstuten. In den Augen der rechtschaffenen Leute in Wien war er vor allem ein tauber Sonderling, schlecht gekleidet, schmutzig, nicht salonfähig. Dabei waren diese beiden Außenseiter noch hoch angesehen in der menschlichen Gesellschaft, verglichen mit manchen anderen der größten Komponisten dieser Welt. Viele waren die Lakaien von Duodezfürsten und mußten für die spielen, während sie aßen, unter ihnen auch Johann Sebastian Bach – der allerdings noch mehr Jahre damit zubrachte, sich mit Schuljungen in Leipzig herumzuärgern. Haydn, zu seiner Zeit der Welt größter Komponist, wurde wiederholt von der Familie Esterhazy, wo er dreißig Jahre lang Domestik war, geschlagen; er durfte nicht mit den Herrschaften essen. Mozart, der Mensch, der den höheren Sphären am nächsten gekommen ist, stand auf der sozialen Leiter noch unter den Schoßhunden der Zwergstaatfürsten und Bischofskarikaturen, in deren Diensten er sich verschleißen lassen mußte. Als er in der Blüte seiner Jahre an Not und Elend zugrunde gegangen war, gab ihm als einziges Lebewesen ein Hund das letzte Geleit; die Menschen entschuldigten sich damit, daß es geregnet habe; einige behaupteten, sie hätten Grippe gehabt.

Jetzt bitte ich um den Tanz der Feueranbeter: Wilde Männer sitzen nachts draußen im Regen um ein Feuer herum und schlagen die Trommel; mit einem Mal beginnt eine Melodie aus vier Tönen, von einem Instrument mit heißem Klang gespielt, das mir durch Mark und Bein geht, und ein paar Tage später, mitten in der Arbeit, wird mir plötzlich bewußt, daß ich mich nach der Seligkeit dieser heißen, kurzen, wilden Melodie sehne.

Und einmal bemerke ich, daß das gespaltene Mädchen, von dem ich glaubte, es sei kahlköpfig, Haare hat, hellblaues, oder vielmehr grünes, dichtes, grobes Haar. Ich hatte bisher nicht gesehen, daß Kopf und Haar jeweils für sich gemalt waren, nun, Gott sei Dank, ihre Haare waren unverkennbar, nur vom Kopf durch einen weißen Strich getrennt.

Die Königin Kleopatra, barfuß, in seidenen Hosen und einem Pelzmantel, mit einer Zigarette im Mund und das ganze Gesicht eingecremt, schwebt aus dem Zimmer der bettlägerigen Frau, der Mutter des Hauses, heraus und in die Küche: Ich brauche jetzt unbedingt meinen Kaffee.

Der Organist: Kleopatra, dir gehört ganz Brasilien; und die Türkei und Java – ich weiß nicht mehr, welche Kaffeeländer er noch aufzählte.

Ja, aber sie hat gar nicht elf Finger, sage ich und schaue auf das Bild.

Wer weiß, vielleicht ist der elfte Finger der Finger, der ihr fehlt, obwohl sie es verdient hätte, ihn zu haben, sagt der Organist.

Ein Bild ist ein Bild, sage ich.

Und nichts anderes, sagte er. Neulich sah ich das Foto einer Maschinenschreiberin, sie hatte fünfunddreißig Finger.

Soll ich in die Küche gehen und Kleopatras Finger zählen, sagte ich.

Er sagte: Ein Bild ist kein Mädchen, selbst wenn es das Bild eines Mädchens ist. Mehr noch, je ähnlicher ein Bild einem Mädchen ist, desto weiter ist es davon entfernt, ein Mädchen zu sein. Alle wollen mit einem Mädchen schlafen, niemand mit der Nachbildung eines Mädchens. Selbst ein genaues Wachsbild der Kleopatra hat keinen Blutkreislauf; und keine Vagina. Dir gefällt der elfte Finger nicht, aber nun werde ich dir eine Geschichte erzählen: Der elfte Finger ersetzt diese beiden Dinge.

Und als er das gesagt hatte, sah er mich an und lachte. Dann beugte er sich zu mir her und flüsterte: Jetzt will ich dir das Geheimnis anvertrauen, das am interessantesten ist von allem: Das Bild der Kleopatra, das ihr von allen Bildern am nächsten kommt, die Person, die vorher hier durchs Zimmer ging, um sich in der Küche Kaffee zu kochen, hat zwar einen Blutkreislauf und viele andere hübsche Sachen, aber trotzdem ist sie weiter als alles andere von Kleopatra entfernt; nichts sagt weniger über Kleopatra aus als dieses zufällige und doch unwiderlegbare biologische Gebilde. Selbst der Mann, der nach fünfundzwanzig Jahren silberne Hochzeit mit ihr feiert, wird nicht mehr über sie wissen, als ein anderer, der eine halbe Stunde mit ihr verbracht hat – oder du, die du sie ein paar Sekunden lang durch ein Zimmer gehen siehst: Sie ist nämlich nicht einmal sich selbst ähnlich. Und das weiß der Künstler; deshalb malt er ihr elf Finger.

## Die Bilder bei mir im Haus

Tags darauf stehe ich da, zwei Haustiere – einen Elektrobohner und einen Staubsauger – neben mir auf dem Fußboden, und mache mich daran, die Bilder im Haus anzusehen. Ich hatte sie schon oft angesehen, diese zehn bis zwanzig Zentimeter großen wilden Gebirge, die manchmal aus Haferflockenbrei zu bestehen scheinen, manchmal aus bläulicher roter Grütze, manchmal aus einer Mischung von Brei und Quark, manchmal sogar wie eine umgedrehte Schüssel aussehen, und dann stand »Der Gletscher Eiriksjökull« darunter, und ich hatte nie verstanden, wo ich mich befand, denn wer aus dem Nordland kommt und einem Berg gegenüber zu Hause war, versteht einen Berg auf einem Bild in Reykjavik nicht.

In diesem Haus hängt, wie gesagt, ein Berg neben dem anderen: ein Berg mit Gletscherkappe, ein Berg am Meer, eine Schlucht in einem Berg, Lava unterhalb eines Berges, ein Wasserfall an einem Berg, ein Bauernhof mit Grassodendach am Fuß eines Berges, ein Vogel vor einem Berg; und noch mehr Berge; zu guter Letzt wirken diese öden Landschaften wie eine bewußte Flucht vor menschlichen Behausungen, beinahe wie eine Verleugnung menschlichen Lebens. Ich will auf keinen Fall bestreiten, daß das Kunst ist, schon allein deshalb nicht, weil ich nicht die geringste Ahnung davon habe, was Kunst ist; aber wenn es Kunst ist, dann ist es vor allem die Kunst derer, die sich am menschlichen Leben versündigt haben und in die Einöde geflohen sind, die Kunst der geächteten Diebe. Ganz abgesehen davon, wie erbärmlich die Natur auf einem Gemälde wird. Ich glaube, nichts zeugt von einer solchen Verachtung der Natur wie ein Bild der Natur: Ich berühre den Wasserfall und werde nicht naß, und es rauscht nichts; dort ist eine kleine weiße Wolke, die stillsteht, anstatt sich aufzulösen; und wenn ich an diesem Berghang rieche, stoße ich mit der Nase an etwas Erstarrtes und nehme einen chemischen Geruch wahr, bestenfalls einen schwachen Duft von Firnis; und wo sind die Vögel; und die Fliegen; und die Sonne, die einen blendet – oder der Nebel, in dem man gerade noch den nächsten Weidenbusch schimmern sieht? Doch, sicher soll das ein Bauernhof sein, aber wo bleibt der Geruch von Kuhmist, wenn ich fragen darf? Warum macht man sich die Mühe, ein Bild zu malen, das wie die Natur sein soll, wenn alle wissen, daß genau dies das einzige ist, was ein Bild nicht sein kann und nicht sein soll und nicht sein darf. Wer ist auf den Gedanken gekommen, die Natur sei nur ein optischer Eindruck? Wer die Natur kennt, hört sie eher, als daß er sie sieht; spürt sie eher, als daß er sie hört; riecht sie, ja, das kann man wohl sagen – vor allem aber ißt er sie. Sicher ist die Natur vor uns und hinter uns; sie ist über uns und unter uns, ja, und in uns; vor allem aber ist sie in der Zeit, sie ändert sich ständig und vergeht, ist nie die gleiche; und sie ist nie in einem viereckigen Rahmen. Ein Bauernhof mit Grassodendach ist nicht das, was er in einer Sonnennacht im Juli aus der Ferne zu sein scheint, nichts unterscheidet sich mehr von einem Bauernhof. Ich habe auf einem Bauernhof einem Berg gegenüber eine ganze Kindheit erlebt, wer meinen Hof malen will, darf sich nicht damit begnügen, mit dem Grassodendach anzufangen, er muß von innen anfangen und nicht von außen, muß mit dem Herzen derer, die dort leben, anfangen. Und ein Vogel, ich weiß auch, was ein Vogel ist. Oh, diese liebenswerten, göttlichen Vögel. Es mag durchaus sein, daß dieses Bild von einem Vogel viele tausend Kronen kostet, aber darf ich fragen, kann ein ehrlicher Mensch, oder ein Mensch, der auch nur ein bißchen Respekt vor einem Vogel hat, es vor seinem Gewissen verantworten, einen Vogel zu malen, der bis in alle Ewigkeit auf einem Stein sitzt, bewegungslos wie ein Ölgötze oder ein Mann vom Land, der sich in Saudarkrokur fotografieren läßt. Denn ein Vogel ist vor allem Bewegung; der Himmel ist ein Teil des Vogels, oder besser gesagt: Luft und Vogel sind eins; eine weite Reise immer geradeaus ohne die Erde, das ist ein Vogel; und Wärme, denn dem Vogel ist wärmer als dem Menschen, und sein Herz schlägt rascher; er ist auch glücklicher, wie man an seiner Stimme hören kann, keine Stimme ist wie Vogelzwitschern, und ein Vogel, der nicht zwitschert, ist kein Vogel. Dieser stumme Vogel auf einem Stein, dieses Bild von keiner Bewegung, keiner langen Reise immer geradeaus, soll vielleicht den toten, ausgestopften Vogel darstellen, der bei unserem Pfarrer daheim auf dem Schrank steht; oder die Blechvögel, die es in Saudarkrokur gab, als ich klein war; doch das Bild eines toten Vogels ist nicht das eines Vogels, sondern das des Todes; eines ausgestopften Todes; eines Blechtodes.

*Sechstes Kapitel*

## Die Nerzfarm

Eine der vielversprechendsten Nerzfarmen in der Gegend hat großen Schaden erlitten: Es wurden fünfzig Nerze gestohlen. Als ich am Abend zur Orgelstunde komme, sitzen dort zwei Freunde des Organisten, die ihn häufig besuchen; beide sind bei der Polizei, der eine schüchtern, der andere nicht schüchtern, und beide lernen Orgel spielen. Sie kamen direkt vom Dienst, tranken gerade Kaffee in der Küche und diskutierten über diese Angelegenheit.

Was macht das schon aus, wenn fünfzig Nerze gestohlen werden, sagt der Organist.

Was das ausmacht, sagt der nicht schüchterne Polizist. Die Burschen waren nicht einmal so klug, ihnen den Kopf abzuschneiden, die Viecher laufen frei herum. Ein Nerz bleibt ein Nerz. Er beißt Hühner tot. Und vertilgt Forellen und Vögel. Und fällt Lämmer an. Willst du alles im Land stehlen lassen? Willst du dir deinen Nachttopf wegstehlen lassen?

Die Leute sollten niet- und nagelfeste Klosettschüsseln verwenden, keine losen Nachttöpfe, sagte der Organist.

Ja, aber wenn du einen goldenen Nachttopf hättest oder zumindest einen silbernen, sagte der nicht schüchterne Polizist.

Einem armen, unschuldigen Menschen gelingt es mit Mühe, in ein kleines Geschäft einzubrechen und Schnürsenkel und Malzextrakt zu stehlen, sagte der Organist; oder einen alten Mantel aus einer Garderobe mitgehen zu lassen; oder durch die Hintertür in einen Milchladen zu schlüpfen und das Wechselgeld, das am Abend vorher in der Kasse liegenblieb, einzustecken, einem besoffenen Seemann die Brieftasche zu klauen oder aus dem Reisekoffer eines Provinzlers den Lohn eines ganzen Sommers zu entwenden. Unsere Blechnachttöpfe kann man vielleicht stehlen, wenn auch nur unter besonderer Mitwirkung der Gnade Gottes. Aber unsere goldenen Nachttöpfe kann man nicht stehlen, nicht einmal die silbernen: Die sind geschützt. Nein, was würde das Leben Spaß machen, wenn man einfach hingehen und eine Million stehlen könnte, sooft man pleite ist.

Es braucht ja nicht gleich so weit zu gehen, daß sie die Banken und die Staatskasse leeren, sagte der nicht schüchterne Polizist.

Ich habe zwei Freunde, die eine unverschlossene Tür oder ein nicht eingehaktes Fenster in einem Hinterhof bei Nacht nie verschmähten, sagte der Organist. Durch ständige Nachtarbeit und all die Sorgfalt und Gewissenhaftigkeit, die man bei der Ausübung eines Berufs überhaupt aufbieten kann, gelang es ihnen, im Lauf von zwei Jahren so viel zusammenzukratzen, wie ein Mann bei der Müllabfuhr in sechs Monaten verdient. Dann saßen sie weitere zwei Jahre hinter Gittern, insgesamt waren das also acht Arbeitsjahre. Wenn solche Leute eine Gefahr darstellen, dann zumindest nicht für andere, sondern nur für sich selber. Ich fürchte, meinem Freund Bui Arland und denen bei der F. F. F. würde ein solcher Verdienst für acht Jahre ziemlich gering vorkommen.

Trotzdem geht sein Sohn hin und stiehlt fünfzig Nerze, sagte der nicht schüchterne Polizist.

Du lieber Gott, sagte ich. Der Sohn von Bui Arland!

Da erst bemerkten sie mich, und der Organist kam zu mir her und begrüßte mich, und die beiden Männer stellten sich vor, der eine ein fröhlicher Mensch mit dickem Hintern, der andere ein ernsthafter Junge mit begierigen Augen, die einen heimlich anstarrten. Die bei der Polizei hatten in Erfahrung gebracht, daß der kleine Thordur Buason, der Bobo genannt wird, zusammen mit seinem Kameraden diese fünfzig Tiere gestohlen hatte; einige hatten sie drinnen bei den Ellida-Flüssen abgestochen, die übrigen aber waren ihnen entkommen.

Wenn die guten Kinder besserer Leute abends einen Spaziergang machen, ehe sie zu Bett gehen, sagte der Organist, und sie stehlen zum Spaß fünfzig Nerze, ein paar Kisten mit Ersatzteilen für Grabenbagger oder das Telefon droben in der Mosfellssveit, dann ist das eine genauso logische Reaktion auf die Umgebung wie die Betätigung meiner beiden Freunde – und genauso harmlos. Es läßt sich nicht verhindern, daß ein

Gegenstand, der in Salzwasser liegt, Salz in sich aufnimmt. Der Diebstahl, auf den es ankommt, wird dagegen anderswo begangen. Du hast gefragt, ob ich alles im Land stehlen lassen wollte. Jetzt vertraue ich dir ein Geheimnis an: Es wird alles im Land gestohlen. Und bald wird sogar das Land selbst gestohlen werden.

Ich stand noch immer gaffend mit meinen Handschuhen mitten im Zimmer.

Was wird mit dem armen Kind gemacht, sagte ich.

Glücklicherweise gar nichts, sagte der Organist und lachte. Der Polizeichef ruft seinen Vater an, und sie plaudern eine Weile über die Jugend und lachen, worauf sie sich zum nächsten Bridgeabend verabreden.

Leider, sagte der nicht schüchterne Polizist. Solchen Burschen sollte man auf dem Platz vor dem Parlament öffentlich den Hintern versohlen.

Der Organist lachte aus Güte und Nachsicht, er fand die Bemerkung zu naiv, um darauf zu antworten.

Da machte der schüchterne Polizist zum ersten Mal den Mund auf und sagte zu seinem Kollegen: Habe ich dir nicht schon oft gesagt, daß sie euch dieses Gerechtigkeitsgefühl eintrichtern, weil es ihnen nützt, wenn ihr es habt. Du hast ein kleinbürgerliches Gerechtigkeitsgefühl.

Ich wollte noch etwas sagen, doch da kam der Organist zu mir, legte seinen Arm um mich und führte mich aus der Küche ins Wohnzimmer, schloß die Tür hinter uns und ließ mich am Harmonium Platz nehmen.

Als dann die halbe Stunde vorbei war und der Organist wieder die Tür zur Küche öffnete, saß der schüchterne Polizist noch immer dort und las ein Buch, der nicht schüchterne Polizist war dagegen nach Hause gegangen.

Entschuldigt, ich hatte keine Lust heimzugehen in meinen Koffer, sagte er. Aber jetzt gehe ich dann.

Er hatte gesunde Zähne, und als er lächelte, wurde er richtig kindlich, aber ehe man sich's versah, machte er wieder ein finsteres Gesicht und sah alles nur heimlich an, so daß sich ein Mädchen sagt, und vielleicht etwas Besonderes meint: Er ist anders als die anderen; und dabei kam er mir irgendwie bekannt vor. Kannte er mich?

Bleib, solange du kannst, sagte der Organist. Ich werde jetzt noch einmal Kaffee kochen.

Ich möchte keinen Kaffee mehr im Augenblick, sagte der schüchterne Polizist. Ich gehe jetzt. Es ist völlig richtig, was du sagtest: Es hat keinen Sinn, ein kleiner Dieb zu sein, so etwas ist nur ein Zeitvertreib für Kinder; und für arme Irre, die immer Kinder bleiben, obwohl sie erwachsen sind.

Nur darf man aus dieser Tatsache nicht den Schluß ziehen, man müsse ein gesetzlich geschützter Dieb werden, sagte der Organist.

Also, ich muß gehen.

Ich ging mit ihm hinaus. Wir hatten den gleichen Weg. Er war nicht fähig, ein Gespräch anzufangen, und ich wußte auch nicht, was ich sagen sollte. Unser Schweigen war wie eine Flamme, die unter einem Braten lodert; bis er sagt, kennst du mich, und ich antworte, ja, ich weiß aber trotzdem nicht, wer du bist.

Ich kenne dich, sagt er.

Hast du mich schon einmal gesehen, sagte ich, und er bejahte es. Da sagte ich: Der Unterschied ist, daß ich dich kenne, dich aber noch nie gesehen habe.

Natürlich hast du mich schon einmal gesehen, sagte er. Ich war einer von den beiden, die neulich in der Nacht die Leiche zu dir in die Diele geworfen haben.

Ja, jetzt erinnere ich mich, sagte ich, das war es aber nicht, an was ich mich erinnerte, sondern ich meinte irgendeine unerklärliche, tiefere, geheimnisvolle Verbindung zwischen uns: ein Vertrautsein, das sich mit Worten nicht beschreiben läßt, deshalb beeilte ich mich auch, dieses Thema zu verlassen, und fing an, über das andere zu sprechen: Findest du es nicht seltsam, alles zu haben: Jugend, gutes Aussehen, Gesundheit, Bildung, Talent und Reichtum, und sich trotzdem herumzutreiben wie Arngrimur Arland und im Vollrausch ins Haus getragen zu werden.

Die sogenannte Jeunesse dorée, sagte er, Söhne von Leuten, die das Volk um riesige Summen betrogen haben, sie wissen von Natur aus, daß sie als Hehler geboren sind. Was sollen derartige Burschen machen? Sie sind nicht dazu berufen, Verbrecher zu werden; und sie haben es nicht nötig, etwas anderes zu werden. Sie treiben sich herum, um zu fressen und sich volllaufen zu lassen. Das ist ihre Philosophie.

Wo kommst du her? fragte ich.

Aus dem Nordland, sagte er. Aus dem Hunavatns-Bezirk, wo unsere besten Diebe und Mörder herstammen.

Ah, so, sagte ich, dann gehört uns beiden alles, was auf der anderen Seite der Holtavörduheide liegt: Ich komme nämlich auch aus dem Nordland.

Und hast du eine Berufung, sagte er.

Eine Berufung, sagte ich, was ist das?

Hast du nicht in der Zeitung gelesen, daß die Leute auf dem Land eine Berufung haben müssen, das steht immer wieder in der Zeitung, sagte er.

Mir hat man beigebracht, nie ein Wort von dem zu glauben, was in der Zeitung steht, und überhaupt nichts außer dem, was in den Isländersagas steht, sagte ich.

Ich spannte eines Tages mitten in der Heuernte kurz nach Mittag das Pferd von der Mähmaschine ab, sagte er: und fuhr nach Reykjavik.

Um was zu tun, sagte ich.

Das war die Berufung, sagte er. Und jetzt habe ich das Unglück, Orgel spielen zu lernen – bei diesem Mann.

Unglück, sagte ich.

Ja, er durchschaut alle krummen Touren. Was soll ich tun?

Bist du nicht bei der Polizei? frage ich.

Das ist Nebensache, sagt er.

Ich: Was ist die Hauptsache.

Das ist eben das, wonach ich frage, sagt er.

Ich: Wir sind wie alle anderen Leute vom Land in der Stadt. Aber du, der du eine Berufung hast –

Sieh dir Zweihunderttausend Kneifzangen an, sagt er, diesen abgehalfterten Saufbruder, der einmal nichts als schreien konnte. Jetzt ist er nicht nur ein heiliger Mann geworden, sondern auch noch Vorsitzender einer Schwindelfirma für Snorredda in New York. Er hätte sich einen echten Rolls Royce gekauft, wenn die Briten sich nicht geweigert hätten, einen solchen Wagen für einen Isländer zu schmieren; deshalb mußte er sich einen Cadillac kaufen. Warum soll ich Gras mähen, das nie trocknen will? Oder einem völlig verschreckten Schaf auf einen Berg hinauf nachlaufen? Warum kann ich nicht eine F. F. F. für Snorredda in New York haben, wie er? Wir kommen immerhin aus derselben Gegend. Warum kann ich nicht im Nordland eine Kirche bauen, um diese Schafzüchter zu ärgern? Warum kann ich nicht die Hauptperson in einem Verein für Seelenforschung werden? Warum wird nicht in der Zeitung gedruckt, was ich über Gott, die Seele und das Jenseits denke? Warum kann ich nicht einen Atomdichter als Laufburschen haben? Und einen brillantinierten Gott als Lagerwächter? Ich war immerhin auf der Schule in Akureyri; er dagegen nicht; und außerdem bin ich Komponist.

Ich bin sicher, daß unser Organist weiß, was wir alle tun sollten, sagte ich.

Das ist ja eben das Unglück, sagt er. Jetzt habe ich furchtbare Angst, daß es mir ergehen könnte wie den beiden Göttern: Nur dadurch, daß sie bei ihm die Tonleitern lernten und danach Kaffee tranken, haben sie in weniger als einem Jahr ihre Berufung verloren, und wenn sie aus alter Gewohnheit den Fehler machen, irgendwo einzubrechen, dann kommen sie mit dem Geld zu ihm nach Hause und zerreißen es singend und werfen es auf den Boden.

Ja, er ist der Mensch, den ich am liebsten verstehen würde, sagte ich. Ich habe erst ganz wenige halbe Stunden bei ihm gehabt, und jedesmal schenkt er mir Blumen. Erzähl mir etwas über ihn.

Ich habe noch nicht einmal seine Tonleiter richtig gelernt, sagte er. Und habe den meisten Kaffee noch gar nicht getrunken. Trotzdem bin ich schon jetzt ein halb ruinierter Mensch, was auch immer später noch geschehen mag. Er stellt schreckliche Forderungen.

Moralische Forderungen? fragte ich.

Nein, sagte er. Du kannst ruhig alle Verbrechen auf der Welt begehen. Ein Verbrechen betrachtet er als einen geschmacklosen Witz, wobei er allerdings das Ideal des Bürgers, das alltägliche Durchschnittsverhalten, noch lächerlicher findet; und Heldenmut, egal ob er Gutes oder Böses will, kennt er genausowenig wie Laotse den kennt. Und –

Was für Forderungen dann? fragte ich.

Kurz gesagt, die erste Forderung ist, daß deine Dichtung sich auf objektiver Psychologie und Biochemie gründen soll; die zweite, daß du genau mitverfolgt hast, was sich in der Malerei seit den Tagen des Kubismus getan hat; und die dritte, daß du sowohl Vierteltöne als auch Diskordanzen akzeptierst und sogar Spaß an einem Trommelsolo haben kannst: In Gegenwart dieses Mannes komme ich mir wie ein widerliches Kriechtier vor. Und trotzdem sagt er zu einem Nichts wie mir: Betrachte mein Haus, als ob es dir gehörte.

Du mußt selbst ziemlich gebildet sein, daß du ihn verstehen kannst, sagte ich. Ich würde ihn nicht verstehen, wenn er so spräche. Was ist ein Viertelton; und Kubismus; oder Laotse?

Er antwortete nach kurzem Schweigen: Du läßt mich sprechen, und jetzt habe ich zuviel gesagt; das ist ein Zeichen von Schwäche.

Trotzdem hast du mir nicht gesagt, was du denkst, sagte ich.

Natürlich nicht, sagte er. Man spricht ja, um seine Gedanken zu verbergen.

Wenn dieser Mann eine Million besäße, dachte ich bei mir; und wenn er ungefähr fünfzehn Jahre älter wäre, dann wäre kein großer Unterschied zwischen ihm und dem Doktor, vielleicht gar keiner, ihre Seelen haben dieselbe Farbe; nur daß ich nicht weich in den Knien wurde, wenn ich mit diesem sprach, wie bei dem anderen. Beide besaßen in reichem Maße das isländische Talent aus den alten Sagas, im Spott über das zu sprechen, was ihrem Herzen am nächsten stand, der eine über seine Berufung, der andere über seine Kinder. Der Junge, bei dem ich einmal ein paar Abende war, sagte nie etwas. Und nie weiß ich, was mein Vater denkt. Ein Mann, der sagt, was er denkt, ist lächerlich; zumindest in den Augen einer Frau.

Darf ich deine gemusterten Handschuhe sehen, sagte ich.

Er zeigte mir seine gemusterten Handschuhe im Schein einer Straßenlaterne in der Nacht.

## *Siebtes Kapitel*

### Bei der Zellensitzung

Am Tag danach traf ich das Mädchen und den Jungen im Bäckerladen. Sie lächelte mir freundlich zu, er zog feierlich die Mütze.

Ich möchte abrechnen, sagte ich und gab ihnen das Geld für die Lotterielose. Aber ihr verzeiht, wenn ich daran zweifle, daß der Palast gebaut wird.

Warum, sagte das Mädchen und sah mich ein wenig traurig an, und es kam mir so vor, als wäre sie darüber verärgert, daß ich Zweifel äußerte.

Ich weiß nicht, sagte ich, denn ich wollte ihr nicht noch mehr Verdruß bereiten.

Sie schaute den Jungen an und sagte: Du hast in einem solchen Palast gewohnt, nicht wahr?

Er sagte, nein, aber drei Jahre lang habe ich meine ganze Freizeit in so einem Palast verbracht.

In Rußland, sagte ich.

Nein, sagte er, in der Sowjetunion.

Da fing das Mädchen an zu lachen, so komisch fand sie es, daß ich Rußland und die Sowjetunion miteinander verwechselt hatte.

Rußland, sagte er zur Erläuterung, das war das Reich des Zaren: Welch ein teuflisches Gefängnis der Völker.

Mir kam es seltsam vor, daß er »welch ein« sagte, das hatte ich noch niemanden sagen hören. Deshalb fragte ich: Warum sagst du »welch ein«? Sprichst du wie ein Buch? Oder ist das Kommunistensprache?

Er überlegte und murmelte etwas vor sich hin, schließlich sagte er: Welch ein – soviel ich weiß, ist das gutes Isländisch: Island, welch ein schönes Land.

Entschuldige, ich wollte dich nicht aus dem Konzept bringen, sagte ich. Erzähl mir noch mehr von dem Jugendpalast.

Er hatte einen so reinen und durchgeistigten Augenausdruck, daß ich mich im stillen fragte: Kann ein so unschuldig dreinblickender Mensch in einer Zelle sein? Er wußte nicht, was der Unterschied zwischen gesprochener Sprache und einem Buch war, aber das war das einzige Falsche aus seinem Mund.

In einem Jugendpalast kommt die Jugend auf gesittete, organisierte Weise zusammen, um sich auf allen kulturellen Gebieten zu unterhalten, sagte er. Dort gibt es eine Schwimmhalle und Gymnastiksäle, Säle für Theateraufführungen und bildende Kunst, einen Turm für Fallschirmspringer; Übungsräume für Orchester und Solisten, allgemeine und spezialisierte Bibliotheken; eine Schlosserwerkstatt, wo Jungen und Mädchen autogen schweißen können, eine Druckerei, wo man Handdruck als Kunstform lernen kann, eine Schule aller Fachrichtungen, ein chemisches Labor und eine botanische Abteilung, Kinosäle, Vortragssäle, Restaurants, Aufenthaltsräume –

Und einen Saal zum Flirten, sagte ich.

Natürlich, hatte das Mädchen gesagt, ehe sie sich's versah, der Junge aber machte nicht mehr weiter mit seiner Aufzählung, räusperte sich und sah sie mit tadelndem Blick an, sein Mund wurde ein wenig strenger. Die isländische Jugend soll nicht überall sinnlos betrunken herumliegen, erklärte er. Die isländische Jugend soll sich keine Mordfilme und pornographischen Schundromane zu Gemüte führen. Die isländische Jugend soll nicht auf der Straße zu Hause sein, wo sie fluchen, grölen und stehlen lernt. Die isländische Jugend –

Ein Weißbrot und ein Kilo Zwieback, sagte ich.

Du glaubst ihm nicht, sagte das Mädchen und bediente mich traurig, ich sah, daß ich sie tief verletzt hatte mit meinem mangelnden Ernst. Dann quittierte ich für das, was ich gekauft hatte, und wollte gehen.

Vielleicht sollte ich doch noch ein paar Lose nehmen – ich merkte nicht, was ich sagte, bevor es heraus war; und ich spürte, daß ich blaß wurde, wie wenn man einen heimlichen, streng verbotenen Flirt beginnt. Und wie stets beim Flirten: Sobald man den Fuß vom Boden hebt, ist der Schritt getan. Es gibt etwas, was ich schrecklich gern tun würde, sagte ich und bekam sogar Herzklopfen und lachte unnatürlich; und zwar auf eine Zellensitzung gehen.

Und damit war es heraus.

Der Junge und das Mädchen sahen wieder einander an, diesmal mit ganz besonderem Ernst, fast möchte ich sagen mit ganz besonderer Feierlichkeit: Eine schwierige Situation war entstanden. Schließlich sagt er:

Du bist nicht in der Partei.

Was für einer Partei? sage ich.

Der Partei, sagt er.

Ich bin in keiner Partei, sagte ich. Aber wenn es mir auf der Zellensitzung gefällt, werde ich vielleicht Kommunistin.

Jetzt fingen sie wieder beide an zu lachen, und das Mädchen sagte, nein, das darf doch nicht wahr sein: Wenn es mir auf der Zellensitzung gefällt, das ist buchstäblich das Komischste, was ich je gehört habe.

Ich verließ diesen Bäckerladen als völliger Idiot, ohne daß ich den Grund dafür gewußt hätte; der wurde mir erst klar, als ich auf der Zellensitzung gewesen war.

Denn obwohl die beiden meine Bitte zunächst reserviert aufnahmen, sie völlig abwegig fanden, änderten sie ihre Meinung, nachdem ich gegangen war, vielleicht hatten sie die Sache der Parteiführung unterbreitet. Am nächsten Tag nahm mich das Mädchen in der Bäckerei beiseite und sagte mir unter vier Augen, sie habe den Auftrag, mir mitzuteilen, daß ich kommen dürfte. Sie sagte, ich sollte morgen abend mit ihr gehen. In der folgenden Nacht konnte ich kaum schlafen, weil ich immer an die beängstigenden Ausschweifungen dachte, zu denen mich meine Neugierde oder angeborene Verderbtheit eben verleitete. Und selten bin ich dermaßen enttäuscht worden, wie als ich zu der Zellensitzung ging. Oder besser gesagt, selten hat mich etwas dermaßen erleichtert.

In einer niedrigen Kellerwohnung sitzen ein paar Männer und Frauen, die meisten davon ältere Leute, alle sind gerade erst von der Arbeit gekommen und hatten keine Zeit gehabt, sich umzuziehen; es gab nicht genug Sitzgelegenheiten für alle, manche standen an die Wand gelehnt, einige saßen auf dem Fußboden; das jüngste Kind verrichtete sein Geschäft auf dem Boden; und das waren die ganzen Ausschweifungen und der ganze Mord.

Aufgabe der Versammlung war es, sich zu einem Entwurf des Zentralkomitees für ein Programm der Partei für die Stadtratswahlen zu äußern. Lange wurde darüber diskutiert, ob man ein bestimmtes Stück Sumpfland in der Mosfellssveit urbar machen sollte oder nicht. Die meisten waren für ein anderes System des Milchtransports und Milchverkaufs als das jetzt praktizierte. Ein alter Mann hielt eine wohldurchdachte Rede über die Notwendigkeit dessen, in das Programm einen Artikel über die Verbesserung der Anlegeplätze für kleine Boote im Hafen der Stadt aufzunehmen: Jetzt sei es schon so, daß die Stadt die kleinen Leute, die hier in der Bucht mit ihren kleinen offenen Booten auf Fischfang fuhren, buchstäblich verdränge, für die Männer, die den Einwohnern der Hauptstadt frischen, guten Fisch aus der Bucht lieferten, sei nirgends in der Stadt ein Plätzchen am Ufer frei. Dann kam man zum nächsten Punkt der Tagesordnung, der Sache mit der Kinderkrippe: Ich saß, in eine Ecke gedrückt, mit fünf anderen Leuten auf dem Diwan, und da muß ich, ob ich es wahrhaben will oder nicht, eingeschlafen sein. Zumindest erinnere ich mich nicht daran, was in der Sache mit der Kinderkrippe beschlossen wurde.

Dann ergriff ein junger Mann das Wort und sprach über die Zeitung, der Freund des Mädchens in der Bäckerei. Wieder einmal war es so, daß die Partei eine Kampagne einleiten mußte wegen der Zeitung, sich an die Parteimitglieder wenden, Abonnenten werben, Geld sammeln, feste Förderer gewinnen; in der vergangenen Woche war es nur dem Zufall zu verdanken, daß die Zeitung nicht ihr Erscheinen einstellte. Die Regierung setzte keine Anzeigen mehr in die Zeitung, weil die Zeitung publik gemacht hatte, daß die Regierung den Plan verfolge, dem Volk das Land wegzustehlen, um es zu verkaufen; und außerdem, daß die Verkäufer dann zur Rettung ihrer Ehre den Lieblingssohn der Nation dort, wo er in Dänemark begraben lag, ausgraben wollten, um ihm in Island ein Begräbnis mit Zylinderhüten zukommen zu lassen. Die Großhändler setzten keine Anzeigen mehr in die Zeitung, weil diese geschrieben hatte, sie hätten die F. F. F. in New York. Die Lichtspielhäuser wollten nicht annoncieren, weil in der Zeitung gestanden hatte, die in Hollywood könnten keinen Film machen. Mit anderen Worten, die Wahrheit hatte sie getroffen, der Klassenfeind fürchtet nichts außer der Wahrheit; er fürchtet, daß das Volk die Wahrheit erfahren könnte. Jetzt müsse die Arbeiterklasse wieder einmal für ihre Zeitung in die Bresche springen. Die Zeitung sei die Kuh des armen Mannes; wenn er sie schlachtete oder eingehen ließe, dann würde die Familie sterben. Während dieser Rede wachte ich wieder auf.

Als ich sah, wie diese armen, abgearbeiteten Menschen, die genauso abgearbeitet und arm waren wie meine Leute daheim im Tal, ihren Geldbeutel aus der Tasche zogen und ihn mit diesen abgearbeiteten Händen aufmachten, da schien es mir plötzlich, als könnte ich diese Hände weinend küssen, und wie sie aus ihm dieses berühmte Scherflein der Witwe herausholten, und manche ihren Geldbeutel auf den Tisch ausleerten, während die, die keinen Geldbeutel dabei hatten, sich in eine Liste eintrugen, da fühlte ich, daß ich in allem mit diesen Menschen einer Meinung war und immer sein würde, ganz egal, über was für langweilige Dinge sie sprachen, ob sie nun einen Sumpf in der Mosfellssveit urbar machen lassen wollten oder ob es darum ging, ihr Land gegen die Zylinderhüte zu verteidigen, die es ihnen abschwindeln wollten, um es dann weiterzuverkaufen; ich schrieb also auch meinen Namen auf die Liste und verpflichtete mich, jeden Monat zehn Kronen in den Zeitungsfonds zu bezahlen, obwohl ich die Zeitung noch nie gesehen hatte.

Die Frau wollte, daß wir noch Kaffee trinken sollten, bevor wir gingen, doch viele, darunter ich, sagten, wir müßten gleich nach Hause, einige sagten, sie hätten sich noch nicht einmal gewaschen; und es war schon spät. Der Hausherr brachte mich zur Tür, er war der Zellenleiter. Er sagte, ich dürfe das nächste Mal gerne wiederkommen, aber dann müßte ich zum Kaffee bleiben.

Nun war ich auf einer Zellensitzung gewesen.

Eine andere Sitzung

Der Cadillac steht vor dem Haus.

Ich erinnerte mich nicht genau an den Namen des Geruchs, der mir entgegenschlug, als ich die Hintertür aufmachte, ich hätte nicht einmal sagen können, ob ich ihn gut oder schlecht fand, ob ein Geruch gut oder schlecht ist, hängt ganz davon ab, welche Erinnerungen damit verknüpft sind, dieser war zumindest nicht schlechter als Tabakrauch. Brannte es irgendwo?

Und als ich von der Küche in die Diele gehe, um nachzusehen, was das sein mochte, steht die Tür zum Arbeitszimmer des Hausherrn offen. Dort sitzt der Parlamentsabgeordnete, die Füße auf einem Stuhl, den Rücken zur Tür gewandt, und ist über irgend etwas vorgebeugt. Er sagt hallo, ohne aufzusehen, als er hört, daß draußen jemand herumgeht, und konzentriert sich wieder auf das, mit dem er sich beschäftigt.

Ich bin es nur, sagt das Dienstmädchen.

Möchten Sie eine Zigarette, sagt er. Sie sind dort auf dem Tisch.

Ich kann nicht rauchen, sage ich. Aber ich rieche irgend etwas. Soll die Tür offenstehen?

Ich habe sie aufgemacht, um den Weihrauchgestank hinauszulassen. Kommen Sie. Ich werde Ihnen etwas zeigen, was Sie nicht können.

Er sprach, wie gewöhnlich, in diesem freundlichen, fröhlichen Ton, aber dennoch ein wenig zerstreut; und ehrlich gesagt wußte ich nicht, ob ich es wagen sollte, ihn beim Wort zu nehmen, ich war, wie gesagt, das Mädchen; und wo war die gnädige Frau. Trotzdem, ich war keine Sklavin, ich war ein Mensch, ich war eine freie Frau.

Kommen Sie, und versuchen Sie es mit diesem Jungen, sagt er.

Welchem Jungen, sage ich, und ehe ich mich's versehe, stehe ich neben ihm und schaue ihm zu. Da sitzt er tatsächlich mit einem runden Kinderspiegel, wie man ihn in Saudarkrokur für zehn Öre bekommt, auf dessen Rückseite ein Negerjunge dargestellt ist, denn solche Dinge werden vermutlich für Neger produziert: Zwischen dem Glas und dem Bild sind ein paar lose Kügelchen, zwei schwarze und fünf oder sechs weiße, und die schwierige Aufgabe besteht darin, das Bild so zu neigen, daß die schwarzen Kügelchen in den Augenhöhlen des Jungen landen und die weißen in seinem Mund; und damit müht sich mein Abgeordneter ab, die qualmende Zigarette im Mundwinkel, die Brille auf dem Tisch.

Ich fürchte, daß ich das nicht fertigbringe, sage ich, ich stelle mich nämlich unglaublich dumm an bei allen Geschicklichkeitsspielen.

Ich auch, sagte er und schaute mich lächelnd an. Er reichte mir das Spielzeug; und ehe ich mich's versah, versuchte ich es schon; er hatte sich auf den Tisch gesetzt, um zu sehen, ob es mir gelänge. Da höre ich ein Murmeln aus dem Zimmer nebenan, irgendein feierliches, aber dennoch halb unterdrücktes Salbadern, das von gottesfürchtigen Seufzern begleitet wurde, wie die Abschiedsworte eines Sterbenden: Oh, ihr meine sehnsuchtsvollen Gebeine, Liebe, Seelenreife, Licht; und dazwischen ein seltsames Röcheln, als würde ein Schaf abgestochen.

Ist denn Besuch da? sagte ich und sah erschrocken auf.

Das scheint die Schafspest zu sein, sagte er. Wir sollten uns nicht stören lassen.

Doch nach einer Weile begann wieder das Gemurmel, das Stöhnen und das Röcheln, und ich fange an zu lauschen.

Zangen ist die alte Sippschaft losgeworden und hat jetzt etwas Neues, sagte der Hausherr; nämlich das Jenseits.

Das Jenseits, wie denn, sage ich.

Eine spiritistische Sitzung, sagt er.

Und Sie sind hier, sage ich.

Mir dreht sich der Magen um, sagt er. Weiter mit dem Jungen.

Zangen, sagte ich. Das ist ein eigenartiger Name. Ist das womöglich Zweihunderttausend Kneifzangen?

Ja, das arme Schwein, er hat diesen festen Glauben an das Jenseits und an den Vegetarismus, was eigentlich ein Überbleibsel und die Kehrseite seiner früheren Trunksucht ist, eine Art von Besäufnis auf Abwegen, wenn ich so sagen darf. Als er noch ein einfacher Alkoholiker und Großhändler war, gerade eben aus dem Nordland hierhergekommen, kaufte er zwei Kneifzangen und fünf Ambosse für jeden einzelnen Isländer;

Haarnetze, sechs Stück für jedes Menschenkind; unendliche Mengen von amerikanischem Wasser in Dosen, das man als Suppe essen sollte; zehn Jahre alte kleine Fische aus Portugal; und genug Backpulver, um das ganze Land aufgehen zu lassen – doch das wissen nicht einmal die Kommunisten. Schließlich hatte er sich in den Kopf gesetzt, alle Rosinen der Welt aufzukaufen und nach Island transportieren zu lassen; da hatte er allerdings schon die Sprache verloren und brüllte nur noch ununterbrochen den Buchstaben A. Die Aktiengesellschaft Snorredda rettete ihn. Wir lieben Idioten. Und nun hoffen wir, daß Zweihunderttausend Kneifzangen Minister werden kann. Er steht nämlich in Verbindung mit dem Lieblingssohn der Nation, den wir vor hundert Jahren in Dänemark haben sterben lassen. Der Lieblingssohn der Nation will sich von Zangen ausgraben lassen, damit wir Isländer von heute dereinst zum Gespött der Geschichte werden. Wir haben die Absicht, ihn auszugraben, obwohl die Fachleute schon längst bewiesen haben, daß seine Gebeine nicht mehr aufzufinden sind. Mein Schwager, der Premierminister, hat sich bereits eingeschaltet. Und da haben Sie es tatsächlich geschafft, die Zähne in den Mund des Jungen zu bugsieren. Ich sehe schon, Sie können alles.

Und im selben Augenblick beginnt im Salon Gesang, der allerdings ziemlich kläglich klingt, falsch, wie wenn beim Einsargen eines Armenhäuslers gesungen wird, und es ist hart, so etwas in einem der vornehmsten Häuser des Landes sagen zu müssen: O singe deinem Gott, du Herde des Herrn. Dann hörte das jämmerliche Singen auf. Es wurden Stühle gerückt, die Sitzenden standen auf, die Türen zum Zimmer Doktor Bui Arlands wurden geöffnet. Die gnädige Frau schreitet heraus, in erhabener seelischer Verfassung nach der Offenbarung; und ein sorgfältig gekleideter, wichtigtuerischer Mann, der nur provisorisch zusammengesetzt zu sein schien, so daß beim Gehen alle Gelenke wackelten, besonders die Arme: dieser berühmte Mann, endlich bekam ich ihn zu sehen. Zwischen ihnen wand sich ein langer Mensch mit dünnem, rotem Haar und schwachen Augen, er war verschwitzt und ungekämmt, Schlips und Kragen waren ihm völlig verrutscht. Dann kamen zwei Frauen, die weder einfache Frauen aus dem Volk waren noch vornehme Frauen, sondern irgend etwas dazwischen, die eine in isländischer Tracht, die andere in einem schwarzen Seidenkleid, das hier und dort mit Fransen besetzt war, sie gaben keinen Laut von sich vor Ergriffenheit, sie waren in einem durchgeistigten Zustand.

Und ich sitze im Zimmer des Hausherrn.

Was will denn das Mädchen hier, fragte die Frau.

Sie versucht es mit dem Jungen, sagte der Mann.

Was für einem Jungen, sagte die Frau.

Dem schwarzen, sagte der Mann. Was gibt es Neues von den Toten?

Wir haben wunderbare Beweise bekommen, blökte die Andächtige No. 1.

Es war göttlich, stöhnte die Andächtige No. 2.

Dann seufzten beide.

Mein Freund, der Lieblingssohn, hat im Beisein deiner Frau – u-und dieser beiden – bestätigt, was er mir schon oft zuvor bei Sitzungen mit diesem zukünftig weltberühmten Medium von der Südwestküste, O-Olaf, gesagt hat; wie heißt du noch einmal mit Nachnamen, Kamerad? Island muß seine Gebeine haben. Der isländischen Nation mangelt es an seelischer Reife und Licht.

Und an Liebe, sagte das Medium. Vergiß das nicht.

Guter Freund, sagte Doktor Bui Arland zu Zangen, bildest du dir ein, der Lieblingssohn der Nation habe jemals einen Vegetarier und Guttempler wie dich ernst genommen, es sei denn, das eine Mal, als er dichtete: Das Gras, mit dem man Rindvieh füttert, wächst auf dem Grabe deiner Mutter.

Es kommt in die Zeitung, es kommt ins Radio, es kommt unters Volk, sagte Zweihunderttausend Kneifzangen. Und wenn ihr im Parlament es ablehnt, dann fahre ich selber nach Dänemark und lasse ihn für mein eigenes Geld ausgraben; ich werde sogar die Gebeine kaufen, dann gehören sie mir allein. Meine Gebeine und seine werden unzertrennlich sein.

Wäre jemand so freundlich, diesem jungen Mann ein Taschentuch zu besorgen, sagte der Doktor und zeigte auf das Medium.

Zangen nahm sein seidenes Einstecktuch aus der Brusttasche, schneuzte rasch den Mann und warf dann das Tuch in den Kamin, alles mit schlotternden Bewegungen wie ein Gummimännchen. Das Medium schniefte betrübt nach dem Schneuzen und sagte zu seiner Entschuldigung:

Sie entziehen mir so viel Kraft durch die Nase, vor allem die großen Geister; der Lieblingssohn ganz besonders –

Ich meine, Sie sollten lernen, Schnupftabak zu nehmen, sagte der Doktor und bot daraufhin den Kleinbürgerfrauen eine Zigarette an, doch sie blickten ganz erschrocken auf ihn. Etwas anderes wurde dieser sozialen Zwischenschicht in einem solchen Haus nicht angeboten. Ich versuchte weiter, die weißen Kügelchen in den Schwarzen hineinzubekommen, obgleich ich sehr wohl spürte, wie die Abneigung im Körper der Frau brannte, mit ansehen zu müssen, wie das Dienstmädchen im Zimmer ihres Mannes spielte, während sie, diese wichtige Frau aus dieser wichtigen Familie, erfüllt von Heiligem aus dem Jenseits zurückkehrte; dieser Blick machte mich völlig ruhig; denn wofür hätte ich mich schämen sollen? Wäre ich weggelaufen, als sie kam, dann hätte ich mich schämen müssen, das wäre ein grundloses Schuldbekenntnis gewesen.

Komm, mein Freund, sagte Zangen und half dem Medium zur offenen Tür hinaus, damit er nicht hier mitten im Zimmer das Zeitliche segnete. Die Dame des Hauses schob die Frauen aus der Zwischenschicht auch zur Tür hinaus und verabschiedete sie gnädigst, und die beiden blökten und stöhnten noch bis auf die Straße hinaus in gefühlvollen Dissonanzen über die Wunder des Jenseits.

Dem Parlamentsabgeordneten Dr. Bui Arland fiel plötzlich wieder ein, daß er mit seinem Untergebenen etwas unter vier Augen besprechen mußte, er gab sich einen Ruck und lief ihm nach hinaus zum Cadillac, wo der Bevollmächtigte schon hinter dem Steuer saß, und verhandelte mit ihm durch die offene Autotür. Endlich war es mir gelungen, die Kügelchen in den Negerjungen hineinzubekommen, und ich legte den Spiegel vorsichtig auf den Tisch, damit sie nicht wieder herausfielen. Die gnädige Frau trat ins Zimmer, als ich gerade hinausging, nahm den Spiegel, schüttelte ihn und warf ihn dann von sich.

Während ich die Treppe hinaufging, hörte ich, wie sie durch die offene Haustür ihrem Mann, der immer noch mit Zweihunderttausend Kneifzangen draußen im Cadillac sprach, zurief:

Bui, ich muß mit dir sprechen.

## Achtes Kapitel

## Er, der die Berggipfel bewohnt, und mein Vater

Der Lieblingssohn der Nation, der Stolz des ganzen Landes, obwohl er in unserem vergessenen Tal, in meinem Tal, geboren wurde, er, den das Herz des Volkes zum besten Freund hatte, ein Idol derer, die nach seinem Tod das Licht der Welt erblickten, ein wiedergeborener Wieland der Schmied unserer goldenen Sprache, der Wiederbeleber, der die Blindheit von uns nahm und uns damit das schenkte, was wir noch nie gesehen hatten, die Schönheit unseres Landes, die isländische Natur, und in die Brust der nachfolgenden Zeit die verschlossene Empfindsamkeit der Elfen säte statt Heldentum und Saga – selbst aber einsam lebte und ohne Tröstung in einer weit entfernten Weltstadt starb, überwältigt von der Gleichgültigkeit dieses degenerierten Volkes, das er mit dem Zauberstab des Lebens berührt hatte, zerbrochen an der Feindseligkeit gedemütigter Menschen gegenüber Geist, Wissen und Kunst: Ich hatte gehört, wie sein Name immer wieder an den unwahrscheinlichsten Stellen in der Hauptstadt genannt wurde und stets in Verbindung mit Angelegenheiten, die gar nichts mit ihm zu tun hatten; zuerst bei dem singenden Atomdichter; dann, wegen des Verkaufs des Landes, auf der Zellensitzung; jetzt hier. Ein Mensch vom Land in der Stadt laßt vieles zum einen Ohr hinein und zum andern wieder hinaus, weil er den Zusammenhang nicht versteht, er kann die verschiedenen Dinge nicht zu einem Ganzen zusammenfügen.

»Mein Freund, der Lieblingssohn, hat im Beisein deiner Frau bestätigt –«

Die Magd des Hauses dachte mit glühendem Gesicht über diese Worte nach, während sie oben in ihrem Zimmer darauf wartete, daß das Ehepaar schlafen ging, damit sie noch in den Wohnzimmern aufräumen konnte vor der Nacht.

Und mit einem Mal steigt ein anderes Bild vor mir auf, eines, das ich bei jeder Schwierigkeit vor mir sehe und das für mich eine Antwort auf viele Fragen ist, nicht weil ich es jemals verstanden hätte, sondern wahrscheinlich deshalb, weil es mir selbst ähnlich ist, dem Mark meiner Knochen, sogar der Zusammensetzung meines Blutes: Papa. Und wenn ich sage sein Bild, dann meine ich nicht dieses blasse Gesicht, das einmal dicke Backen hatte, den zähen Körper, der einmal stark war, die Hand, die seit langem von primitiven Werkzeugen entstellt ist, oder das zusammengekniffene, wetterkundige Auge; sondern ich meine sein geistiges Bild, die mittelalterliche Saga, die allein er in allem anerkennt, mit dem Schwert statt der Sense, dem Meer statt der Erde, dem Helden statt des Bauern – allerdings gemildert durch eine hundert Jahre alte Neuzeit, die Neuzeit des ersten Bandes des Fjölnir, die die spätgeborenen Elfen, von denen wir lernten, was eine Butterblume, ein Vogel und ein Stern ist, mit stiller Wärme umhüllte. Nachdem ich die blassen Zauberer gesehen hatte, wie sie in einem Zimmer mit vielen falschen Bildern der Natur eifrige Gespräche über vermoderte Gebeine führten, mit dem, der unberührbar auf den Berggipfeln wohnt, dem Elfen ganz tief in unserer eigenen Brust, da hatte die Erinnerung an dieses rauhe Bild meines Ursprungs etwas Befriedigendes und Erfrischendes für mich.

## Die Frau liegt auf dem Boden

Da werde ich aus meinen Gedanken aufgeschreckt durch seltsame Geräusche von unten, ein weinerliches Schreien, ein Brüllen. Wurde im Haus ein Mord begangen? Oder im nächsten Haus ein Kind geboren? Ich öffnete mein Fenster und lauschte, es ging schon auf sechs Uhr zu, und in der Nachbarschaft war alles ruhig, die Fenster dunkel: Es mußte hier sein. Im Nu bin ich auf Strümpfen die zwei Treppen hinuntergeeilt und stehe auf der untersten Stufe. Die beiden Türen, die vorher offen gewesen waren, stehen noch immer offen, hinaus auf die Straße, hinein ins Haus.

Ich hasse dich, hasse dich, hasse dich – es klingt nicht menschlich, dieses dumpfe Gurgeln, und auch nicht die Mischung aus unartikulierten Lauten und obszönen Flüchen, die auf diese umgekehrte Liebeserklärung folgten. Dann: Ich werde, ich werde, ich werde nach Amerika gehen.

Mitten auf dem Boden im Arbeitszimmer liegt diese schöne, glatte Frau auf dem Rücken, die Röcke sind ihr über den Bauch hinaufgerutscht, sie trägt Nylonstrümpfe, einen seidenen Schlüpfer und goldene Schuhe und hämmert ununterbrochen mit Fersen und Fäusten auf den Boden, brüllt; die Armbänder klirren beim Schlagen, der eine Goldschuh fliegt durch die Luft.

Der Mann stand in einiger Entfernung davon und sah zu, er machte ein verlegenes und verwundertes Gesicht, aber ich habe den Verdacht, daß er schon früher solche Szenen erlebt hatte und nicht sehr überrascht war. Doch es wäre eine ausgesprochene Unhöflichkeit gegenüber einer so hervorragenden Frau gewesen, so zu tun, als ob nichts gewesen wäre, wenn sie die Beherrschung verlor. Was mich betrifft, so stand ich wie angewurzelt auf der Treppenstufe, fasziniert von einer so unglaublichen Belustigung. Als ich einige Zeit zugeschaut hatte, stand der Mann langsam auf, ging zur Tür und schloß sie mit einem entschuldigenden Lächeln. Ich schloß die Haustür und ging dann wieder hinauf in mein Zimmer, denn es war immer noch nicht an der Zeit, vor der Nacht aufzuräumen.

## Das Nachtessen

Die netten Männer aus Amerika kommen, wenn es schon auf Mitternacht zugeht, sie legen ihre Mäntel nicht mehr in der Diele ab, sondern gehen direkt hinein zum Hausherrn; und wenn sie in der Diele auf die Dienstboten treffen, klopfen sie uns auf den Rücken und ziehen Zigaretten und Kaugummi aus der Tasche. Für gewöhnlich bleiben sie nur kurz. Wenn sie gegangen waren, kam der Premierminister, wie zuvor, dann noch ein paar Minister, der Direktor des Schafseuchenschutzes, einige Parlamentsabgeordnete, Großhändler und Richter, der bleigraue, traurige Mann, der eine Zeitung herausgab, in der stand, daß wir das Land verkaufen müßten, die Bischöfe, der Direktor der Lebertranhärtung. Sie hatten oft nächtelange

Sitzungen, sprachen leise miteinander und gingen erstaunlich nüchtern.

Doch nach den heimlichen, aber würdevollen nächtlichen Besuchen wichtiger Leute hier bei uns in diesem Teil der Straße geschah es stets, daß tags darauf am anderen Ende der Straße andere, öffentliche und weit weniger würdevolle Besuche abgestattet wurden, wie auch immer das zusammenhängen mochte; da wollte die Bevölkerung den Premierminister besuchen. Das Anliegen der Leute war immer dasselbe: Ansprachen an den Premierminister zu halten oder ihm Petitionen zu überreichen, in denen er beschworen wurde, das Land nicht zu verkaufen; die Hoheitsrechte nicht abzugeben; nicht zuzulassen, daß sich die Ausländer hier eine Atomstation für den Atomkrieg bauten; Jugendvereine, Schulen, der Studentenverein, der Straßenkehrerverein, die Frauenvereine, der Verein der Büroangestellten, der Künstlerverein, der Reiterverein: Im Namen Gottes, unseres Schöpfers, der uns das Land geschenkt hat und will, daß wir es behalten, und es wurde keinem weggenommen, verkauft nicht dieses unser Land, von dem Gott will, daß wir es behalten; wir bitten Sie, Herr Premierminister.

Es herrschte Unruhe in der Stadt, die Menschen liefen mitten am Tag von ihrer Arbeit weg und scharten sich voller Schrecken in Gruppen zusammen oder sangen »Island, Land der Felsenbuchten«, Leute, von denen man so etwas nie erwartet hätte, kletterten irgendwo hinauf und hielten Reden über dieses eine Thema: Ihr könnt uns immer noch mehr Steuern aufbürden; ihr könnt Firmen betreiben, die die ausländischen Waren, die wir bei euch kaufen, um viele tausend Prozent verteuern; ihr könnt für jeden im Land zwei Kneifzangen und zehn Ambosse kaufen und portugiesische Sardinen für den ganzen Devisenvorrat der Nation; ihr könnt die Krone nach Belieben abwerten, wenn es euch gelungen ist, sie wertlos zu machen; ihr könnt uns hungern lassen; ihr könnt uns aufhören lassen, in Häusern zu wohnen – unsere Vorväter wohnten nicht in Häusern, sondern in Erdhaufen, und waren trotzdem Menschen; alles, alles, alles, nur dies eine nicht: nicht die Hoheitsrechte des Landes abgeben, für deren Wiedererlangung wir siebenhundert Jahre gekämpft haben, wir beschwören Sie, Herr Premierminister, bei allem, was diesem Volk heilig ist, machen Sie nicht unsere junge Republik zu einem Anhängsel einer ausländischen Atomstation; nur das nicht, nur das nicht; alles, nur das nicht. Wenn am anderen Ende der Straße solche Besuche stattfanden, wurden bei uns sorgfältig alle Türen abgeschlossen und die gnädige Frau sagte: Die Vorhänge an den Südfenstern zuziehen.

Eines Abends, als die Tage schon sehr kurz waren, gab es etwas Neues im Haus: Ausländische und einheimische Gäste wurden gemeinsam zu einem Fest eingeladen. Es war kein Abendessen, sondern ein Nachtessen. Die Gäste kamen gegen neun Uhr, lauter Männer in Gesellschaftskleidung, und bekamen Cocktails, während sie sich begrüßten; an Eßbarem gab es amerikanische Sandwiches, Zunge, Hähnchen und Salate, mit den dazugehörigen Weinen, dann leckere Nachspeisen; die Leute aßen im Stehen; schließlich wurde in einem Topf Punsch heißgemacht und Whisky und Gin angeboten. Eigens bestellte Serviermädchen bedienten, in der Küche standen gelernte Köchinnen. Die Amis gingen früh, und bald, nachdem sie fort waren, begannen die isländischen Größen »Lustig waren Männer« und »Über kalten Wüstensand« zu singen. Gegen Mitternacht erzählten die Serviermädchen draußen in der Küche, daß die Männer angefangen hätten, sie zu betatschen, während sie ihnen einschenkten. Etwas später gingen die Mädchen nach Hause, und die Männer schenkten sich selbst nach. Im Laufe der Nacht wurden die Männer immer betrunkener, und Zangen half dem Hausherrn, die zu stützen, die nicht mehr allein stehen konnten, oder sie hinaus in die Autos zu tragen. Als das Fest vorbei war, sagte man mir, ich sollte Gläser und Geschirr und alles, was übriggeblieben war, aus dem Zimmer schaffen, Flecke abwischen, Aschenbecher leeren und Fenster aufmachen. Da war niemand mehr da außer dem Premierminister, der völlig betrunken in einem Sessel zusammengesunken war, und dem nüchtern gebliebenen Tausendkünstler der Firma Snorredda, der ihm immer nachschenkte. Der Hausherr hatte sich in sein Arbeitszimmer gesetzt und blätterte in einer ausländischen Zeitschrift, die Verbindungstür stand offen.

Die Kommunisten, sagte der Premierminister. Die verfluchten Kommunisten. Ich liebe sie. Ich werde sie umbringen.

Hör mal gut zu, mein Freund, sagte sein Schwager, ohne aus der Zeitung aufzublicken. Du denkst daran, daß wir morgen frühzeitig aufstehen und zu einer Ausschußsitzung müssen.

Und wir dürfen nicht vergessen, daß die Unabhängigkeit der Nation jetzt davon abhängt, daß Island seine Gebeine bekommt, sagte Zweihunderttausend Kneifzangen.

Feiglinge. Kommt, wenn ihr es wagt, sagte der Premierminister.

Alle Zeitungen müssen mit vereinten Kräften für die Gebeine eintreten, sagte Zangen. Auch die Kommunisten. Vor allem aber die Geistlichkeit.

Warum ich das Land verkaufen will? sagte der Premierminister. Weil mir das mein Gewissen gebietet, und hier erhebt der Minister drei Finger seiner rechten Hand. Was ist Island für die Isländer? Nichts. Nur der Westen ist wichtig für den Norden. Wir leben für den Westen, wir sterben für den Westen; einen Westen. Kleinstaaten – Scheiße. Der Osten wird ausgelöscht werden. Der Dollar wird bestehen.

Mein Freund, wir wollen lieber nicht laut denken, sagte Doktor Bui Arland. Wir sind nicht allein. Wenn wir sprechen, kann mißverstanden werden, was wir denken; und sogar verstanden werden, wovor uns Gott bewahren möge.

Ich will mein Land verkaufen, brüllte der Premierminister; alles für dies eine. Sie können mich an den Haaren durch die ganze Stadt schleifen –

Freund, sagte der Doktor.

Du kannst dich selber am Arsch lecken, sagte der Premierminister. Selbst wenn sie mich auf dem Platz vor dem Parlament öffentlich auspeitschen und mich aus der Regierung zum Teufel jagen, ich werde trotzdem mein Land verkaufen. Selbst wenn ich mein Land verschenken muß, wird der Dollar siegen. Ich weiß, Stalin ist ein intelligenter Mensch, aber gegen den isländischen Premierminister wird er nicht ankommen.

Und selbst wenn die ganze Nation ihren Lieblingssohn verrät, so hat er doch mich zum Freund, sagte Zangen.

Wo sind die ganzen Leute, sagte der Premierminister, der plötzlich entdeckte, daß die Gäste gegangen waren. Kurz darauf stieß er die Gläser um, stand auf und reckte sich; es war erstaunlich, wie gut er das konnte, die Aufgeblasenheit steckte diesem kleinen, dicken Mann offensichtlich im Blut, sie war das letzte, was ihn in diesem Leben im Stich ließ: In Wirklichkeit war der Mann so betrunken, daß nur noch sein innerstes Wesen von ihm übriggeblieben war. Zangen stützte ihn beim Gehen und setzte ihm den Hut auf, und der Mann wiederholte sich wie sein eigenes Echo, während er durch die Diele und den Windfang hinausging: Ich bin der Premierminister. Stalin ist nicht so intelligent wie ich. Der Dollar wird siegen.

Der Doktor, sein Schwager und Kompagnon in der Firma Snorredda, begleitete ihn und Zangen zur Haustür. Das Fest war zu Ende. Sie fuhren weg, und der Hausherr sah mich lächelnd an.

Mein Schwager ist ein wundervoller Mensch, sagte er; und macht manchmal Spaß, wenn er einen Schwips hat. Wir können das glücklicherweise vergessen; und brauchen auch nicht davon zu erzählen, wenn wir wieder einmal zu einer Zellensitzung gehen.

Er lehnte sich gegen den Türpfosten und sah mich müde an, die Zigarette zwischen seinen Fingern rauchte sich selbst; und er hatte eine Zellensitzung erwähnt – wußte er denn alles, auch das?

Er ist in Wirklichkeit ein sehr ehrlicher Mensch, sagte der Doktor; zumindest, wenn er etwas getrunken hat. In Wirklichkeit ist kein Mensch ehrlich, wenn er nüchtern ist; in Wirklichkeit kann man kein Wort von dem glauben, was ein nüchterner Mensch sagt. Ich wünschte, ich wäre betrunken.

Er nahm seine Brille ab, putzte sie sorgfältig, setzte sie dann wieder auf und sah auf die Uhr: Zeit, zu Bett zu gehen, mehr als das. Doch als er schon auf dem Weg zur Treppe war, drehte er sich mitten in der Diele plötzlich um und setzte das Gespräch fort: Wie ich schon sagte, man kann sich ganz auf ihn verlassen: Wenn er dir nüchtern etwas im Vertrauen schwört und dir sein Ehrenwort gibt, dann weißt du, daß er lügt. Wenn er dreimal beim Namen seiner Mutter öffentlich schwört, dann meint er ganz einfach das Gegenteil von dem, was er schwört. Was er aber betrunken sagt, das meint er, selbst das, was er schwört.

Ich streckte mich und fragte: Will er das Land verkaufen?

Ist Ihnen Politik nicht gleichgültig, sagte er.

Doch, sagte ich. Aber ich mußte plötzlich an meinen Vater denken; und an die Kirche. U-und an den Bach.

Was für einen Bach, sagte er erstaunt.

Den Bach –

Ich wollte noch mehr sagen, aber ich konnte es nicht. Ich sagte nichts mehr. Ich drehte mich um.

Ich weiß nicht, was Sie meinen, sagte er, und ich spürte, wie er mich ansah, obwohl ich ihm den Rücken zuwandte.

Hm, sagte er. Gute Nacht.

## Der Eid

Die Menge drängt immer dichter zum Parlamentsgebäude hin, die Reden werden immer hitziger, man singt »Island, Land der Felsenbuchten« bis zum Übelwerden, Schreie und Rufe gellen: Wagt das Parlament nicht zu antworten?

Die Abgeordneten saßen in einer nichtöffentlichen Sitzung und berieten darüber, ob man Reykjavik oder irgendeine andere Bucht im Land, die sich ebensogut als Atomstation für einen Atomkrieg eignete, abtreten sollte, und da die Angelegenheit noch nicht annähernd ausdiskutiert war, wußten sie nicht, was sie der singenden Volksversammlung der Straße antworten sollten. Den einen oder anderen Abgeordneten sah man durch das Balkonfenster herausspähen, mit einem Lächeln, das unbekümmert wirken sollte, aber eine verkrampfte Grimasse war. Schließlich hielt das Eingangstor des Parlamentsgebäudes dem Druck der Menge nicht mehr stand, und die Leute begannen, in das Gebäude hineinzudrängen. Da endlich öffnete sich die Tür auf dem Parlamentsbalkon, und ein kleiner, dicker, aufgeblasener Mann tritt heraus und stellt sich in Positur. Er wartet, bis die Leute unten »Island, Land der Felsenbuchten« zu Ende gesungen haben, wirft sich in die Brust, rückt den Knoten seiner Krawatte zurecht, streicht sich mit der Hand über den Nacken, führt zwei Finger an die Lippen und räuspert sich.

Und dann erhebt er seine Stimme: Isländer, in tiefem, ruhigem, landesväterlichem Ton; und die Leute werden still, respektieren das Schauspiel. Isländer, noch einmal spricht er dieses Wort, das so klein ist in der Welt und doch so groß, und jetzt erhebt er über dem Volk drei Finger zum Himmel und spricht dann langsam und fest, mit langen Pausen zwischen den Wörtern, den Eid:

Ich schwöre, schwöre, schwöre – bei allem, was diesem Volk von Anbeginn heilig war und ist: Island wird nicht verkauft werden.

*Neuntes Kapitel*

## Schlechte Nachrichten von den Göttern

Der Organist und der schüchterne Polizist saßen vor dem klapprigen Harmonium und hatten schlecht leserliche, handgeschriebene Noten vor sich. Sie waren so in die Musik vertieft, daß sie nicht hörten und nicht sahen, daß ich hereinkam, und eine halbe Stunde lang nicht merkten, daß ich hinter ihnen saß. Lange kämpften sie sich verbissen durch etwas hindurch, was keine erkennbare Melodie hatte und voll seltsamer Klänge war, die an die Helligkeit auf dem Land, frühmorgens bevor irgend jemand aufgestanden ist, erinnerten. Schließlich glaubte ich dann aber doch, eine Melodie heraushören zu können; sie kam aber aus einer so entfernten Region und ihre Ungeheuerlichkeit wurde mir so plötzlich bewußt, daß mich die Erkenntnis eher schlug als berührte. Und gerade als ich anfing, Herzklopfen zu bekommen von dieser neuen, höchst eigenartigen und unentdeckten Welt jenseits der gewöhnlichen Form, da hörten die beiden auf, erhoben sich erregt und hingerissen, mit leuchtenden Augen, als ob sie selbst das Stück komponiert hätten, und begrüßten mich.

Als ich anfing zu fragen, sagte er, er wisse nicht, ob er mir eines der bedeutenderen Geheimnisse der Welt, den Namen eines neuen Genies, anvertrauen könne: War ich dumm genug, mich in eine so schwierige Situation bringen zu lassen, ohne die Orientierung im Leben zu verlieren; und wenn ich nicht dumm war, war ich dann intelligent genug, dem Ruf zu folgen, den dieser neue Meister an jeden einzelnen richtete, und der Welt, in der wir lebten, zu entsagen und mich an der Schaffung einer neuen Welt für die Ungeborenen zu beteiligen. Als der Organist sah, wie traurig ich darüber wurde, daß er mir nicht vertraute, hatte er Mitleid mit mir, tätschelte mir die Wange und küßte mich auf die Stirn: Das war ein Violinkonzert von Roberto Gerhard, sagte er und bat mich, ihm nicht böse zu sein, er habe nur Spaß gemacht: Das ist ein

Spaniolenjunge in Cambridge, und er versteht nicht einmal etwas von Musik; würde die Familie Esterhazy noch etwas taugen, würde sie ihn verprügeln; wir wollen hoffen, daß er keine größere Beerdigung bekommt als Mozart.

Er ging in die Küche hinaus, um Kaffee zu kochen, und der schüchterne Polizist sah mich forschend an, ob ich etwas verstanden hätte.

Es wird immer schwieriger zu leben, sagte er: Jetzt habe ich zu allem übrigen auch noch das hier gehört.

Und in diesem Augenblick kommen die Götter, Brillantine mit seinen heißen, stechenden Mörderaugen, Benjamin, in pessimistischer Verzückung durch den Äther schwebend. Der Organist begrüßte sie mit gewohnter Herzlichkeit, fragte nach Neuigkeiten über das Göttliche und die höheren Sphären und bot ihnen Kaffee an.

Sie waren sehr mitteilsam und hatten nichts Gutes von sich selbst zu berichten: Zangen hatte sie hinausgeworfen – jetzt hat er sich mit Oli Figur zusammengetan. Figur sagt, die Gebeine ausgraben. Es hat schon in allen Zeitungen gestanden, daß sie Verbindung zum Lieblingssohn hätten.

Um alles in der Welt, laßt sie doch graben, sagte der Organist, und der schüchterne Polizist fragte, wo ist der Cadillac?

Er hat unseren Cadillac gestohlen, sagte der Atomdichter. Und ich habe mich gerächt, indem ich mit einem großen Hammer dem Klavier, das er mir geschenkt hat, die Zähne ausgeschlagen habe. Ich werde anfangen zu brüllen wie eine Kuh. Dann werde ich mich umbringen.

Ich weiß, daß du keine solche Unzucht treiben wirst, mein Freund, sagte der Organist. Selbstmord, die Selbstbefleckung mit sich selbst multipliziert! Ein Gott wie du! Nein, ich glaube, jetzt machst du einen Scherz.

Ich habe alle Bilder aus Buchenwald gesehen, sagte Benjamin. Es ist nicht mehr möglich, Dichter zu sein. Die Gefühle stehen still und gehorchen dir nicht mehr, nachdem du diese ausgemergelten Körper auf den Bildern angeschaut hast; und diese toten offenen Münder. Das Liebesleben der Forellen, Röslein rot auf der Heiden, Dichterliebe, das ist vorbei; fini; aus. Tristan und Isolde sind tot. Sie sind in Buchenwald gestorben. Und die Nachtigall hat ihre Stimme verloren, weil wir unser Gehör verloren haben, unser Gehör ist tot, es ist in Buchenwald gestorben. Und das einzige, was uns noch bleibt, ist der Selbstmord, die Onanie im Quadrat.

Immerhin kann man ja Leute umbringen, sagte der Gott Brillantine.

Der andere antwortete: Ja, wenn man eine Atombombe hätte. Es ist ziemlich unerträglich und nicht sehr ehrenhaft, daß ein göttlicher Mensch wie ich, Benjamin, keine Atombombe hat, wo doch Du Pont eine hat.

Jetzt werde ich dir sagen, was du tun solltest, sagte der Organist und setzte einen Teller mit ein paar vertrockneten Blätterteigstückchen und einigen zerbrochenen Zwiebäcken vor ihn hin: du solltest einen Rimur-Zyklus über Du Pont, der die Atombombe hat, dichten.

Ich weiß, was ich tun werde, sagte der Gott Brillantine. Ich werde mich von meiner Frau scheiden lassen und Karriere machen. Ich will ein berühmter Politiker werden. Ich will Minister werden und schwören; und einen Orden bekommen.

Mit euch geht es bergab, sagte der Organist. Als ich euch kennenlernte, wart ihr damit zufrieden, Gott zu sein; Götter.

Warum dürfen wir nicht auch ein kleines bißchen Karriere machen, sagte der Gott. Warum dürfen wir nicht auch einen Orden bekommen?

Kleine Gauner bekommen nie einen Orden, sagte der Organist. Das bekommen nur die Handlanger der großen Verbrecher. Um ein berühmter Politiker zu werden, braucht man einen Millionär. Und ihr habt euren Millionär verloren. Ein kleiner Dieb wird nicht Minister. Ein kleiner Dieb zu sein, ist eine derartige Erniedrigung, daß sie nur Göttern widerfahren kann, wie in einer Krippe geboren zu werden: Die Menschen haben Mitleid mit ihnen und setzen nicht einmal ihre Namen in die Zeitung. Fahr nach Schweden für die Millionäre und biete dort die Hoheitsgewässer an, nach Amerika und verkaufe das Land, dann wirst du Minister, dann bekommst du einen Orden.

Ich bin jederzeit dazu bereit, den Schweden die Hoheitsgewässer anzubieten und den Amis das Land zu verkaufen, sagte der Gott Brillantine.

Ja, aber das nützt dir alles nichts, wenn du deinen Millionär verloren hast.

Du meinst also, ich solle mich nicht von meiner Frau scheiden lassen, sagte der Gott.

Ist es nötig, sich von Frauen scheiden zu lassen, wenn sie es nicht selbst wollen? sagte der Organist.

Zumindest können wir Oli Figur einen Kopf kürzer machen, sagte der Gott.

Tja, ich weiß nicht, sagte der Organist. Bitte, greif zu und nimm dir einen Zwieback.

Er kommt von der Küste im Südwesten, sagte der Gott; und fällt in Trance. Aber wir, wir haben direkte Verbindung zum Göttlichen selbst. Zum Beispiel, wenn ich die Bibel aufschlage, dann verstehe ich sie. Sag mal, darf ich zwei halbe Blätterteigstückchen einstecken für die Zwillinge? Sie lecken so gern an Blätterteigstückchen.

Ja, du bist einer der größten Lutheraner der Gegenwart, sagte der Organist. Und ein wahrer Paterfamilias, wie Luther selbst.

Und ich brauche nur noch darauf zu warten, daß der Geist über mich kommt, sagte der Atomdichter. Ich habe nie an meinen Gedichten arbeiten müssen. Und wenn ich Selbstmord begehe, was vielleicht das schönste Gedicht der Welt ist, dann tu ich es in der Inspiration, weil der Geist es mir eingibt.

Ja, du bist der größte romantische Dichter der Gegenwart, sagte der Organist.

Und Oli Figur, dem läuft die Nase, sagte der Atomdichter. Er behauptet sogar, er habe eine unsterbliche Seele. Aber am allerschlimmsten ist, daß diese widerliche Qualle von der Küste im Südwesten jetzt im Cadillac sitzt.

Die Figur hat vielleicht gar keine unsterbliche Seele, sagte der Organist.

Sie verneinten das ganz entschieden.

Dann, glaube ich, solltet ihr ihn nicht einen Kopf kürzer machen, sagte der Organist. Zumindest würde ich es mir zweimal überlegen, bevor ich einen Menschen ohne Seele umbrächte. Andererseits kann man einen Menschen mit Seele gar nicht umbringen, aus dem einfachen Grund, daß die Unsterblichkeit die Natur der Seele ist: Du bringst ihn um, und er lebt. Und nun bitte ich euch zu entschuldigen, daß ich jetzt keine Zeit mehr habe, um über Theologie zu diskutieren, ich muß für dieses hübsche junge Mädchen vom Land, meine Freundin, ein paar Blumen pflücken.

## Der Schlüssel

In der Saga von Njall wird nirgendwo eine Seele erwähnt, auch nicht in der Saga von Grettir, und noch weniger in der Saga von Egill, und diese drei sind die bedeutendsten Sagas; und schon gar nicht in der Edda. Nie wurde mein Vater zorniger, als wenn er hörte, daß von einer Seele gesprochen wurde; seiner Ansicht nach sollten wir so leben, als gäbe es keine Seele.

Als wir Kinder klein waren, durften wir nicht lachen – nicht laut; das war häßlich. Wir mußten zwar immer gute Laune haben; aber alle übermäßige Fröhlichkeit war von Übel, das sagten auch viele gereimte Sprichwörter, der Weise freut sich leise. Mein Vater war immer gut gelaunt, ein Mann, der ständig lächelte; nur wenn er einen Witz hörte, dann wurde sein Gesicht starr, als ob die Schneiden zweier Messer quer übereinanderkratzen würden, und er verstummte und wurde teilnahmslos. Nie zeigte er Anzeichen von Sorge oder Kummer, nicht einmal wenn seine halbwilden Pferde froren. Meine Mutter liebt alles, hofft alles, duldet alles; wenn der Kuh etwas zustieß, schwieg sie. Wenn wir uns weh taten, durften wir nicht weinen, ich sah nie jemanden weinen, bevor ich in die Frauenschule kam, da weinte eine, weil ihr der Brei angebrannt war; eine andere wegen eines Gedichtes; eine dritte, weil sie eine Maus sah – ich dachte zuerst, sie würden nur so tun, aber dem war nicht so, und daraufhin schämte ich mich, wie man sich für jemanden schämt, der seine Hose verloren hat. Nie kam es vor, daß Papa und Mama uns Kindern gesagt hätten, was sie dachten oder wie sie fühlten. Solches Geschwätz hätte bei uns als unanständig gegolten. Man darf über das menschliche Leben allgemein sprechen, und über sein eigenes Leben, soweit es andere betrifft, zumindest an der Oberfläche; man darf endlos über das Wetter sprechen, das Vieh und die Natur, soweit es die Witterung betrifft; zum Beispiel darf man über trockenes Wetter sprechen, aber nicht über Sonnenschein; auch über die alten Sagas, aber ohne sie zu kritisieren; man darf über die Abstammung von Leuten sprechen, aber nie über seine eigenen Gedanken, der Gedanke nur weiß, was dem Herzen nahesteht, heißt es in der Edda. Wenn eine Geschichte keine Geschichte mehr ist, sondern anfängt, einen selbst zu betreffen, das eigene Selbst in seiner tiefsten Bedeutung, dann ist es häßlich, darüber zu sprechen; und noch häßlicher, darüber zu schreiben. So bin ich erzogen, das bin ich, keiner kann über seinen Schatten springen.

Deshalb will ich nicht erzählen, wie es dazu kam oder was es war, ich kann nur von den äußeren Ursachen berichten, bis es aufhört, eine Geschichte zu sein.

Ich wußte, daß er draußen in der Küche auf mich wartete, wie neulich, ich hörte ihn durch die Wand, ohne hinzuhören, wußte, daß wir zusammen gehen würden. Dann ist meine halbe Stunde zu Ende, und ich ziehe den Mantel an, gebe meinem Organisten die Hand und bekomme meine Blume. Da ist der andere aufgestanden und will gehen. Dann gingen wir hinaus. Es war genauso wie neulich, nur daß er sich diesmal ganz in Schweigen hüllte. Er ging an meiner Seite, ohne auch nur ein einziges Wort zu sagen.

Sag etwas, sagte ich.

Nein, sagte er. Ich bringe dich nach Hause, weil du aus dem Nordland kommst. Dann gehe ich wieder.

Na gut, sagte ich, du kannst schweigen, soviel du willst, mir macht es nur Spaß, dich schweigen zu hören.

Da hakte er sich plötzlich bei mir ein, zog mich an sich und führte mich; er führte mich fest, vielleicht zu fest, aber völlig ruhig; und schweigend; er umfaßte meinen Oberarm und berührte mich an der Seite, berührte mich genau am Busen.

Bist du es gewöhnt, mit einem Mann zu gehen, sagte er.

Nicht mit einem, der eine Berufung hat, sagte ich.

Sprich wie jemand aus dem Nordland, und nicht, als ob du aus Reykjavik kämst, sagte er.

Dann gingen wir eine ganze Weile weiter; bis er unvermittelt sagt:

Du schielst.

Nicht möglich, sagte ich.

Es stimmt aber, ganz sicher, sagte er. Du schielst.

Wenigstens sehe ich auf beiden Augen, sagte ich.

Es stimmt aber, sagte er. Wenn man dich genau betrachtet, dann schielst du. Manchmal kommt es mir so vor, als ob du nicht schielst, aber jetzt bin ich ganz sicher, daß du es tust. Hör mal, es ist ganz unglaublich, wie du schielst.

Nur wenn ich müde bin, sagte ich. Übrigens ist der Abstand zwischen meinen Augen zu groß; genau wie bei der Eule, deren Namen ich trage.

Ich habe noch nie in meinem Leben etwas gesehen, das so schielt, sagte er. Was soll ich bloß machen?

All das sagte er mit einer tiefen Stimme, die zwar gleichmäßig ruhig blieb, aber heiß aus seinem Innern kam, und etwas in mir rührte sich, als ich ihn sprechen hörte; trotzdem hatte ich keine Angst, der Unterschied zwischen diesem und dem anderen lag immer noch in meinen eigenen Knien. Und als wir vor meiner Haustür angekommen waren, und ich in meiner Handtasche nachsehe, ist dort kein Schlüssel; kein Fitzelchen von einem Schlüssel, Mensch; und es geht schon auf ein Uhr nachts zu. Ich hatte Schlüssel für die Vordertür und für die Hintertür bekommen, und noch nie hatte ich vergessen, diese Schlüssel mitzunehmen, wenn ich aus dem Haus ging, wohl wissend, daß ich sonst nicht wieder hineinkäme; und ihr Platz war in der Handtasche; und jetzt hatte ich sie also vergessen, oder sie vielleicht verloren; oder sie hatten die Materie abgestreift und sich durch ein Wunder oder Zauberei in nichts aufgelöst. Ich nahm alles, was in der Tasche war, einzeln heraus, drehte sie um, untersuchte das Futter, ob die Schlüssel vielleicht dazwischengerutscht waren, aber es half alles nichts. Ich saß auf der Straße.

Kannst du nicht jemanden herausklingeln? sagte er.

In diesem Haus? sagte ich. Bloß nicht. Lieber bleibe ich hier draußen, als daß ich mir von solchen Leuten aufmachen ließe.

Ich habe einen Dietrich, sagte er. Allerdings glaube ich kaum, daß er bei diesen Schlössern funktioniert.

Bist du verrückt, Mann, sagte ich. Glaubst du, ich würde mich mit einem Dietrich in dieses Haus einschleichen. Nein, ich warte lieber. Es kann sein, daß noch jemand von der Familie heimkommt und mir aufmacht.

Er sah mich an: Ich fürchte, mit dir wird es ein schlimmes Ende nehmen, sagte er. Du sagst in einem Atemzug ja und nein zur selben Sache. Es ist am besten, wenn du mit mir gehst.

So passierte das. Und erst in der Dämmerung des nächsten Morgens, als ich von ihm nach Hause gehen will und schon meinen Mantel angezogen habe, greife ich zufällig in die Manteltasche, und natürlich ist dort der Schlüssel.

Er besaß nichts außer seinem Koffer; das Bett, der Stuhl und der Tisch gehörten zum Zimmer; und das Klavier hatte er gemietet, er war mir nämlich in der Musik so weit voraus, daß er ans Klavier denken konnte, während sich mein Ehrgeiz auf das Harmonium beschränkte. Hier war alles sehr ordentlich. Es roch nach Seife. Er bat mich, auf dem Stuhl Platz zu nehmen, machte sich an seinem Koffer zu schaffen und holte eine Taschenflasche mit Schnaps daraus hervor, ganz der vorsorgliche Bauer, der noch auf alte Vorräte zurückgreifen kann.

Vielleicht willst du mir auch noch Kautabak anbieten, sagte ich.

Schokolade, sagte er.

Ich nahm von der Schokolade, aber nicht vom Schnaps.

Was hast du sonst noch anzubieten, sagte ich.

Sei nicht so ungeduldig, sagte er, du wirst es noch früh genug herausfinden.

## Die Liebe

Fast möchte ich glauben, daß die Liebe nur irgendein Unsinn ist, den sich die romantischen Dichter ausgedacht haben, die unbedingt heulen wollen oder sogar sterben; zumindest wird in der Saga von Njall, die immerhin besser als alle romantischen Bücher ist, nicht über Liebe gesprochen. Ich habe zwanzig Jahre lang mit den besten Menschen im Land zusammengelebt, mit meinem Vater und mit meiner Mutter, und habe nie von Liebe sprechen hören. Sie bekamen zwar uns Kinder, aber nicht aus Liebe, sondern wie das eben bei dem einfachen Leben einfacher Leute, die keine Vergnügungen kennen, geschieht. Dagegen habe ich in meinem ganzen Leben noch nie ein böses Wort zwischen ihnen gehört – aber ist das Liebe? Ich glaube kaum. Ich glaube, Liebe ist ein Vergnügen für unfruchtbare Menschen in der Stadt und ein Ersatz für das einfache Leben.

In mir lebt ein eigenes Leben, über das ich fast gar keine Macht habe, obwohl ich es mein eigenes Ich nenne. Ob ich nun geküßt werde oder nicht geküßt werde, so ist mein Mund doch ein Kuß, zumindest die Hälfte eines Kusses. Du bist die Unschuld und vom Land, dem schlimmsten Verbrechen eng verwandt, sang der Atomdichter, als er mich sah, und hat damit erstaunlich recht gehabt, denn wenn es etwas Häßliches gibt, dann ist es das Leben selbst, das seine eigenen Wege geht in diesem weichen Gefäß mit den vielen Fächern, das man Körper nennt. Liebe ich diesen geraden, heißen Mann mit der tiefen Stimme? Ich weiß es nicht. Oder den andern, bei dem mir schwach in den Knien wird? Das weiß ich noch weniger. Warum danach fragen? In einem gewissen Alter liebt ein Mädchen alle Männer, ohne sie in Personen aufzuteilen; liebt den Mann. Und das kann ein Zeichen dafür sein, daß sie keinen Mann liebt.

Du bist wundervoll, sagt er.

Das sagen die Leute auch bei schnellen, zufälligen Umarmungen zu nächtlicher Stunde mitten im brausenden Strom des Lebens, und dann sehen sie sich nie wieder, antwortet sie.

Vielleicht ist das auch die wahre Liebe, sagt er.

Abends allein nach Hause zu gehen, das ist in Romanen ein Unglück. Manche Mädchen können nicht unterscheiden, ob sie verliebt oder einsam sind, sie glauben, sie seien das eine und sind das andere; sie sind in alle und keinen verliebt, weil sie keinen Mann haben. Ein Mädchen ohne Mann weiß nicht, woran sie ist. Da tritt ein Mann zu ihr, als sie in der Nacht gedankenverloren vor einem Haus steht, und ehe sie sich's versieht, ist sie mit zu ihm gegangen, wo er ihr alles anvertraut: nichts. War das Liebe? Nein, sie hat nur einen Knebel in den offenen Rachen des Ungeheuers gesteckt, das ihren Leib zerreißen wollte, einen Schnuller in den Mund eines Säuglings, der nach Milch schreit: sich selbst; der Mann war nur ein Werkzeug; und wenn das falsch war, dann ist das Leben selbst das schlimme Verbrechen, von dem der Sänger und Dichter sprach.

Einmal kamen Landmesser aus Reykjavik, um die Wasserfälle zu vermessen. Einer hatte einen unglaublich weiten Mantel, und aus seiner Tasche hing ein Schal; er roch ein bißchen nach Schnaps. Sie war siebzehn. Er küßte sie im Wohnzimmer, als sie ihm den Kaffee brachte. Weshalb ging sie am Abend zu ihm in sein spitzes Zelt, wie er sie flüsternd gebeten hatte? Aus purer Neugierde. Sie war natürlich den ganzen Tag heiß, verschwitzt und rot, weil sie siebzehn war und einen Kuß bekommen hatte. Sein Zelt stand unten am Bach, und dort war er drei Nächte lang allein; mit ihr. Sie sagte nie ein Wort zu ihm und war schrecklich froh, daß er verheiratet war, sonst hätte sie vielleicht angefangen, sich über ihn Gedanken zu machen. Dann ging er wieder, und von da an begann ich, über mich selbst nachzudenken. In Wirklichkeit gab er mir mein eigenes Selbst; und deshalb gehört er mir auch trotz allem mein ganzes Leben lang – wenn ich will.

Der andere war ein Junge, den ich kennenlernte, als ich auf der Frauenschule war. Zuerst tanzte er eine ganze Nacht mit mir, dann schrieb er mir einen Brief, schließlich pfiff er unter meinem Fenster. Ich schlich mich bei Nacht hinaus. Wir wußten nicht, wo wir hingehen sollten, aber wir waren doch zusammen, denn nichts kann einen Jungen und ein Mädchen davon abhalten. Etwas mögen sie allerdings nicht, nämlich daß es entdeckt wird, sich herumspricht: Das sind wir selbst, das wissen nur wir, da hört die Wirklichkeit auf, eine Geschichte zu sein, da verliert die Geschichte ihre Berechtigung. Doch ein glücklicher Zufall wollte es, daß er nach Reykjavik mußte, als wir uns dreimal getroffen hatten, und von da an war alles ruhig und keiner mußte Angst haben an diesem gefährlichen Ort, der Frauenschule, wo ein lockerer Lebenswandel moralisch erklärt wird und nicht chemisch.

Und das war alles, was ich in der Hinsicht erlebt hatte, ein schon längst erwachsenes Mädchen, bis zu dem Abend, als ich den Schlüssel verlor.

## *Zehntes Kapitel*

### Ich werde entlassen

Während ich am Frühstückstisch eingieße, fragt die gnädige Frau in kaltem Gerichtston, ohne Umschweife und ohne mich anzusehen:

Wo waren Sie letzte Nacht?

Auf einer Zellensitzung, antworte ich.

Zuerst schnappt die Frau ein wenig nach Luft, doch bald hat sie das Zucken um ihren Mund wieder unter Kontrolle; sie gibt ein kurzes, hohes Hüsteln von sich und sagt schließlich mit bemerkenswerter Ruhe, aber ganz weiß im Gesicht:

Ah, so. Was stand dort auf der Tagesordnung, wenn ich fragen darf?

Die Kinderkrippe, antwortete ich.

Was für eine Kinderkrippe, fragte die Frau.

Man braucht eine Kinderkrippe, sagte ich.

Wer braucht eine Kinderkrippe, sagte sie.

Ich, sagte ich.

Und wer soll sie bauen, sagte sie.

Die öffentliche Hand, sagte ich.

Die öffentliche Hand, sagte sie. Was ist das für ein Tier, wenn ich fragen darf?

Es war unglaublich, wie kühl und ironisch diese Frau sprechen konnte, obwohl sie innerlich kochte vor Wut. Aber viel länger konnte sie sich nicht mehr verstellen.

Haben Sie die Frechheit, fing sie an, mir offen ins Gesicht zu sagen, daß Sie auf einer Zellensitzung waren; das in meinem Beisein in meinem Haus zuzugeben, das über unseren Tisch zu posaunen, in Gegenwart dieser beiden unschuldigen Kinder; ja, sogar hier am Tisch mit kommunistischen Forderungen aufzutreten; Forderungen, die darauf hinauslaufen, daß wir Steuerzahler den unzüchtigen Lebenswandel der Kommunisten unterstützen sollen.

Aber, aber, meine Liebe, unterbrach ihr Mann sie lächelnd. Wer fordert das? Gott sei Dank unterstützen wir zuerst unseren eigenen unzüchtigen Lebenswandel, bevor wir darangehen, den unzüchtigen Lebenswandel anderer Leute zu unterstützen.

Ja, das sieht euch ähnlich, euch bürgerlichen Politikermemmen, ihr seid immer dazu bereit, gegen eure eigene Schicht Partei zu ergreifen: Ihr fühlt euch nur in einem Morast von Falschheit und Verrat wohl. Aber jetzt sage ich: Bis hierher und nicht weiter. Ich und meinesgleichen, die wir unsere Kinder nach den Gesetzen Gottes und der Menschen geboren haben, sie auf moralische Weise aufgezogen und ihnen ein vorbildliches Zuhause geschaffen haben, wir denken nicht daran, den unzüchtigen Lebenswandel von Leuten zu finanzieren, die unseren Kindern die Häuser wegnehmen wollen, und damit erhob sich die gnädige Frau von ihrem Stuhl, drohte mir mit erhobener Faust, so daß ihre Armbänder klirrten, und sagte: Nein danke; und jetzt hinaus.

Das kleine Mädchen starrte mit offenem Mund seine Mutter an und hatte schon die Hände gefaltet, und der kleine Dicke blies die Backen auf. Der Hausherr aß weiter seinen Haferbrei, kniff die Augen zusammen und zog die Brauen hoch, wie es die Leute beim Kartenspiel machen, damit man ihnen nicht ansieht, was sie in der Hand haben.

Wo hatte ich denn geglaubt zu sein? Glaubte ich, dieses Haus wäre ein Hügel, der durch Zufall in der Landschaft entstanden war; daß man hier mit der Leichtfertigkeit armer Leute über die Dinge sprechen könnte? Hatte ich geglaubt, das Gerede über die Zellen in diesem Haus wäre ein harmloser Familienscherz, ein Kehrreim, den man immer dann vor sich hinsummt, wenn einem der Kopf leer ist? Dann allerdings hatte ich mich geirrt. Ich war fassungslos. Ich hatte überhaupt keine Begabung zum Umgang mit vornehmen Leuten, ich konnte ihnen nicht einmal nach dem Mund reden. Mit einem Schlag offenbarte sich mir der Unterschied zwischen den beiden Welten, die wir bewohnten, ich und diese Frau; obwohl ich auch unter ihrem Dach lebte, waren wir doch so himmelweit voneinander entfernt, daß man uns kaum mit gutem Gewissen zwei Menschen nennen konnte; zwar waren wir beide Wirbeltiere, sogar Säugetiere, doch damit hörten die Ähnlichkeiten auch schon auf; die menschliche Gesellschaft, zu der wir beide gehörten, war nur ein leeres Wort. Ich fragte mit idiotischem Grinsen, ob ich das so zu verstehen hätte, daß ich nicht mehr im Haus angestellt sei.

Meine Liebe, sagte der Mann zu seiner Frau. Ich glaube, wir werden in Schwierigkeiten kommen: jetzt, wo du nach Amerika fliegst. Wer soll sich ein ganzes Jahr lang um das Haus kümmern? Du weißt, daß unsere Jona mehr als die Hälfte ihrer Zeit bei den amerikanisch-smaländischen Göttern verbringt.

Ich kann hundert Mädchen bekommen, die nicht so unverschämt zu mir sind in meinem eigenen Haus. Ich kann tausend Mädchen bekommen, die entweder soviel Anstand haben, daß sie lügen, oder zumindest gar nichts sagen, wenn sie am Abend vorher etwas unternommen haben. Dieses Frauenzimmer hat mir immer freche Antworten gegeben, seit sie hier im Haus ist, sie ist voll von diesem nordländischen Dünkel, als ob sie über mir stünde. Ich ertrage sie nicht.

Nach kurzem Überlegen fand ich, daß ich in diesem Haus keine Pflichten mehr hatte, und ging in mein Zimmer hinauf, um meine wenigen Habseligkeiten zusammenzupacken, entschlossen, lieber in die Ungewißheit hinauszugehen, als auch nur eine Stunde länger an diesem Ort zu bleiben.

## Ich werde gebeten zu bleiben

Jemand kommt schnell zur Tür gelaufen, schlägt ungestüm dagegen und reißt sie schon im selben Augenblick auf, der kleine Dicke steht atemlos auf der Schwelle:

Papa sagt, du sollst dableiben, bis man noch einmal mit dir gesprochen hat.

Es muß wirklich Spaß machen, so ein kleines, dickes Vatersöhnchen zu sein, sagte ich, tätschelte ihn und packte dann weiter.

Ich dachte, er würde wieder gehen, als er mir das ausgerichtet hatte, denn im allgemeinen interessierte er sich nicht für mich, außer wenn er mit den Kindern des Ministers und anderer besserer Leute aus der Nachbarschaft auf einer Mauer saß und mir nachschrie: Organistin, Kohlenarsch, gesegnet seist du Bauernland. Jetzt bleibt er zögernd stehen und sieht zu, wie ich mein Sonntagskleid zusammenfalte und zuoberst in den Koffer lege, bis er mit einer komischen Mischung von Frechheit und Schmeichelei sagt: Darf ich mit dir zu einer Zellensitzung gehen.

Du wirst eine Tracht Prügel beziehen, mein Bester, sagte ich.

Sei still und nimm mich mit zu einer Zellensitzung, sagte er. Die verdammten Kommunisten wollen einem nie etwas erlauben.

Du willst doch wohl kein verdammter Kommunist werden, du süßes, kleines Dickerchen, sagte ich.

Er wurde zornig und sagte: Du darfst nichts zu mir sagen, solange du hier im Haus bist.

Jetzt sage ich in diesem Haus, was ich meine, denn ich bin dabei zu gehen, sagte ich.

Er griff in seine Tasche und zog einige zerknitterte Hundertkronenscheine heraus: Wenn ich dir hundert Kronen zahle, nimmst du mich dann mit zu einer Zellensitzung.

Glaubst du etwa, ich würde für hundert Kronen aus so einem süßen, kleinen Dickerchen einen verdammten Kommunisten machen, sagte ich.

Zweihundert, sagte er.

Ich gab ihm einen Kuß, den er sich wieder mit der Hand abwischte. Doch als er eine Summe bot, die dem Monatslohn eines Dienstmädchens entsprach, da konnte ich nicht mehr an mich halten und sagte jetzt verschwinde und schäm dich, du Schlingel. Eigentlich sollte ich dir die Hose herunterziehen und dich verprügeln. Noch so klein und will erwachsene Leute bestechen, ich möchte wissen, wo du das gelernt hast; dabei ist dein Papa ein so feiner Mensch.

Glaubst du etwa, mein Papa versucht nicht, Leute zu bestechen, wenn es nötig ist, sagte der Junge.

Ich gab ihm eine Ohrfeige.

Dafür kommst du ins Zuchthaus, sagte er.

Wer hat noch immer einen Verband an der einen Hand, seit er einem gestohlenen Nerz den Hals durchgeschnitten hat, sagte ich.

Bist du so dumm, zu glauben, daß mir oder meinem Vetter Bubbur etwas passiert. Wir dürfen alles, sogar Kommunisten sein, wenn die verdammten Kommunisten es erlauben würden.

Die Kommunisten wollen nur brave Jungen haben, sagte ich.

Ich will alles sehen und alles ausprobieren, sagte der Junge. Ich bin gegen alles.

Und da sah ich mir diesen Jungen an. Das war ein zwölfjähriger Junge mit blauen Augen und Locken. Er sah mich auch an.

Warum schreit ihr mir immer Schimpfwörter nach, wenn ich durch die Straße gehe, sagte ich.

Wir machen uns einen Spaß, sagte er. Wir langweilen uns. Wir wollen Kommunisten werden.

Ich schüttelte den Kopf; ich war reisefertig.

Mein Papa sagt, du sollst dableiben; warten, sagte der Junge.

Ich fragte, worauf.

Warte, bis Mama abgeflogen ist, sagte er.

Richte unten aus, daß ich auf nichts warten werde, sagte ich.

Ich mühte mich eine Weile damit ab, den Schlüssel im Schloß meines Koffers umzudrehen, es wollte immer wieder aufspringen. Als ich wieder aufsah, stand der Junge mit seinem Seidenhaar immer noch mitten im Zimmer und schaute mich mit diesen leuchtend blauen Augen an. Er hatte die Hundertkronenscheine wieder in die Tasche gesteckt und kaute eifrig an den Nägeln: Endlich hatte ich ihn bei der Beschäftigung erwischt, von der seine Nägel zeugten, die immer ganz kurz abgebissen waren.

Geh nicht, bleib da, bat er mich ohne Drohungen und ohne Bestechung, nur mit kindlicher Aufrichtigkeit, beinahe weinerlich und ein bißchen schüchtern.

Da war ich mir meiner Sache irgendwie nicht mehr so sicher, ich hatte plötzlich Mitleid mit dem Jungen; ich setzte mich halb mutlos auf meinen Koffer, nahm die Hände des Jungen und hielt sie fest, damit er nicht mehr so an seinen Nägeln herumkauen konnte; ich zog ihn an mich und sagte mein armer Junge.

## *Elftes Kapitel*

### Die Kinder, die ich bekam, und ihre Seelen

Die gnädige Frau entschwebte eines Tages mit Zangen nach Amerika, und die Kinder gehören mir: Ihr Vater vermachte sie mir beim Abendessen eher, als daß er sie mir anvertraute – lächelnd, zerstreut; das war eine unbefleckte Empfängnis durch das Verschlucken von Fisch, wie im Märchen.

Dann werdet ihr von jetzt an heißen wie ihr heißt, sagte ich.

Wir antworten damit, daß wir dich zerdrücken. Wir zerbrechen dir deine Knochen. Wir zermalmen dich, sagte die schöne Tochter leise und langsam, sie ließ die Worte auf der Zunge zergehen wie Süßigkeiten, zerdrücken, zerbrechen, zermalmen.

Also gut, sagte ich, wenn ihr nicht eure eigenen schönen Namen tragen wollt, dann taufe ich euch nach meinem Geschmack um: denn auf afrikanisch werde ich euch nie anreden. Arngrimur soll Länderschein heißen, Gudny Apfelblut, Thordur Goldwidder und das Weihnachtskartenkind unserer Jona Morgenstrahl; und du, Thorgunnur, kommst herein aus der Küche und ißt zusammen mit den anderen.

Die Mutter des Kindes hat mir aufgetragen, ihm Gutes beizubringen, rief die Köchin durch die offene Tür.

Ich hatte nicht die Absicht, ihr etwas Schlechtes beizubringen, sagte ich.

Das ist ja etwas ganz Neues, daß die Erlösung der Seele aus dem Nordland kommen soll.

Doktor Bui Arland begann zu strahlen, als er diese Antwort hörte, und ließ die Zeitung sinken.

Die Köchin in der Tür: Will der Doktor, unser Hausherr, den Willen seiner Frau am selben Tag, an dem sie abfliegt, mißachten – wegen ein paar Nordländern.

Hm, sagte der Doktor, ich bin nun einmal der Parlamentsabgeordnete dieser schrecklichen Leute im Nordland; der Wahlkreis, Sie verstehen, meine Gute.

Ja, aber ist das der Wahlkreis der Seele, mit Verlaub, wenn ich den Doktor und Hausherrn fragen dürfte.

Die Kinder strahlten alle, der ganze Eßtisch strahlte.

Was sagt Ugla, die gerade alle diese Kinder bekommen hat, sagte der Doktor und kratzte sich mit gespielter Kummermiene den Nacken. Was, glaubt sie, ist gesünder für die Seele, wenn sie im Eßzimmer ißt oder in der Küche?

Wenn die Seele im Bauch wohnt, sagte ich, aber die Köchin fiel mir sogleich ins Wort:

Und das ist eine Lüge, sagte sie, es wohnt keine Seele im Bauch, die Seele, für die sich mein geliebter Erlöser peinigen ließ, wohnt ganz bestimmt in keinem Bauch, dagegen hat die Sünde dort ihren Ursprung, was unterhalb des Zwerchfells geschieht, stammt vom Bösen. Und deshalb hat die Hausherrin und Frau Doktor die Worte zu mir gesprochen, daß dieses Kind bei mir in der Küche seine Nahrung zu sich nehmen solle, mit dazugehörigem Tischgebet und Danksagung, damit jemand für die Rettung des Seelenheils dieses Hauses bürgen könne, genauso wie die Gerechten in Sodom und Gomorrha.

Tja, ich bin nun einmal der Ansicht, daß die Seele im Eßzimmer erlöst wird, sagte ich; und nicht in der Küche.

Da sehen Sie es, sagte der Hausherr. Es ist kein Vergnügen, sich zwischen Pakistan und Hindustan entscheiden zu müssen. Das eine Reich baut darauf, daß die Erlösung der Seele mit der Hedschra beginnt, dem Tag, an dem Mohammed von Mekka aufbrach; das andere Reich sagt, die Seele werde nicht erlöst, bevor wir nicht mindestens in einem Rind, wenn nicht in einem Esel Wohnung genommen haben, und das kann sogar bis zu einem Fisch hinuntergehen. Ein solches Problem läßt sich nur lösen, wenn sich alle Leute einen Dolch anschaffen. Ich fürchte, wir werden uns einen Dolch zulegen müssen.

Als Gegengewicht zum Gotteswort hatte das Stiefkind der Köchin sich angewöhnt, nie eine Gelegenheit zum Fluchen ungenützt verstreichen zu lassen, wenn die einmal gerade nicht achtgab. Ich wunderte mich manchmal darüber, wie lange das Kind auf unserem Klosett hinter der Küche sitzen konnte; dort murmelte es stundenlang leise etwas vor sich hin, ich glaubte zuerst, es seien Gebete, doch als ich genauer hinhörte, mußte ich feststellen, daß es nach Herzenslust fluchte und schimpfte. Dabei kannte die arme Kleine nur drei, vier Flüche und dazu noch ein paar Wörter für tabuisierte Körperteile, die hatte sie auf unerforschte Weise in Erfahrung bringen können. Und wenn die liebe kleine Heilige eine gute halbe Stunde lang auf dem Klo wie wild vor sich hingeflucht hatte, dann ging es ihr wieder besser und sie kam strahlend heraus und machte sich daran, ihre Bettnässer zu versorgen. Später nützte sie dann die Schwerhörigkeit der Köchin aus: Sie saß mit gefalteten Händen in einer Ecke in der Küche und sah ihrer Stiefmutter bei der Hausarbeit zu; dabei bewegte sie ständig die Lippen, als ob sie Gebete hersagte, doch da versuchte sie eifrig, hundertmal an einem Stück Hölle und Arschloch zu sagen. Manchmal erhob sie die Stimme, um auszuprobieren, wie laut sie sprechen konnte, ohne daß die Stellvertreterin des Erlösers Böses ahnte.

## Mord, Mord

Dem Hausherrn lasten weiterhin die Schwierigkeiten unserer Nation und anderer Völker auf dem Gewissen, und deshalb ist er immer weit weg, auch wenn er da ist, ein Unbekannter am Tisch seiner Familie – oder langweilt er sich nur? Er geht sofort nach dem Essen. Länderschein, den ich so getauft hatte, weil er der Sohn all der Dunkelheit war, die es auf der Welt gibt, er war mit seinen Kameraden losgezogen. Goldwidder war hinausgegangen, um mit seinen Vettern und Basen, den Kindern des Ministers, weiter unten in der Straße fremden Leuten nachzuschreien, oder vielleicht zum Spaß eine Stunde lang Schlösser zu knacken, bevor es Zeit war schlafenzugehen. Und das Mädchen Apfelblut schlüpfte lautlos wie eine Bachforelle durch die Haustür hinaus. Drin bei der Köchin wurde irgendeine Litanei hergebetet, als ich in mein Zimmer hinaufging.

Und als ich schließlich oben und allein bin, fühle ich mich plötzlich so einsam auf der ganzen Welt, daß ich anfange zu glauben, ich sei verliebt: Und nicht nur verliebt, sondern buchstäblich unglücklich, ein Mädchen ohne Mann, geplagt von der Art von Liebeskummer, für die es vermutlich nur einen ausländischen Namen gibt, die man aber durch eine einfache Urinprobe bestätigen und analysieren kann. Ich spüre in meinem Innern all die seltsamen Säfte, die in einem Frauenzimmer grassieren können, spüre, wie mein eigener Körper sich in der gestärkten, gewachsenen Nähe der Seele bewegt, und die Seele, die einmal nur ein theologischer Begriff war, ist dabei, ein Teil des Körpers zu werden, und das Leben eine seltsame, gierige Seligkeit, die an Übelkeit grenzt, als ob man gleichzeitig essen und sich übergeben wollte; und ich sehe nicht nur, wie ich von Tag zu Tag mehr auseinandergehe, sondern ich habe auch einen Geschmack im Mund, den ich nicht kenne, ein Leuchten im Auge und eine Hautfarbe wie jemand, der zwei Schnäpse getrunken hat, eine Schlaffheit um den Mund und ein aufgedunsenes Gesicht, was durch den Verdacht und die Angst noch deutlicher wird, wenn ich in einen Spiegel schaue: Die Frau, die den Hering verschluckt hat. Ich spiegle mich atemlos und mit Herzklopfen. Manche Stunden erinnern an einen lebensgefährlichen Traum, doch das hier ist Wachsein: Ich bin mitten in der überhängenden Felswand aufgewacht. Ob das Seil hält?

Da machte ich mich daran, das Harmonium zu treten, trat und trat mit all der Dummheit, mit der ein Mensch vom Land treten kann, wenn er hofft, wieder den Klang zu hören, den das Leben früher hatte; bis ich müde wurde und einschlief; und es kam mir so vor, als hätte ich lange geschlafen, als ich durch einen Lärm geweckt wurde.

Man hämmerte gegen meine Tür und schrie; heulte; rief immer wieder meinen Namen, und dann: Mord, Mord.

Es war das erste Mal, daß ich das Wort Mord ernstgemeint hörte, und ich erschrak.

Das waren also meine lieben Kinder, die ich eben erst bekommen hatte.

Was ist das für ein Theater, sagte ich.

Er will mich totschießen, jammerte es draußen. Er ist ein Mörder.

Ich sprang aus dem Bett und machte im Nachthemd auf. Da steht mein Goldwidder mit echtem Entsetzen in den Augen und streckt beide Arme empor, wie in einem amerikanischen Film, wenn gerade Leute umgebracht werden. Unten auf der

Treppe steht Länderschein, in jeder Hand eine Pistole, und zielt ruhig auf seinen Bruder. Ich fürchte, ich habe tatsächlich geflucht. Länderschein bat um Verzeihung und sagte: Ich habe die Nase voll von solchen Dreikäsehochs.

Muß man sie deshalb erschießen, sagte ich.

Sie haben Pistolen gestohlen, sagte er. Ich habe beschlossen, sie mit den Pistolen, die sie gestohlen haben, zu erschießen.

Ich war schon im Bett und schlief, sagte Goldwidder weinend. Und plötzlich kommt er besoffen nach Hause und hat meine Pistolen gestohlen; und will mich umbringen. Ich habe ihn noch nie umbringen wollen.

Ich ging die Treppe hinunter, den Pistolenläufen entgegen, bis ich dicht vor dem zukünftigen Mörder stand, und sagte: Ich weiß, daß du das Kind nicht erschießen wirst.

Kind? sagte der Philosoph und hörte auf, mit den Pistolen auf seinen Bruder zu zielen. Er ist schon zwölf Jahre alt. In seinem Alter hatte ich schon längst die Lust am Stehlen verloren.

Ich ging auf ihn los und nahm ihm die Waffen ab. Er wehrte sich kaum und holte sofort eine Zigarette aus seiner Tasche, als er wieder freie Hände hatte. Er war müde und betrunken, setzte sich auf eine Treppenstufe und begann zu rauchen.

Als ich neun war, sagte er, habe ich die Hälfte all der Ersatzteile für Grabenbagger gestohlen, die der Landwirtschaftsverein Islands in dem Jahr importieren konnte. Das soll mir jemand nachmachen. Und dann war damit Schluß. Ein Mensch, der auch als Erwachsener weiterstiehlt, leidet an einer Krankheit, die wir in der Psychologie als Infantilismus bezeichnen: Immanuel Kant, Karl der Zwölfte; bei denen stauen sich Körpersäfte. Ich trieb es schon mit Mädchen, als ich zwölf war.

Gib mir meine Pistolen, sagte Goldwidder und hatte keine Angst mehr.

Wo hast du diese Pistolen her, sagte ich.

Das geht dich nichts an, sagte er. Gib sie mir.

Nicht so frech, Freundchen, sagte ich. Hab ich dir eben das Leben gerettet oder nicht?

Länderschein war zu einem Häufchen Elend zusammengesunken; er hatte die qualmende Zigarette zwischen den Lippen und verdrehte die Augen; im Überfluß seines Vaterhauses war er die leibhaftige Verzweiflung der Zeit, ein Flüchtling und Obdachloser an einer hoffnungslosen Station.

Wir einigten uns darauf, daß die Brüder ins Bett gehen sollten und ich die Pistolen in meinem Zimmer aufbewahren würde; der Ältere saß aber noch eine ganze Weile auf der Treppe und rauchte traurig; ich hörte ihn nicht antworten, als ich ihm eine gute Nacht wünschte. Ich legte mich in mein Bett und machte das Licht aus. Doch gerade als ich im Begriff war, wieder einzuschlafen, geht plötzlich die Tür zu meinem Zimmer auf, jemand setzt sich neben mich aufs Bett und fängt an, mich zu betasten. Ich drücke sofort auf den Lichtschalter über dem Kopfende, und da sitzt kein anderer als dieser Philosoph.

Was tust du hier, Junge, sagte ich.

Ich will mit dir schlafen, sagte er und zog die Jacke aus.

Bist du verrückt, Kind, hier die Jacke auszuziehen, sagte ich, zieh sie schnell wieder an.

Ich bin weder ein Kind noch ein Junge, sagte er. Ich will mit dir schlafen.

Ja, aber du bist ein Philosoph, sagte ich. Philosophen schlafen mit niemandem.

Das ist keine Welt, sagte er. Und der nächste Schritt ist, die Philosophie, die sich mit Welterkenntnis befaßt, abzuschaffen. Das einzige, was ich weiß, ist, daß du vorhin auf mich losgegangen bist und ich dich gespürt habe. Der nächste Schritt ist, mit dir zu schlafen. Laß mich zu dir ins Bett.

So benimmt man sich nicht, wenn man mit einer Frau schlafen will, sagte ich.

Wie dann? sagte er.

Da siehst du es, mein Bester, sagte ich. Du weißt nicht einmal, wie.

Ich bin nicht dein Bester, sagte er. Und ich schlafe mit dir, wenn ich es will; ob es dir paßt oder nicht.

Ja, ja, mein Freundchen, sagte ich. Du hast wohl vergessen, wie stark ich bin.

Ich mußte meine ganze Kraft aufwenden, um mich gegen sein Tatschen zu wehren.

Ich bin nicht dein Freundchen, sagte er. Ich bin ein Mann. Ich habe schon oft mit allen möglichen Weibern geschlafen. Bist du nicht in mich verliebt?

Einmal war ich in dich verliebt, sagte ich. Das war in meiner ersten Nacht hier im Haus. Die Polizei hat dich in die Diele geworfen. Du warst tot; völlig tot; ja, wirklich herrlich tot; ein toter Säugling, und die Seele bei Gott, ganz bestimmt. Am nächsten Tag warst du wieder lebendig: Dein Gesicht war wieder straff geworden auf diese erschreckende Art und Weise, die den Tod schön macht im Vergleich dazu. Jetzt bist du nicht betrunken genug. Trink noch mehr. Trink, bis du völlig schlaff wirst und es nicht mehr merkst, wenn man dich durch eine Schlammpfütze wälzt. Dann werde ich mich wieder in dich verlieben. Dann werde ich alles für dich tun, was dir gut tut: dich in dein Zimmer tragen, dich waschen; dich vielleicht sogar ganz ausziehen, obwohl ich das damals nicht gewagt habe; und ich werde dich ganz bestimmt zudecken.

## *Zwölftes Kapitel*

### Das Mädchen Apfelblut

Das Mädchen Apfelblut stierte mich immer geistesabwesend an, bis ich Angst bekam: Manchmal schien mir, als ob in ihren Augen alles vegetative Leben kämpfte, vom kleinsten Geschöpf, das trotz der ungünstigen Bedingungen in Island und Grönland wächst und gedeiht, bis dorthin, wo dich der Gott mit seinen brennenden, lüsternen Mörderaugen aus der Tiefe ansieht. Es kam vor, daß ich auf den Boden stampfte und ungeduldig fragte: Warum starrst du so, Kind. Sie aber stierte weiter und kaute langsam und ruhig ihren Kaugummi. Manchmal fing sie an, wie ein Vamp mit einer qualmenden Zigarette in einem langen Mundstück durch die Zimmer zu schweben. Es kam vor, daß sie unentwegt rauchend und kauend ein Schulbuch durchblätterte oder mit riesigen, steilen Buchstaben einen Aufsatz aufs Papier warf, man konnte das Kratzen der Feder meilenweit hören, wie wenn Segeltuch auseinandergerissen wird; aber schon bald war sie wieder in einen amerikanischen Unterhaltungsroman vertieft, das Bild auf dem Umschlag zeigte einen maskierten Mörder mit blutigem Messer sowie ein verängstigtes Mädchen mit nackten Beinen und kleinen, schmalen Füßen auf hohen Absätzen; oder in die Stapel von Modezeitschriften, die Mutter und Tochter allwöchentlich, manchmal jeden Tag, aus aller Welt zugeschickt bekamen. Ein schlankes Reis, nur Elastizität und Saft, eine Fata Morgana in Frauengestalt, ein sorgsam gezüchtetes Wassernixenwesen; und ich, dieses Trampel aus einem entlegenen Tal – war es ein Wunder, daß ich mich in ihrer Nähe bisweilen nicht wohl fühlte?

Ich vergesse nie den ersten Morgen, an dem ich ihr Kaffee brachte, und wie ich vor ihrem Bett stehe, in dem sie schläft.

Guten Tag, sage ich.

Sie wacht auf, öffnet die Augen und sieht mich an, als käme sie aus einer anderen Welt.

Guten Tag, sage ich noch einmal.

Sie sieht mich lange schweigend an, doch als ich mich gerade anschicke, es zum drittenmal zu sagen, fährt sie auf und unterbricht mich erregt: Nein, sag es nicht, sag es nicht. Oh, sag es nicht, ich bitte dich.

Darf man keinen guten Tag wünschen, frage ich.

Nein, sagte sie. Das kann ich nicht ertragen. Das sind die beiden widerlichsten und grauenhaftesten und wahnsinnigsten Wörter, die ich in meinem Leben je gehört habe. Bitte, sag das nie, nie.

Am nächsten Morgen stellte ich den Kaffee schweigend auf ihren Nachttisch und wollte dann wieder hinausgehen. Doch da warf sie ihre Decke zurück, sprang aus dem Bett, lief mir nach und krallte sich mit ihren Nägeln an mir fest.

Warum sagst du es nicht, fragte sie.

Was, fragte ich.

Guten Tag, sagte sie. Ich sehne mich danach, es dich sagen zu hören.

Eines Tages, als ich bei der Hausarbeit war, merkte ich plötzlich, daß sie ihre Schularbeiten weggelegt hatte und mich ansah. Auf einmal steht sie auf, kommt dicht zu mir her, krallt sich mit ihren Nägeln an mir fest und sagt: Sag etwas.

Ich frage, was.

Sie hört nicht auf, mich ruhig und gelassen zu kneifen und mir ihre Nägel ins Fleisch zu krallen, hört nicht auf, mich lächelnd anzustieren; sie will es ganz genau wissen, wie ich das Kneifen ertrage.

Soll ich dich zerquetschen, sagt sie.

Versuch es, sage ich.

Erlaub mir, dich umzubringen, sagt sie.

Bitte sehr, sage ich.

Ich liebe dich, sagt sie.

Ich wußte nicht, daß Mädchen das zueinander sagen, sage ich.

Ich könnte dich auffressen, sagt sie.

Du würdest vermutlich bald genug bekommen, sage ich.

Tut es denn nicht weh, sagt sie und hört auf zu lächeln; sie langweilt sich.

Ein bißchen, sage ich, nicht sehr.

Da erwacht ihr Interesse wieder, sie schlägt ihre dunkel lackierten Nägel noch tiefer in meinen Arm und sagt: Wie tut es dir weh? Oh, sag mir, wie es dir weh tut.

Ich glaube, anfangs hat sie mich für ein Tier gehalten, genauso wie ich sie für eine Pflanze hielt. Eine Pflanze wollte wissen, wie ein Tier Schmerz empfand. Andererseits habe ich nie bemerkt, daß sie etwas gegen mich gehabt hätte; natürlich fand sie es lächerlich, daß ein Riesenweib ein so unanständiges Möbel wie ein Harmonium in ein zivilisiertes Haus schleppte und anfing, darauf die Kinderübungen zu spielen, die sie selbst mit vier Jahren gelernt hatte, bevor sie lesen konnte; aber das Mädchen aus dem Nordland erregte in ihr keinen größeren Unwillen als eine Kuh in einer Tulpe.

Ein anderer Tag: Sie kommt zu mir, wo ich meine Sklavenarbeit verrichte, umarmt mich, schmiegt sich an mich, beißt mich und sagt du Teufel; dann geht sie wieder.

Noch ein anderer Tag: Nachdem sie mich lange schweigend beobachtet hat, fragt sie unvermittelt:

Woran denkst du?

Ich sage: An nichts.

Sag es mir, sag es mir doch, ich bitte dich.

Aber mir kam das Meer zwischen uns so breit und tief vor, daß ich es ihr nicht gesagt hätte, auch wenn ich tatsächlich an etwas gedacht hätte, und selbst wenn es ganz harmlos gewesen wäre.

Ich habe an ein braunes Schaf gedacht, sagte ich.

Du lügst, sagte sie.

Na ja, gut, daß jemand besser als ich selber weiß, was ich denke.

Ich weiß es genau, sagte sie.

Ich fragte, was.

Du hast an ihn gedacht.

An wen?

Mit dem du schläfst.

Aber wenn ich mit gar keinem schlafe, sagte ich.

Dann hast du an das andere gedacht, sagte sie.

Welches andere?

Daß du bald stirbst, sagte das Mädchen.

Ich danke dir, sagte ich. Dann weiß ich es. Ich habe es bisher nicht gewußt.

Ja, dann weißt du es – sie schlug das Buch zu, in dem sie gelesen hatte, stand auf, setzte sich an den Flügel und begann eine dieser zum Weinen schönen Trauermazurkas von Chopin zu spielen, allerdings nur den Anfang, denn unversehens ging sie in rasendem Tempo zu wildem Jazz über.

*Dreizehntes Kapitel*

## Eine Orgie

Der Hausvater ist auch für kurze Zeit weggeflogen mit seinem weichen, gelben Lederkoffer, der duftet und knarrt, und ich bin allein mit der Kinderschar. Und kaum ist seine Anwesenheit nicht mehr zu spüren, da ist das Haus kein Haus mehr, sondern ein Marktplatz. Zuerst kommen die offiziellen und die heimlichen Freunde der Kinder, dann die Freunde der Freunde der Kinder des Hauses, schließlich deren Freunde; und damit die ganze Hafenstraße. In der Diele steht eine Kiste Schnaps, ich weiß nicht, wer sie bezahlt hat. Einige der Gäste haben ihre Musikinstrumente mitgebracht, ein weibliches Wesen tanzt auf dem Flügel. Gegen Mitternacht werden von einem Restaurant kalte Platten ins Haus geliefert, ich weiß auch jetzt nicht, wer bezahlt; aber immerhin, die Dienstboten des Hauses werden nicht dazu aufgefordert, zu bedienen, sondern die Gäste versorgen sich selber, die Sünderin Jona ist auch schon längst schlafen gegangen, und in ihre tauben Ohren dringt kein Lärm, nur die Stimme des Gewissens. Ich wandere durch das Haus, überflüssig.

Ich nehme an, das sollte ein Hausball sein, doch wenn sich vereinzelte Paare auf die Tanzfläche schleppten, um eine Weile zu jitterbugen, so geschah das nur mit Widerwillen; dagegen wurde ständig »Lustig waren Männer« und »Über kalten Wüstensand« gesungen; vor allem aber bemühte man sich, ohne zu sprechen die fürchterlichsten Laute auszustoßen, ich habe noch nie in einer Nacht so viele undefinierbare menschliche Laute gehört. Dann übergab man sich, zuerst in den Toiletten, dann auf den Gängen und Treppen, schließlich auf die Tischtücher und über die Möbel und in die Musikinstrumente hinein. Es war, als ob alle mit allen verlobt wären, die Leute schleckten sich wild durcheinander ab, aber ich glaube, daß gar niemand mit jemandem verlobt war und die Küsse nur zum Jitterbug gehörten; nur das Mädchen Apfelblut hing strahlend an einem großen, amerikanisch aussehenden Kerl, der mindestens doppelt so alt war wie sie und schon anfing, eine Glatze zu bekommen, und verschwand schließlich mit diesem Burschen in ihrem Zimmer und drehte den Schlüssel von innen um.

Ich hatte nicht die Kraft, und schon gar nicht die moralische Autorität, mich in irgend etwas einzumischen, das war nur eine neue Form menschlichen Lebens, und vielleicht war sie gar nicht einmal so neu, auch wenn sie für mich neu war, doch als es schon bald drei Uhr nachts war, dachte ich daran, wie es wohl meinem Goldwidder bei all dem ergehen mochte, treibt er sich womöglich draußen im Dunkel der Nacht herum und versucht, Nerze und Pistolen zu stehlen, oder vielleicht das Telefon droben in der Mosfellssveit, dieser süße Racker; und ich öffne die Tür zum Zimmer der Brüder und schaue vorsichtig hinein. Da liegt im Bett des älteren Bruders ein stockbesoffenes Pärchen und knutscht, und im Bett des Jüngeren war ein Fräulein in einem verkotzten Brokatkleid aufgebahrt worden, auf christliche Weise, die Hände auf der Brust. Das Radio war auf einen amerikanischen Zuchtpferdesender mit schrecklichem Gewieher und gewaltigen Fürzen eingestellt. Da sehe ich, daß der Kleiderschrank offensteht und ein Lichtschein herausdringt, und was geht dort mitten in der Orgie des Jahrhunderts vor? Zwei Jungen spielen Schach. Sie kauern, zwischen sich ein Schachbrett, einander gegenüber im Schrank, unendlich weit entfernt von allem, was in ihrer unmittelbaren Umgebung geschieht, die Nerz- und Pistolendiebe, der Goldwidder und sein Vetter. Sie antworteten mir nicht, als ich sie ansprach, schauten nicht auf, obwohl ich lange an der Schranktür stand und zusah. Und bei diesem Anblick erfüllte mich wieder jene Sicherheit des Lebens, jene Helligkeit des Gemüts und Linderung des Herzens, die kein Unglück schmälern kann. Ich betrachtete eine Weile die kultivierte Ruhe des Schachspiels im Lärm des amerikanischen Senders und der vier Plattenspieler, die im Haus verteilt waren, einiger Saxophone und einer Trommel, ging dann hinauf in mein Zimmer, schloß mich ein, zog mich aus und legte mich schlafen.

Am Morgen war es selbstverständlich meine Aufgabe, das Erbrochene aufzuwischen, zerschlagenes Kristall und Porzellan wegzuwerfen, Weinflecke und Essensreste aus Tischtüchern und von Möbeln zu entfernen, und ich dachte, wie viele solcher Nächte wohl nötig wären, um ein Haus völlig zu verwüsten; ich bin fast den ganzen Tag damit beschäftigt, bis die Kinder eines nach dem anderen aus ihren verschiedenen Schulen nach Hause kommen. Plötzlich wird es laut in der Diele, und als ich nachschaue, sehe ich, daß das Ganze offensichtlich wieder von vorne anfangen soll, ein paar blonde Lackaffen im Realschulalter trinken Schnaps aus der Flasche, singen »Lustig waren Männer« und übergeben sich in der Diele vor den Augen des Mädchens Apfelblut. Sie waren deutlich verliebt in das Mädchen und wollten ihr zeigen und beweisen, daß sie Männer seien, die es wert waren, von einem jungen Mädchen geliebt zu werden. Sie saß auf der Treppe und rauchte eine Zigarette mit der langen Zigarettenspitze, sah etwas müde aus und lächelte ihnen kalt und verführerisch zu.

Ich stürzte in die Diele hinaus und sagte: Ich denke nicht daran, heute noch mehr Kotze aufzuwischen, diese Jungen sollen bitte machen, daß sie verschwinden.

Natürlich überschütteten mich diese blondgelockten, schnapsbleichen Jünglinge mit all den Schimpfwörtern und obszönen Ausdrücken, die nur gebildete Kinder aus gutem Hause über ihre Lippen bringen, darunter so weit hergeholte Unflätigkeiten wie doppelter Minusmensch, Gaskammerfutter, polnisch-jüdische Kettenhure; aber schließlich zogen sie widerwillig, den Schnaps in der Hand, ab. Und ich warf die Tür ins Schloß.

Als sie fort waren, kam Apfelblut auf mich zu; sie trat ganz dicht an mich heran, als erwartete sie, daß ich vor ihr zurückwiche, und sah mich mit haßerfülltem Blick an, wie der weibliche Schurke in einem Film.

Wie kannst du es wagen, meine Männer aus meinem Haus zu jagen?

Männer, dieses Kroppzeug, sagte ich und ließ sie so dicht an mich herangehen, wie sie wollte.

Ich verbiete dir, Leute aus dem Südland zu beschimpfen, sagte sie.

Sie steckte sich das eine Ende der Zigarettenspitze in den Mund und schwebte dann mit erhobenem Haupt und ausladenden Armbewegungen von mir weg; sie wackelte majestätisch mit ihrem kleinen, hübsch geformten Hintern, während sie sich entfernte, ließ sich in einen Sessel fallen, lehnte sich ermattet zurück, schloß die Augen und rauchte mit unendlicher Müdigkeit; alles war genau wie im Kino.

Ugla, sagte sie. Komm her. Sprich mit mir. Setz dich hin.

Als ich mich hingesetzt hatte, schaute sie zuerst eine Weile träumerisch in die Luft, dann sagte sie:

Ist er nicht wundervoll.

Wer, sagte ich.

Ist er nicht herrlich.

Ich sagte, ich wüßte nicht, wovon sie spräche.

Göttlich, sagte sie.

Ist es ein Mann, sagte ich.

Glaubst du, es sei ein Hund, sagte sie.

Ich weiß nicht, sagte ich.

Wer denn sonst als dieser verdammte Lingo, sagte sie. Mein lieber Lingo – findest du nicht, daß er ein prima Kerl ist? Ich liebe ihn. Ich könnte ihn umbringen.

Du meinst doch nicht etwa dieses lange Ungeheuer mit der Glatze und was weiß ich sonst noch?

Doch, sagte sie. Den meine ich. Leider. Ich weiß, er ist schrecklich groß; und kriegt schon eine Glatze; und ist außerdem verheiratet. Aber ich schlafe trotzdem mit ihm; schlafe, schlief, schliefen, geschlafen; werde schlafen.

Bist du verrückt, Kind, glaubst du, du darfst in deinem Alter mit einem Mann schlafen. Er kann dafür ins Zuchthaus kommen.

Das ist meine Sache, Kameradin, sagte das Mädchen.

So etwas wäre mir nie eingefallen, als ich im Konfirmandenalter war, sagte ich.

Hör mal, flüsterte sie. Hast du davon gehört, daß Mädchen nicht mehr weiterwachsen sollen, wenn sie sich zu früh mit einem Mann einlassen?

Das weiß ich nicht, antwortete ich, aber ich weiß, daß du noch ein solches Kind bist, Apfelblut, daß ich diesen langen Teufel verprügle, wenn ich ihn das nächste Mal sehe.

## Eine Anemone kaufen

Wenn jetzt heute abend alles wieder anfängt, das Haus wieder voller Leute ist, die Kristall zerschlagen, sich auf Tischdecken übergeben und die furnierten Möbel kaputtmachen, was soll ich dann tun? Die Polizei rufen?

Warum fragst du mich danach, meine kleine Freundin, sagte der Organist.

Ich weiß nicht, was ich tun soll, sagte ich.

In meinem Haus sitzen Verbrecher und Polizei am selben Tisch, sagte er; manchmal sogar Pfarrer.

Es ist entsetzlich, mit ansehen zu müssen, wie sich diese betrunkene Teufelsbrut benimmt, sagte ich.

Sprecht in meinem Beisein nicht schlecht über junge Leute, sagte er, ohne zu erklären, weshalb er mich in der Mehrzahl anredete, und wurde ernst. Nach kurzem Überlegen fuhr er fort: Ich dachte, es gäbe genug Kristall auf der Welt für die, die Kristall sammeln: Ich für meine Person habe mehr Freude an einer dünnen Eisschicht auf einem klaren Bach an einem Herbstmorgen.

Was soll man tun, wenn die, die um einen herum sind, sich falsch und schlecht benehmen, sagte ich.

Reaktionsmäßig falsch? fragte er. Biochemisch schlecht?

Sittlich falsch und schlecht, sagte ich.

Es gibt keine Sittlichkeit in den Dingen, sagte er. Und es gibt kein sittliches Verhalten, nur verschieden zweckmäßige Sitten. Bei dem einen Volksstamm gilt als Verbrechen, was bei dem anderen als Tugend gilt; das Verbrechen der einen Zeit ist die Tugend der anderen Zeit; sogar innerhalb derselben Gesellschaft und zur selben Zeit kann das, was bei der einen Schicht ein Verbrechen ist, bei einer anderen Schicht eine Tugend sein. Die Dobu-Insulaner haben nur ein sittliches Gesetz, und das ist, einander zu hassen; einander so zu hassen, wie es die Europäer taten, bevor der Nationalitätsbegriff ausgerottet und durch Ost und West ersetzt wurde: Bei ihnen ist jeder einzelne dazu verpflichtet, den anderen zu hassen, wie bei uns der Westen dazu verpflichtet ist, den Osten zu hassen. Das einzige, was den armen Dobu-Insulanern Kummer macht, ist, daß sie keine so guten Mordinstrumente haben wie Du Pont; und auch kein Christentum wie der Papst.

Sollen denn betrunkene wie nüchterne Verbrecher nach Belieben ihr Unwesen treiben dürfen, sagte ich.

Wir leben in einer etwas unzweckmäßigen Gesellschaft, sagte er. Die Dobu-Insulaner stehen uns ziemlich nahe. Aber es gibt einen Trost, und der ist, daß der Mensch nie der Notwendigkeit entgehen kann, in einer zweckmäßigen Gesellschaft zu leben. Es ist ganz egal, ob Menschen schlecht oder gut genannt werden: Wir sind alle hier; jetzt; es gibt nur eine Welt, und in ihr herrschen entweder zweckmäßige oder unzweckmäßige Verhältnisse für die, die leben.

Darf ich dann stockbesoffen hier bei dir eindringen und deine Blumen totschießen, sagte ich.

Bitte schön, sagte er und lachte.

Wäre das recht? fragte ich.

Alkohol verursacht bestimmte chemische Reaktionen im lebenden Körper und verändert die Tätigkeit des Nervensystems: Du kannst die Treppe hinunterfallen. Jonas Hallgrimsson ist die Treppe hinuntergefallen; manche sind der Meinung, damit habe Island gleichzeitig seine besten Gedichte verloren, nämlich die, die er nicht mehr gedichtet hat.

Natürlich trank er zuviel, sagte ich.

Spielt es wirklich eine Rolle für uns, ob es sittlich falsch war von dem Mann oder nicht, daß er sich so oft ein Gläschen genehmigte? Vielleicht wäre er nicht hinuntergefallen, wenn er nur zehn Schnäpse getrunken hätte. Vielleicht war es der elfte Schnaps, der ihn zu Fall brachte. Vermutlich ist es moralisch etwa ebenso verwerflich, ein Gläschen zuviel zu trinken, wie fünf Minuten zu lange draußen in der Kälte zu sein: Du kannst dir eine Lungenentzündung holen. Und beides ist unzweckmäßig.

Ich hörte nicht auf, diesen Mann anzusehen.

Dagegen würde es meinen Schönheitssinn gröblich verletzen, ein schönes Mädchen aus dem Nordland betrunken zu sehen, fügte er hinzu; doch Schönheitssinn und Moral haben nichts miteinander zu tun: Niemand kommt ins Himmelreich, weil er hübsch ist. Die Verfasser des Neuen Testaments verstanden nichts von Schönheit. Dagegen sagte Mohammed: Wenn du zwei Geldstücke hast, dann kaufe dir für das eine Brot, für das andere eine Anemone. Mein Kristall dürfen alle zerschlagen. Und auch wenn mein Grundsatz null Schnaps ist, so ist das doch kein moralischer Grundsatz. Aber ich kaufe eine Anemone.

Ich dachte eine Weile nach und begann wieder: Willst du behaupten, daß sich ein vierzehnjähriges Mädchen richtig verhält, wenn es sich mit einem verheirateten Mann in ein Zimmer einschließt und vielleicht schwanger wieder herauskommt?

Er kicherte immer leise vor sich hin, wenn er etwas komisch fand: Sagtest du vierzehn, meine Liebe? Zweimal sieben: das ist ganz einfach eine doppelt heilige Zahl. Und jetzt will ich dir von einem anderen Geschöpf berichten, das in diesem Fall auch zählt, allerdings zählt es bis sechzehn, das ist eine Kaktusart, die in Spanien wachsen soll. Da steht diese gesegnete Pflanze in der Sommerhitze der kastilischen Hochebene und zählt und zählt mit Genauigkeit und Sorgfalt, ja, ich darf wohl sagen, mit einem sittlichen Gefühl, bis sechzehn Jahre vergangen sind, dann blüht sie. Erst nach sechzehn Jahren wagt sie, diese zarte, rote Blüte zu tragen, die schon am nächsten Tag verwelkt ist.

Ja, aber ein Kind ist ein Kind, sagte ich trotzig, und um ganz ehrlich zu sein, es ärgerte mich ein wenig, daß ich einen so leichtsinnigen Organisten hatte.

So ist das eben, sagte er. Ein Kind ist ein Kind; dann hört das Kind auf, ein Kind zu sein – ganz ohne Rechenkunststücke. Die Natur fordert ihr Recht.

Ich bin vom Land, und da läßt man nie den Widder zu den einjährigen Schafen.

Die Lämmer von einjährigen Schafen sind für gewöhnlich zu mager zum Schlachten, sagte er. Wenn die Menschen gemästet würden, um sie zu schlachten und pfundweise zu verkaufen, würde dein Argument gelten. Der isländische Volksmund sagt, daß die Kinder von Kindern Glückskinder sind.

Soll man alle verdammten Sprichwörter glauben, sagte ich und war ein wenig wütend geworden.

Sieh mich an, sagte er. Hier siehst du ein Glückskind.

Es war wie immer; im Gespräch mit diesem Mann wurde alles Gewohnheitsdenken zu plumpen Übertreibungen, allgemein anerkannte Ideen zu Obszönitäten. Ich wußte nicht, was ich sagen sollte, denn ich spürte, daß jedes Wort, das ich vielleicht noch in dieser Richtung sagen könnte, eine unverzeihliche Beleidigung für ihn würde – der die reinsten und mildesten Augen von allen Menschen hatte.

War es falsch, daß ich gezeugt wurde; daß meine Mutter mich im Sommer nach ihrer Konfirmation bekam, sagte er. War das schlecht? War das häßlich?

Etwas in mir machte plötzlich einen Ruck, und ich schwieg. Er hörte nicht auf, mich anzuschauen. Erwartete er, daß ich antwortete? Schließlich sagte ich leise das einzige, was ich sagen konnte: Du bist mir so weit voraus, daß ich dich kaum sehen kann; und ich höre dich wie im Telefon aus einem anderen Landesviertel.

Sie war Pfarrerstochter, sagte er. Das Christentum hat ihr allen Seelenfrieden geraubt. In diesen wenigen Jahrzehnten eines ganzen Lebens hat sie die meisten Nächte durchwacht, um den Feind des menschlichen Lebens, den Gott der Christen, um Vergebung zu bitten; bis die Natur ihr schließlich aus Barmherzigkeit das Gedächtnis weggenommen hat. Du glaubst jetzt vielleicht, daß diejenigen, die an einen so bösen Gott glauben, schlechte Menschen werden müssen, aber dem ist nicht so: Der Mensch ist vollkommener als Gott. Obwohl die Lehre, in der diese Frau in ihrer Kindheit erzogen wurde, ihr sagte, daß alle Menschen verlorene Sünder seien, habe ich nie gehört, daß sie irgendeinen Menschen auch nur mit einem halben Wort verurteilt hätte. Ihr ganzes Leben wird durch die wenigen Wörter symbolisiert, die sie noch weiß, obwohl sie völlig senil ist und alle anderen Wörter vergessen hat: Bitte sehr; und Gott segne euch. Ich glaube, sie war die ärmste Frau in Island. Und doch hat sie ein halbes Jahrhundert lang ganz Island umsonst bewirtet; und zwar insbesondere Verbrecher und Huren.

Ich schwieg lange, bis ich ihn ansah und verzeih mir sagte, und er tätschelte mir die Wange und küßte mich auf die Stirn.

Ich weiß, du verstehst jetzt, sagte er mit einem entschuldigenden Lächeln, warum ich immer so heftig reagiere, wenn ich eine Meinung höre, die sich gegen meine Mutter richtet; und gegen mich; meine Existenz als Lebewesen.

## Vierzehntes Kapitel

## Oli Figur wird ermordet

Nach den letzten Schwüren des Ministers wurde eine Weile nicht mehr über den Verkauf des Landes diskutiert. Man wollte jetzt ein Jahr lang warten und dann Parlamentswahlen wegen dieser Sache abhalten, und in der Zwischenzeit wollte man die Vertreter der Weltmacht dazu bewegen, den Wortlaut des Ansuchens abzuschwächen und nicht um eine Station zum Angriff und zur Verteidigung in einem Atomkrieg zu bitten, sondern um einen Zufluchtsort für Wohltätigkeitsexpeditionen, die man möglicherweise ausschicken würde, um die Leiden europäischer Völkerschaften zu lindern. Es wurde ein vorläufiger Frieden geschlossen zwischen der Straße und der Regierung. Die Kommunisten behaupteten nicht mehr, daß die F. F. F. das Land verkaufen wolle, und die F. F. F. schrieb nicht mehr, man müsse ein wahrer Isländer sein und Gebeine ausgraben. Und mitten in dieser Windstille, die in der Diskussion um den Verkauf des Landes und das Ausgraben von Gebeinen eingetreten war, erweist sich als die wichtigste Weihnachtsbotschaft, daß Oli Figur mit zerschmettertem Schädel in einer Baracke unten am Meer aufgefunden wird; das Eisen, mit dem man ihn erschlagen hatte, lag neben ihm. Wie es der Brauch ist, wenn Morde begangen werden, wurde in den Zeitungen nur wenig über die Sache geschrieben, um die Gefühle des Mörders und seiner Familie nicht zu verletzen; bis man die glorreiche Idee hatte, den Mord einem unbekannten amerikanischen Neger anzulasten, denn es macht nichts aus, wenn man die Gefühle eines schwarzen Amis und seiner Familie verletzt.

Als ich eines Abends zwischen Weihnachten und Neujahr nach Hause komme, steht in der Diele der Mann, der mir am unbekanntesten ist von allen, am unverständlichsten und am weitesten von mir entfernt, obwohl er mir nähersteht als alle anderen Männer, auf diese geheimnisvolle, verwirrende Weise, die ich nie zugeben werde: der Vater der Kinder; der Mann der Frau; dieser berühmte Mann, mein Hausherr.

Hallo.

Ich antworte, guten Abend.

Heute war kein Fest, und es war ruhig im Haus, er war eben von einer Flugreise zurückgekommen, sein Lederkoffer steht im Flur.

Wo sind die Kinder, die ich Ihnen geschenkt habe, sagte er.

Ich sagte, sie seien nicht daheim und würden sich hoffentlich gut amüsieren.

Das wollen wir hoffen, sagte er. Die Leute sollen sich vergnügen, solange sie es können, es kommt die Zeit, wo sie Vergnügungen langweilig finden. Ich würde viel darum geben, wenn es mir wieder Spaß machte, ins Kino zu gehen.

Ich wollte möglichst schnell in ein Zimmer gehen und die Tür hinter mir zumachen, ich wußte nie, was ich sagen sollte, wenn er mich anredete, ich bin sicher, man konnte an meinen Augen ablesen, daß ich Herzklopfen bekam, weil er zurückgekommen war und gleich wieder begonnen hatte, auf diese scherzhafte, schwermütige, zerstreute Art mit einem zu sprechen.

Gute Nacht, sagte ich kurz und bündig und wollte gehen.

Ugla, sagte er.

Was, sagte ich.

Er machte einen tiefen Lungenzug an seiner Zigarette, so daß man keinen Rauch sah. Ich blieb zögernd in der offenen Tür stehen.

Diese Kinder, sagte er.

Ich wartete immer noch in der Tür und sah ihm beim Rauchen zu.

Es heißt, man vergebe denen, die man versteht, aber ich glaube, das stimmt nicht; zumindest vergibt man vor allem denen, die man nicht versteht, wie etwa Kindern. Jetzt ist bald Silvester und damit steht das größte Kindervergnügen des Jahres bevor, nämlich die Polizeiwache in die Luft zu jagen. Mein Verwandter, der Polizeipräsident, sagt mir immer, ich solle den kleinen Jungen einsperren. Soll ich das wirklich tun? Meine Kinder haben schon immer mitgemacht, wenn an Silvester die Polizeiwache gesprengt wurde. Ich glaube, es ist das allereinfachste, man erlaubt ihnen, sie zu sprengen, vergibt ihnen dann und baut eine bessere Polizeiwache.

Entschuldigen Sie meine Unwissenheit, sagte ich. Die Polizeiwache in die Luft sprengen? An Silvester? Die Kinder? Warum denn?

Ich weiß es nicht, sagte Doktor Bui Arland. Aber es ist immer möglich, sich eine Erklärung auszudenken: Silvester ist die Stunde, die uns am deutlichsten an die Ohnmacht des Ichs gegenüber der Zeit gemahnt. Früher konnten die Kinder Gott besiegen, indem sie ihn liebten und zu ihm beteten; er machte sie zu Teilhabern an seiner Allmacht. Jetzt hat sich Gott wegbegeben, wir wissen nicht wohin, es ist bestenfalls noch in der smaländisch-amerikanischen Gesellschaft ein wenig von ihm übrig. Und die Kinder wollen sich nicht abfinden mit der Ohnmacht des Ichs gegenüber der Zeit.

Aber die Polizeiwache, sagte ich.

Vielleicht ist sie eines der Symbole, sagte er; ein Symbol, das vom Kind verstanden wird; ein Symbol für diesen Feind des Ichs; ein Symbol dieser nicht Fleisch gewordenen Macht, die sagt: Du hast keinen Anteil an der Allmacht. Silvester – die Zeit vergeht; du bist nicht nur ohnmächtig gegenüber der Zeit, sondern bist bald kein Ich mehr. Verstehen Sie mich?

Nein, sagte ich. Ich glaube, uns fehlt ein Jugendpalast, das ist alles.

Er rauchte immer weiter, doch man sah den Rauch nie, und er kniff die Augen im Tabakgenuß zusammen.

Man kann auch gar nicht erwarten, daß Sie mich verstehen, sagte er. Ein gesunder Mensch versteht keine Philosophie. Aber Sie, die Sie keine Philosophie verstehen, sagen Sie mir, was man mit Kindern machen soll. Ein Jugendpalast, sagen Sie. Vielleicht. Früher, als wir Gott kannten, aber nicht den Menschen, da war es nicht schwierig, Kinder aufzuziehen.

Dagegen jetzt: Gott, das einzige, was wir kannten – er hat uns im Stich gelassen. Übrig bleibt der Mensch, einsam, das Unbekannte. Kann ein Jugendpalast in diesem Fall helfen? Verzeihen Sie, daß ich Sie aufhalte.

Ich höre Ihnen mit großem Vergnügen zu, auch wenn ich Sie nicht verstehe, sagte ich.

Sagen Sie jetzt selbst etwas.

Ich kann nichts sagen.

Ein Jugendpalast, sagte er. Ja, das mag wohl sein. Aber –

Dann möchte ich eine Kinderkrippe haben, fiel ich ihm ins Wort, und ich spürte, wie mir plötzlich ganz warm wurde.

Tja, leider sind wir gegen den Kommunismus, sagte er und gähnte müde. Wir sind nicht für ihn konditioniert, wie man in der Psychologie sagt: Wir sind gegen ihn konditioniert, und folglich haben wir Angst vor ihm. Dennoch zweifelt niemand daran, daß der Kommunismus siegt, zumindest kenne ich niemanden, der daran zweifelt – ich kann Ihnen das anvertrauen, weil es zwölf Uhr Mitternacht ist, und da fängt man an, freimütig zu werden; wenn nicht geradezu leichtsinnig. Dagegen sind Sie nicht gegen den Kommunismus konditioniert, und Sie haben keinen Grund, ihn zu fürchten, deshalb sollen Sie Kommunistin sein, wenn Sie wollen, zu einem gesunden Mädchen aus dem Nordland paßt es gut, Kommunistin zu sein, zumindest besser, als eine feine Dame zu sein: Ich verstehe Sie, obwohl ich selbst am liebsten nach Patagonien ginge.

Patagonien, sagte ich. Was ist das? Ist das eine Insel?

Vielleicht sollte ich lieber zu Ihnen kommen, sagte er: in das schattige Tal, an den verborgenen Ort, wie es bei Jon dem Gelehrten heißt. Vielleicht errichten wir einen Hof, halten ein Schaf und spielen Orgel. Gute Nacht.

## Ein lustiger Silvesterabend

Also, jetzt gehen wir zu einer Zellensitzung, sagte ich am Silvesterabend und nahm den Goldwidder mit – zum Organisten. Später sagte mir der Junge, daß dies der lustigste Silvesterabend gewesen sei, den er je erlebt hatte, und er hätte den ganzen Abend überhaupt keine Lust bekommen, die Polizeiwache in die Luft zu sprengen. Dabei gab es eigentlich gar nichts beim Organisten, nur das Übliche, Kaffee, Blätterteiggebäck, Freundlichkeit. Der Cadillac stand vor dem Haus und der Kinderwagen mitten im Zimmer. Die Götter taten sich schrecklich wichtig und erzählten, sie hätten aus Anlaß des Weihnachtsfestes Oli Figur umgebracht.

Und der Cadillac, fragte der dicke, nicht schüchterne Polizist.

Zangen ist in Amerika, sagten sie. Und wir haben die Schlüssel.

Das müßte schon seltsam zugehen, wenn ihr ungestraft den Cadillac stehlen könntet, sagte der nicht schüchterne Polizist.

Der Atomdichter sang das Lied der griechischen Bergbewohner, Amma-Namma, das wie das Jaulen eines zutiefst unglücklichen Hundes klang, und Brillantine begleitete ihn auf dem Klippfisch. Dann sangen sie den Nachruf, den sie auf Oli Figur verfaßt hatten:

> Gefallen ist Oli Figur,
> Verfinsterer des Volkes,
> dieser Teufel aus Keflavik:
> Er wollte Land verkaufen,
> er wollte Gebeine vergraben,
> schleimig wie eine Qualle,
> er wollte einen Atomkrieg in Keflavik.
> Gefallen ist Oli Figur,
> Verfinsterer des Volkes,
> dieser Teufel aus Keflavik.

In der Küche saß ein Landpfarrer und spielte L'Hombre mit dem Hausherrn und den beiden Polizisten; alle waren guter Laune, besonders der Pfarrer, er war mit den Göttern gekommen und hatte von ihnen Schnaps bekommen; als ich mit dem Jungen kam, ließen sie ihn gleich mitspielen, und der dicke Polizist, der diesmal an Silvester frei hatte, bot ihm Schnupftabak aus seiner Silberdose an, daß er nur so nieste, statt mit Tränengas gegen ihn vorzugehen, wie am letzten Silvesterabend vor der Polizeiwache. Die alte Frau ging reihum mit einem Pappkarton voll Wasser und sagte bitte sehr, tätschelte uns die

Wange, segnete die Menschen auf der Welt und fragte nach dem Wetter. Kleopatra lag flach auf dem wackligen Sofa, würdevoll im Suff entschlafen, und hatte die Hälfte ihres künstlichen Gebisses im Schoß.

Beim Nachruf auf den jüngst verstorbenen Oli Figur wachten die Kinder auf, so daß der Gott Brillantine beide nehmen mußte, auf jedes Knie eines, oh, sie waren zwei so entzückende Schätzchen, mit dunklen Augen und diesem feinen, rotbraunen Flaum auf dem Kopf, und als ich ihnen ins Gesicht sah, verstand ich, weshalb die alte Frau die Menschheit bedingungslos liebte. Sie hörten auf zu weinen, als der Gott sie auf seinen Knien schaukelte und ihnen etwas vorsang.

Ich kümmerte mich allein um den Kaffee, damit der Hausherr nicht mit dem Kartenspiel aufzuhören brauchte. Beim Kaffeetrinken begannen die Götter, mit dem Landpfarrer über das Göttliche zu streiten; sie verlangten, er solle ihnen die Zigarette anzünden, sie anbeten und sonntags über sie in der Kirche predigen: Der Gott Brillantine sagte, er sei eine Madonna in Männergestalt, eine Jungfrau Maria mit Penis und Zwillingen, und Benjamin sagte, er habe das Atomgedicht O tata bomma, tomba ata mamma, o tomma at gedichtet, das gleichzeitig der Beginn einer neuen Schöpfungsgeschichte, neuer mosaischer Gesetze, eines neuen Korintherbriefes und der Atombombe sei.

Der Pfarrer, ein stämmiger Riese aus dem Westland, sagte, es wäre wohl das beste, wenn er jetzt sein Jackett auszöge und sie verprügelte, das Göttliche habe sich noch nie in Dummköpfen geoffenbart, er sagte, seinetwegen könne ihnen der Teufel eine Zigarette anzünden; und darf ich die hochverehrte Polizei fragen, wie es kommt, daß erklärte Mörder nicht ins Gefängnis gesteckt werden?

Der nicht schüchterne Polizist antwortete: Es ist ziemlich einfach, ein Verbrechen zu begehen, lieber Pfarrer; dagegen kann es sehr viel schwieriger sein zu beweisen, daß man es begangen hat. Als diese Burschen das letzte Mal vor dem Richter standen, logen sie, daß sie noch zwölf weitere Verbrechen begangen hätten, deshalb mußte die ganze Sache neu aufgerollt werden, und man weiß bis heute noch nicht, was es damit auf sich hat.

Schließlich zündete der Pfarrer den Göttern die Zigarette an und bekam dafür noch mehr Schnaps. Sie fragten, ob sonst jemand einen Schnaps wollte? Kleopatra gab ein schwaches Brummen von sich und machte langsam ein Auge auf; dann starb sie wieder.

Pfarrer Jon, gib mir Kleopatras Gebiß, dann kann der weibliche Zwilling damit spielen, sagte der Gott Brillantine. Und kann ich noch einmal ein kleines Schlückchen Milch für den männlichen Zwilling bekommen.

Dann schlug die Uhr in der Stadt zwölf, und die Schiffe im Hafen tuteten. Der Pfarrer stand auf, setzte sich an das altersschwache Harmonium und spielte »Das Jahr ist eingegangen in der Jahrhunderte Schoß«, und wir sangen alle mit, dann wünschten wir einander ein gutes und glückliches neues Jahr.

## Fünfzehntes Kapitel

## Kalt in der Neujahrsnacht

Der Junge wurde nicht böse, als er sah, daß ich ihn angeführt und zu einem Organisten statt zu den Kommunisten mitgenommen hatte. Er sagte, ich bin sicher, daß Kommunisten bei weitem nicht so lustig sind wie Organisten; und der Organist sagte, ich dürfte wiederkommen und eine Schachaufgabe mit ihm lösen, wenn ich wollte.

Der Junge ging eine Weile schweigend neben mir her, dann sagte er, hör mal, glaubst du, daß diese beiden Verrückten tatsächlich einen Mann umgebracht haben?

Das halte ich für ausgeschlossen, sagte ich. Ich glaube, sie wollten nur den Pfarrer ärgern.

Wenn sie mit Gott in Verbindung stehen, dann dürfen sie Menschen töten, sagte er. Aber ich glaube, sie stehen nicht mit Gott in Verbindung. Ich glaube, sie sind ganz gewöhnliche Menschen, nur verrückt. Glaubst du, daß die verrückt sind, die behaupten, sie stünden mit Gott in Verbindung.

Das kann gut sein, sagte ich. Aber ich glaube auch, daß die ein bißchen verrückt sind, die Nerze und Pistolen stehlen.

Du bist ein Esel, sagte er.

Es war eine Neujahrsnacht mit Schnee- und Regenschauern. Ich war stolz und froh, oder war ich es nicht, daß ich gegangen war, ohne ein Wort mit diesem unbekannten Polizisten aus dem Nordland gesprochen zu haben, ich schaute den ganzen Abend nicht einmal zu ihm hin, obwohl ich ihm anstandshalber ein gutes neues Jahr wünschte, wie den anderen. Das hätte mir gerade noch gefehlt. Wir wollen schneller gehen, sagte ich zu dem Jungen. Ich friere bei diesem naßkalten Wetter.

Er holte mich am Gartentor ein. Entweder war er gerannt, oder mit dem Auto gefahren, denn er war in der Küche beim Organisten sitzengeblieben, als wir gingen.

Was willst du, Mann, sagte ich.

Ich sehe dich nie, sagte er.

Ich dachte, du hättest mich den ganzen Abend angesehen, sagte ich.

Ich habe dich fast zwei Monate lang nicht gesehen, sagte er.

Was will der, fragte der Junge. Soll ich die Polizei rufen?

Nein, Lieber, sagte ich. Geh schnell hinein und lege dich schlafen. Ich komme gleich nach.

Als der Junge hineingegangen war, fragte der Mann aus dem Nordland: Warum bist du böse auf mich? Habe ich dir etwas getan?

Ja und nein, sagte ich.

Sind wir nicht Freunde, sagte er.

Ich weiß es nicht, sagte ich. Es sieht nicht danach aus. Und jetzt bleibe ich nicht mehr hier draußen stehen, bei dieser Nässe und eisigen Kälte.

Geh mit mir, sagte er; oder ich gehe mit dir – hinauf.

Wozu, sagte ich.

Ich muß mit dir sprechen.

Das hat mir gerade noch gefehlt, sagte ich. Zuerst gehe ich nachts mit dir nach Hause, weil ich eine dumme Ziege bin, die hier niemanden kennt. Ich hatte mir eingebildet, wir könnten gute Bekannte werden. Dann vergeht ein Monat, dann vergeht noch ein Monat: Dir fällt nicht einmal ein anzurufen. Zu guter Letzt treffen wir uns schließlich durch Zufall, und dann meinst du plötzlich, du müßtest mit mir sprechen. Worüber mußt du mit mir sprechen?

Ich muß mit dir sprechen, sagte er.

Verwechselst du mich nicht mit Kleopatra, sagte ich.

Dann ging ich die drei, vier Schritte vom Gartentor zum Haus und schloß auf. Er kam mir nach. Warte, sagte er, als ich schon über der Schwelle war. Aber er machte keinen Versuch, die Tür festzuhalten, obwohl ich sie nur ganz leicht berührte, er setzte auch nicht den Fuß dazwischen, als ich zumachte, sondern blieb draußen stehen. Und ich ging zu mir hinauf – eine freie Frau, wenn es eine solche Frau gibt.

Das Haus schlief – oder war vielleicht niemand daheim? Ich öffnete die Türen zu den Wohnzimmern und machte kurz Licht, um zu sehen, was am nächsten Morgen aufgeräumt werden mußte, aber es war offensichtlich nicht gefeiert worden. Dann wollte ich in mein Zimmer hinaufgehen, doch da höre ich, daß im ersten Stock eine Tür geht, und plötzlich sehe ich im blauen Schein einer Nachtlampe im Treppenhaus, daß eine vornehme Dame die Treppe herab auf mich zuschwebt. Zuerst konnte ich nur ihre Größe und ihren Umriß erkennen, einen voluminösen Pelz mit weiten Ärmeln und darunter ein bodenlanges Abendkleid, dann sah ich unter dem Saum des Kleides rotlackierte Zehennägel, die aus vorne offenen, weißen Schuhen mit hohen Keilabsätzen hervorschauten. Mit einer schmalen, weißen, edelsteingeschmückten Hand hielt sie den Pelzmantel über der Brust zusammen; ihr Haar fiel offen auf die Schultern herab: eine Mischung von pompöser Frisur und natürlicher Lockenpracht, das Gesicht mehlweiß gepudert, die Lippen wie eingetrocknetes Blut, fast schwarz, der Blick starr wie der eines Schlafwandlers. Mir kam es buchstäblich so vor, als sähe ich wieder das Wanderkino in Saudarkrokur: Das war genau das Frauenzimmer, das man in allen Hollywoodfilmen vorkommen ließ, um die Leute auf dem Land und in hunderttausend kleinen Nestern zu bezirzen, außerdem thront dieses Wesen in allen Filmzeitschriften, die in armen, kulturlosen Häusern gekauft werden, wo es kein Wasserklosett gibt. Bis ich auf einmal sehe, daß das keine Frau ist, sondern ein Kind, das ist niemand anderer als Apfelblut; sie ist allein im Haus und kommt die Treppe herunter, um jetzt, wo die Nacht schon fast vorbei ist, in dieser unglaublichen Aufmachung auszugehen.

Wie siehst du bloß aus, Apfelblut, welchen verdammten Kinovamp versuchst du denn nachzuäffen, Kind? sage ich. Willst du mir Angst einjagen?

Sie sah mich nicht an, sondern schwebte wie im Traum weiter die Treppe herab, dann an mir vorbei durch die Diele, und will geradewegs in den Windfang hinaus, ohne etwas zu sehen oder zu hören. Doch als sie die Türklinke anfaßt, lege ich meine Hand auf ihre: Apfelblut, gehst du im Schlaf, Kind?

Sie starrt mich mit diesen stechenden, eiskalten Nachtaugen an und sagt: Laß mich in Ruhe. Laß mich los.

Ich kann nicht glauben, daß du weggehen willst, Kind, allein, wo es schon bald Morgen wird.

Doch, sagte sie ruhig. Ich bin erst vorher nach Hause gekommen. Und ich gehe jetzt wieder weg. Ich war auf einem Ball. Und ich will auf einen Ball.

Zu Fuß – in dieser Aufmachung? sage ich. Bei Matsch und Schneeregen?

Sie starrte mich mit diesen Augen an, bei denen ich nie wußte, ob aus ihnen Verrücktheit sprach oder ob es nur Kino war, und antwortete dann ganz ruhig:

Wenn du wissen möchtest, wo ich hingehen will: Ich werde ins Wasser gehen.

Apfelblut, sagte ich. Warum redest du so dummes Zeug.

Dummes Zeug, sagte sie. Nennst du das dummes Zeug, wenn man stirbt?

Sie wollte die Türklinke niederdrücken, doch ich hielt noch immer ihre Hand fest.

Du bist nicht ganz bei Trost, Kind, sagte ich und hinderte sie weiterhin daran, hinauszugehen. Ich lasse dich nicht los, bevor ich deinen Vater gefragt habe.

Haha, glaubst du vielleicht, der sei an Feiertagen daheim, sagte sie; in diesem gräßlichen Haus; bei diesen gräßlichen Leuten.

Jetzt sprichst du mit mir, Apfelblut, und ich spreche mit dir, sagte ich.

Nie soll das geschehen, sagte sie, und den hohlen Klang, den dieser Ausspruch aus den Sagas in ihrem Mund hatte, versuchte sie dadurch wettzumachen, daß sie auf mich losging. Sie schlug mich einige Male mit den Fäusten, allerdings nicht mit den Knöcheln, sondern wie ein Kind mit den Handkanten, dann versuchte sie zu beißen; aber ich ließ sie nicht hinaus. Sie verlor bald die Lust, mit mir zu raufen; als sie sah, daß sie nicht gegen mich ankam, ging sie wieder zurück in die Diele: Dort blieb sie abgekämpft mitten im Raum stehen, und als könnte sie den schweren Pelz mit ihren schmalen Schultern nicht halten, ließ sie ihn an sich heruntergleiten bis auf den Boden, wo er wie ein Elfengewand liegenblieb: Sie war wieder ein dünnes Mädchen mit den ungeschickten, schlaksigen Körperbewegungen eines jungen Kalbes und kauerte sich so in einer Sofaecke zusammen, daß ihre Knie ihr Kinn berührten, die geballten Fäuste vor den Augen; und weinte – zuerst von Krämpfen geschüttelt und erbärmlich schluchzend; dann wimmernd, wie ein Kind heult. Da sah ich, daß es nicht nur Theater war. Oder war es so gutes Theater?

Ich versuchte, so vorsichtig wie möglich an sie heranzugehen: Was ist los; kann dem nicht vielleicht doch abgeholfen werden; kann ich nicht etwas tun?

Sie nahm die Hände wieder von den Augen und schüttelte ihre geballten Fäuste in der Luft auf und ab, mit einer Bewegung, als ob sie mit zwei Butterfässern gleichzeitig butterte, verzog das Gesicht und heulte: O-o-oh, ich bin hochschwanger.

Oh, diese Dreckskerle, rutschte es mir heraus. Das sieht ihnen ähnlich.

Und er hat die ganze Nacht nicht mit mir getanzt, mich nicht einmal angeschaut, und stell dir dieses Schwein vor: geht nach dem Ball mit seiner Frau nach Hause – das hätte er sich doch wenigstens verkneifen können, das hätte er mir doch ersparen können, ich finde nicht, daß ich zu all dem auch noch so eine Unverschämtheit verdient habe: mit seiner Frau, kannst du dir das vorstellen, und ich bin schon seit sechs Wochen schwanger.

Ich danke dir, daß du mir das erzählt hast, Apfelblut, sagte ich. Jetzt müssen wir zusammen überlegen, was man tun kann.

Ich werde, ich werde ins Wasser gehen, sagte sie. Wie soll ein Mädchen wie ich leben können: In der Schule werde ich gehänselt, meine Mutter bringt mich um in New York, der Minister verkauft mich an ein Hurenhaus in Rio de Janeiro und mein Großvater würde lieber seine Tranfabrik verlieren. Mein Papa wird im Parlament und auf der Universität ausgelacht, und die Leute bei Snorredda kichern in ihre Addiermaschinen, wenn er durchgeht; und die Kommunisten werden einen Demonstrationszug am Haus vorbei machen und sagen: Da ist die kleine, angebuffte Kapitalistenschlampe.

Ich schwöre dir, ein so häßliches Wort, wie du eben gesagt hast, gibt es in der ganzen kommunistischen Partei nicht, sagte ich. In der Sprache aller guten Menschen nennt man das in gesegneten Umständen sein. An deiner Stelle würde ich zu deinem Papa gehen, zu diesem vorurteilslosen Mann.

Nie im Leben werde ich Papa das antun.

Als ob er nicht schon für schwierigere Probleme eine Lösung gefunden hätte, sagte ich. Vornehme Leute mit Moral und empfindlichen Nerven schicken ihre Töchter ins Ausland, wenn sie in der Patsche sitzen, obwohl wir Flegel so etwas nicht verstehen, sondern unsere Kinder dort bekommen, wo wir gerade sind; und jetzt werde ich dir noch etwas erzählen, meine Liebe, ich glaube nämlich, ich bin selber schwanger.

Stimmt das wirklich, Ugla, sagte das Mädchen, richtete sich im Sofa auf und umarmte mich. Könntest du dich deswegen verfluchen? Und willst du dich nicht umbringen?

Ganz und gar nicht, sagte ich, aber ich werde bald ins Nordland fahren müssen, denn die Kinderkrippe für mein Kind ist bei Falur mit den halbwilden Pferden im Eystridalur.

Sie rückte wieder weg von mir und sagte: Ich weiß genau, daß du mich zum Narren hältst. Du versuchst sogar, mich zu trösten, und das ist hunderttausendmal schändlicher, als sich zum Narren halten zu lassen.

Jetzt werde ich dir sagen, Apfelblut, was dein Papa tun wird, wenn du zu ihm gehst und ihm alles erzählst, sagte ich. Er stellt einen Dollarscheck für dich aus und schickt dich mit dem nächsten Flugzeug über den großen Teich zu deiner Mutter. Und niemand braucht mir zu sagen, daß so eine Frau ihre Kinder nicht versteht. Und dann bist du in Amerika. Niemand ahnt etwas, du bist in Amerika und bekommst dein Kind, und dann bleibst du noch ein, zwei, drei Jahre in Amerika, und schließlich kommst du wieder nach Hause, als wieder aufgefrischte Jungfrau, wie wir auf dem Land sagen, und du bist die beste Partie in Island.

Und das Kind? fragte sie.

Nach zwei, drei Jahren, wenn es sich herumspricht, ist die Geschichte so alt, daß sich keiner mehr dafür interessiert, und alle haben das Kind gern, du selbst hast es am liebsten. Und der Volksmund sagt, die Kinder von Kindern werden Glückskinder.

Soll ich mich dann gar nicht umbringen, fragte sie. Ich hatte mich so darauf gefreut, als Gespenst herumzuspuken und dieses Schwein zu jagen, das mit seiner Frau nach Hause gegangen ist.

Den Männern ist es ganz egal, wenn sich eine Frau umbringt, sagte ich. Sie sind höchstens froh darüber. Dann sind sie alle Scherereien los.

Sie fragte nach kurzem Nachdenken: Meinst du nicht, daß er glaubt, er sei es gewesen, der mich umgebracht hat?

Und gab sich selbst die Antwort: Ich kann mir gut vorstellen, daß er kein schlechtes Gewissen hat. Eigentlich sollte ich ihn umbringen. Oder was meinst du? Sollte ich nicht wie in den Sagas auf ihn losgehen und ihn noch heute nacht umbringen?

Das haben die Frauen in den Sagas nie getan. Dagegen haben sie sich oft ein zweites Mal verlobt und den zweiten Geliebten dann bei Gelegenheit auf den ersten gehetzt. Sie hatten die Angewohnheit, den, den sie weniger liebten, den, den sie mehr liebten, erschlagen zu lassen. Aber in den Sagas geschah nicht alles an einem Tag, Apfelblut.

Das Ende unserer Unterhaltung war dann, daß das Mädchen Apfelblut diesmal weder hinausging, um zu sterben, noch ihren Geliebten umbrachte, sondern fragte, ob sie den Rest der Nacht nicht droben bei mir schlafen dürfte, denn sie wäre dünn und hätte schlechte Nerven, und ich wäre dick und käme aus dem Nordland.

## Sechzehntes Kapitel

## Nach Australien

Das Mädchen schlief bis weit in den Tag hinein. Als sie dann aufstand, wünschte sie mir nicht guten Tag, sondern zog sich festlich an und ging zu einer Neujahrseinladung. Ich tat, als ob nichts wäre. Doch ich war mir nicht sicher, ob sie nicht vielleicht doch plötzlich ins Meer springen würde, bei diesem Kind wußte man nie, woran man war. Gegen Abend klingelte das Telefon; das war sie; sie sprach mit heißer, atemloser Stimme, als ob sie Wein getrunken hätte, und mit fieberhafter Schnelligkeit:

Du darfst Papa nichts erzählen. Papa darf nichts davon wissen. Ich will durchbrennen.

Durchbrennen, sagte ich. Wohin?

Nach Australien, sagte sie. Ich bin verlobt.

Herzlichen Glückwunsch, sagte ich.

Danke, sagte sie. Das Flugzeug fliegt kurz nach Mitternacht ab, um null Uhr null fünf.

Und du hast alles dabei, was du brauchst, sagte ich.

Ja, sagte sie. Nur eine Zahnbürste habe ich nicht; und übrigens auch kein Nachthemd. Aber das macht nichts.

Es ist vielleicht indiskret zu fragen, mit wem du verlobt bist, Apfelblut, sagte ich.

Mit einem australischen Leutnant, der heute abreist, sagte sie. Wir wollen morgen in London heiraten.

Hm, Apfelblut, sagte ich. Wenn du vernünftig mit dir reden läßt, dann werde ich keinem etwas sagen; aber wenn du dich aufführst wie eine Verrückte, dann werde ich allen alles sagen, und zuallererst deinem Papa, das ist meine Pflicht. Wo bist du, Kind?

Das darf ich nicht sagen, sagte sie. Lebewohl. Und laß es dir gut gehen. Und vielen Dank für gestern abend. Auch wenn ich hunderttausend Jahre alt werden sollte, werde ich dir das nie vergessen.

Mit diesen Worten legte sie den Hörer auf.

Einmal, ganz kurz nachdem ich hier meinen Dienst angetreten hatte, hatte man mir eingeschärft, nicht aufzulegen, sondern Bescheid zu geben, wenn geheimnisvolle anonyme Anrufe kamen, damit die Verbindung mit der Nummer des Anrufers nicht abbrach. Ich legte den Hörer neben das Telefon auf den Tisch und rief den Hausherrn. Ich sagte, Apfelblut wäre in der Stadt krank geworden und würde sich freuen, wenn er schnell zu ihr käme: Die Verbindung zu ihrem Anschluß ist noch nicht abgebrochen.

Zwar war das Mädchen nicht mehr am Apparat, als er kam, doch die Verbindung mit der Nummer bestand noch, und er paßte auf, daß sie nicht abbrach.

Sagten Sie, Gudny wäre krank, wiederholte er dann. Was hat sie?

Sie fühlte sich gestern abend nicht wohl, sagte ich; und ich glaube, es geht ihr immer noch nicht gut.

War sie betrunken, fragte er ohne Umschweife – und ohne zu lächeln.

Nein, sagte ich.

Da lächelte er wieder, ja, wie man heutzutage so fragt, sagte er. Als ich aufwuchs, gab es in der ganzen Stadt nur ein Fischweib, das trank. Wir Gassenjungen liefen immer hinter ihr her. Jetzt ist es ganz selbstverständlich, daß ein angesehener Mann in Reykjavik sich über seine frisch konfirmierte Tochter erkundigt: War sie betrunken?

Wollte er jemandem Vorwürfe machen; oder jemanden entschuldigen; und wen? Ich schwieg. Ich schwieg sogar zu allen weiteren Fragen, die er stellte, sagte nur, dem Mädchen ginge es sicher nicht gut, und ich an seiner Stelle würde versuchen, sie ausfindig zu machen.

Er hörte wieder auf zu lächeln, sah mich forschend an, hob die Augenbrauen und hatte die Brille abgenommen, hauchte die Gläser an und putzte sie, und man konnte sehen, daß seine Finger ein bißchen zitterten. Dann setzte er die Brille auf und sagte, ich danke Ihnen.

Er zog einen Mantel an, setzte einen Hut auf und ging hinaus; unter der Haustür sagte er: Bitte lassen Sie die Telefonverbindung auch weiterhin bestehen.

Ich hörte, wie er das Auto im Rückwärtsgang hinausfuhr.

Am Abend ging ich früh schlafen, und als ich wieder aufwachte, glaubte ich, es wäre schon Morgen oder sogar hellichter Tag und ich hätte verschlafen, denn der Hausherr selbst stand auf der Schwelle. Ich fuhr im Bett auf und fragte erschrocken, was los sei.

Ich weiß, es ist nicht nett, mitten in der Nacht Leute zu wekken, sagte er mit dieser friedlichen Ruhe des Wachenden, die so seltsam wirkt auf einen Menschen, der gerade aufwacht; und er fuhr fort: Es war, wie Sie sagten, der kleinen Gudny ging es nicht sehr gut; es geht ihr noch immer nicht sehr gut. Ich suchte, bis ich sie fand, und fuhr mit ihr zu meinem Bekannten – einem Arzt. Bald geht es ihr besser. Sie sind ihre Vertraute. Auf Sie kann sie sich verlassen. Wollen Sie in ihr Zimmer gehen und bei ihr bleiben?

Es war vier Uhr.

Ihr Vater mußte sie aus dem Auto in ihr Zimmer hinauf getragen haben, denn sie war nicht imstande, selbst zu gehen. Sie lag leichenblaß auf dem Sofa, die Augen geschlossen, ein Kindergesicht mit zerzaustem Haar, die dunkelrote Farbe war von ihren Lippen abgewischt, die Schminke von ihren Wangen. Ihr Vater hatte ihr die Schuhe ausgezogen, aber nicht den Mantel. Sie bewegte sich nicht und ließ die Augen geschlossen, obwohl sie mich kommen hörte. Ich trat zu ihr, setzte mich neben sie aufs Sofa, nahm ihre Hand und sagte Apfelblut. Nach einiger Zeit öffnete sie die Augen und flüsterte:

Es ist vorbei, Ugla. Mein Papa war mit mir beim Arzt. Es ist vorbei.

Was wurde gemacht, sagte ich.

Sie sagte: Er hat mir eiserne Werkzeuge in den Leib gejagt. Er hat mich umgebracht. Es lagen blutige Fetzen von irgend etwas in der Schale.

In der Schale; was für einer Schale?

In einer emaillierten Schale.

Ich kleidete sie aus und zog ihr ein Nachthemd an und legte sie ins Bett; sie war erschöpft von den Betäubungsmitteln und immer wieder halb bewußtlos, und gab ein schwaches, zitterndes Stöhnen von sich; doch als ich glaubte, sie wäre endlich eingeschlafen, macht sie plötzlich die Augen auf, lächelt und sagt in die Stille hinein:

Jetzt höre ich auch, wie »Liebe Mutter in dem Pferch« gesungen wird, wenn ich groß bin.

Meine liebe, kleine Apfelblut, sagte ich. Ich wünschte, ich könnte etwas für dich tun.

Ich hätte nach Australien fahren sollen, sagte sie.

Dann verlor sie wieder das Bewußtsein und war weit weg von mir; ich fürchtete schon, daß sie vielleicht sterben könnte; bis sie sagt:

Ugla, willst du mir etwas vom Land erzählen.

Vom Land, sage ich. Was könntest du vom Land hören wollen?

Erzähl mir von den Lämmern –

Ich sah, wie es in den Augen des Mädchens anfing zu zukken; und dann kamen Tränen. Und wer weint, stirbt nicht; Weinen ist ein Lebenszeichen; weine, und dein Leben ist wieder etwas wert.

Also begann ich, ihr von den Lämmern zu erzählen.

## Siebzehntes Kapitel

## Ein Mädchen bei Nacht

Im Thorri, dem vierten Wintermonat nach dem alten Kalender, den es in der Stadt allerdings nicht gibt, war ich absolut sicher, und eigentlich schon viel früher, alle Anzeichen paßten, in mir geschah alles, was man in Büchern für Frauen lesen kann, und ich glaube, noch viel mehr. Manchmal träumte ich die ganze Nacht von dem Mann, oft waren es Angstträume, und ich fuhr aus dem Schlaf auf und mußte Licht machen und schlief erst wieder ein, nachdem ich mir gelobt hatte, zu ihm zu gehen und ihn um Verzeihung dafür zu bitten, daß ich ihm in der Silvesternacht die Tür vor der Nase zugeschlagen hatte; und es ihm zu überlassen, das mit mir zu tun, was er für richtig hielt.

Wenn ich dagegen morgens aufwachte, fand ich, daß ich ihn nicht kannte, und er mich ganz und gar nichts anging, das Kind würde mir allein gehören. Dann fand ich auch, daß Kinder überhaupt nie Männern gehörten, sondern nur der Frau, wie auf Bildern von der Jungfrau Maria mit dem Kind: Der Unsichtbare ist der Vater aller Kinder, der Anteil des Mannes an der Sache ist nur Zufall, und ich verstand die Naturvölker, die den Beischlaf von Mann und Frau nicht mit dem Kind in Verbindung bringen. Er soll nie mein Kind sehen und nie dessen Vater heißen, sagte ich zu mir selbst. War es nicht an der Zeit, daß in diesem Land ein Gesetz verabschiedet wurde, das Männern verbot, sich die Väter von Kindern zu nennen? Doch als ich mir die Sache genauer überlegte, fand ich, daß in Wirklichkeit das Kind auch nicht der Mutter gehörte; Kinder gehörten sich selbst – und ihre Mutter gehörte ihnen auch, gemäß den Gesetzen der Natur, aber nur, solange sie sie unbedingt brauchten: Sie gehörte ihnen, solange sie in ihrem Bauch wuchsen; und solange sie sie aßen, oder besser gesagt tranken, das erste Jahr. Die menschliche Gesellschaft ist jemand, der Pflichten gegenüber Kindern hat, soweit sie überhaupt Pflichten gegenüber jemandem hat; soweit überhaupt jemand Pflichten gegenüber jemandem hat.

Und wenn ich mich abends nach der Stunde auf den Heimweg mache, gehe ich unversehens eine bestimmte Straße entlang, starre auf ein bestimmtes Haus und zu einem bestimmten Fenster hinauf, in dem manchmal ein bestimmtes Licht brennt, manchmal ein bestimmtes Dunkel ist. Ich bleibe stehen, doch einen Augenblick später halte ich es nicht mehr aus, weil ich mir einbilde, daß mich aus unzähligen Fenstern Augen beobachten, und ich laufe davon und komme erst wieder zu mir, wenn ich am anderen Ende der Straße meinen eigenen Herzschlag höre; es ist unglaublich, wie viele Seelen ein weibliches Wesen haben kann, besonders abends.

Ja, ich hatte ihm die Tür vor der Nase zugeschlagen; aber tat ich das nicht, weil ich damals noch nicht sicher wußte, ob ich schwanger war; und wenn ich mich jetzt nach ihm sehnte, war das nicht nur, weil ich es jetzt sicher wußte; und mich an ihn hängen wollte; ihn vielleicht sogar zum Traualtar schleppen wollte. So erbärmlich muß ein Frauenzimmer denken, weil die Mutter ihrem Kind gehört und das Kind sie trinken will, sie muß sich einen Sklaven anschaffen und mit ihm diesen Milchladen aufmachen, den man Ehe nennt und der einmal ein Sakrament war, das einzige Sakrament, auf das heilige Männer pfeifen durften; tut sie das nicht, so läuft sie ihr Leben lang als Pechmarie herum, hat den Liebeskummer im Nervensystem wie eine Art versteinertes Kind und ein lebendes Kind an ihrer Seite, eine Anklage gegen Götter und Menschen, eine Herausforderung gegen die Gesellschaft, die alles versucht hat, sie dazu zu bringen, es vor der Geburt abzutreiben oder nach der Geburt auszusetzen, doch ohne Erfolg. In aller Kürze gesagt, ich liebte ihn; und ich hatte ihm die Tür vor der Nase zugeschlagen, weil ein Frauenzimmer viele Seelen hat; und deshalb konnte ich mich jetzt nicht darauf verlassen, daß jemand Zwillinge für mich ausfahren würde.

Nein. Ich gehe wieder denselben Weg in die Straße zurück. Es mag wohl sein, daß ein schwangeres Mädchen den ersten besten heiratet, weil es ihr, wie der Natur, ziemlich gleich ist, wer beim Pfarrer als Vater des Kindes eingetragen wird, doch er, er, er ist es, den ich liebe, trotz allem und trotz allem. Ja, dieser ungewöhnliche Mann; still, klug, rein; er hat eine Berufung, über die er nicht sprechen will; und sieht einen mit heimlich brennendem Blick an, der umhüllt, aber nicht sticht, so daß es um ihn herum nie leblos ist, soviel er auch schweigt; ein Mädchen spürt ihn allein und keinen anderen unter einer ganzen Menschenmenge; und geht danach schweigend mit in sein Zimmer hinauf; und er legt sie in sein Bett, ohne sie zuerst zu überreden, indem er ihr einen ganzen Zeitungsartikel vorschwatzt: Es ist nichts selbstverständlicher. Und als ich ihm in der Silvesternacht die Tür vor der Nase zumachte, da blieb er bei mir; und er blieb bei mir, weil ich ihn nicht hereingelassen hatte. Wenn er versucht hätte, mich mit Argumenten zu überzeugen oder mich mit Bitten zu erweichen, dann hätte ich ihn vielleicht am Ende hereingelassen, aber er wäre nicht bei mir geblieben, als er am Morgen ging; seine Argumente hätten höchstens mein Gehirn herumgekriegt. Und wenn ich ihn jetzt träfe, würde ich ihm mit keiner Silbe zu verstehen geben, daß ich schwanger bin, und schon gar nicht drängen, daß er mich heiraten solle, sondern ich würde zu ihm sagen, ich liebe dich – und deshalb verlange ich nichts von dir; oder, ich liebe dich, und deshalb will ich dich nicht heiraten.

## Ein anderes Mädchen in der Nacht

Und dann sehe ich plötzlich eine Frau auf einer Treppe sitzen. Sie hält sich den blutigen Kopf und weint laut in der Stille der Nacht. Ihre Handtasche liegt offen auf dem Gehweg, als ob sie jemand weggeworfen hätte, und Spiegel, Lippenstift, Taschentuch, Puderdose und Geld sind weit verstreut. Drinnen im Haus wurde gesungen. Ich ging zu der Frau hinüber, um nachzusehen, was mit ihr los war; und da war es Kleopatra.

Du, der wiedergeborene Skarphedinn Njalsson, du heulst doch hoffentlich nicht, sagte ich.

Doch, sagte Kleopatra.

Was ist passiert, sagte ich.

Sie haben mich geschlagen und hinausgeworfen, sagte Kleopatra.

Wer hat das getan, sagte ich.

Natürlich Isländer, sagte sie; diese verdammten Isländer.

Und weshalb, sagte ich.

Sie wollten nicht zahlen, sagte sie. Zuerst haben sie mich zu sich hineingelockt. Dann wollten sie nicht zahlen. Ich werde diese verdammten Isländer umbringen, by golly.

Ja, aber das sind doch unsere Landsleute, sagte ich.

Das ist mir scheißegal, sagte Kleopatra. Sie wollen nicht zahlen. Sie schlagen einen und werfen einen hinaus. Und sie nehmen Schnupftabak.

Ich werde einen Arzt für dich holen, liebe Patra, sagte ich; und es bei der Polizei anzeigen; und dich nach Hause bringen.

Neineinein, sagte sie. Keinen Arzt; und nicht bei der Polizei anzeigen; und am allerwenigsten mich nach Hause bringen.

Nach Hause zu unserem Organisten, sagte ich.

Ich bin nirgends zu Hause, sagte sie, und schon gar nicht bei ihm, obwohl ich schon seit vier Jahren Schlafgast bei seiner Mutter bin, weil er ein Heiliger ist. Das ging prima, solange die Amis hier waren. Aber jetzt sind nur noch ein paar ärmliche Überbleibsel da, und die haben alle etwas Festes; deshalb muß ich mir wieder die Hacken ablaufen, wie damals, als ich noch ein junges Mädchen war, und gehe wieder mit Isländern, die Schnupftabak nehmen und einen schlagen und nicht zahlen wollen; die mit ihrem verdammten »Wüstensand« und »Lustig waren Männer«. Die lieben, netten Amerikaner, Jesus, laß sie bald mit der Atombombe kommen.

Gott steh dir bei, Kleopatra, sagte ich, so hätte Skarphedinn Njalsson nie gesprochen, nicht einmal, wenn ihm die Axt Rimmugygur mitten im Kopf gesteckt hätte.

Wenn ich nicht sorry sein darf, dann geh doch, sagte Kleopatra.

Sie hatte Nasenbluten und ein blaues Auge; sie roch ein wenig nach Schnaps, war aber einigermaßen nüchtern, wahrscheinlich war sie durch die Schläge nüchtern geworden und nur noch leicht benebelt. Ich sammelte ihre Sachen in die Tasche und reichte ihr ihr Taschentuch, damit sie sich das Blut abwischen konnte, und sofort war das Taschentuch voller Blut, auch mein Taschentuch wurde blutig. Ich dachte ein wenig nach und kam zu dem Ergebnis, daß das Blut und die Tränen dieses Mädchens aus genau denselben Stoffen bestanden wie bei anderen Mädchen, deshalb sagte ich, sie könnte mit mir nach Hause gehen und bei mir übernachten. Sie flehte immer wieder Gott und Jesus an, mich zu segnen, und ich weiß nicht, was sonst noch alles, denn gerade solche Leute sind die eifrigsten Theologen, die es gibt, und sie stand auf, und ich stand auf, und unter der nächsten Laterne nahm sie Lippenstift und Spiegel heraus und schminkte sich die Lippen; und diese Tat wirkte auf mich wie eine großartige moralische Handlung mitten in der Nacht in dieser schlimmen Welt, so daß ich mich schämte, weil ich ein so unbedeutender Mensch war.

Sie bereute, daß sie beim Amibusineß nicht Vorsorge getroffen und sich eine anständige Wohnung beschafft hatte, so dumm war man, man hoffte, der Krieg würde ewig dauern, und sie gaben ihre Parties immer in diesen schicken Baracken mit Cosy-Ecken und Fancy-Leuchten, das war ein Leben. Gee, Mensch. Sie hatte mit einem falschen Obersten zwischen Hafnarfjördur und Reykjavik angefangen und mit einem echten, grauhaarigen, zuckerkranken Obersten aufgehört. Sie war bei einem Amifest mit dem Premierminister gewesen, denn die Amerikaner sind unabhängige Menschen, weil sie die Atombombe haben, und machen keinen Unterschied zwischen einem Premierminister und einem Mädchen. Der Oberst schenkte ihr einen roten Mantel und weiße Galoschen und den breitkrempigen Hut, mit dem man sich nur schräg durch die Tür schieben konnte; und natürlich Geld wie Heu, Mensch. Gosh. Er hatte versprochen, sie nachzuholen, wenn seine Frau gestorben wäre, aber jetzt war er selber gestorben, er konnte den Frieden nicht ertragen, wahrscheinlich hatte ihn seine Frau umgebracht, denn sie war jung. Und da fing Kleopatra wieder an zu weinen, sie hatte Leid erfahren, das chemisch völlig richtig war und außerdem ganz genauso seelisch wie anderes Leid, schmerzhaft und doch herrlich, und ich hatte Mitleid mit ihr, auch im Ernst.

So verliert man alles und alles und alles, sagte sie; und stirbt; und muß wieder leben, wenn man tot ist. Ist es nicht ein starkes Stück, daß ich, die ich von einem Colonel geliebt wurde, mich von einem Volk schlagen lassen muß, das Schnupftabak nimmt?

Sie hatte das Alter erreicht, wo die chemischen Veränderungen im Körper einer Frau es mit sich bringen, daß sie sich vom Leben enttäuscht fühlt; sie hatte schon längst genug von der Nachtschwärmerei der Jugend, die Abenteuer des Ungewissen konnten sie nicht mehr locken, aus dem Glauben der Jugend an etwas Neues und Unvergleichliches war ein alltäglicher Kampf ums Dasein geworden, sie hatte, ehrlich gesagt, die Nase voll von ihren verdammten Kerlen, wo immer sie auch herkamen, die einen aus dem Nordland, die anderen von der Südwestküste, sie wollte nur ein geruhsames Leben, festen Boden unter den Füßen, wie jede andere Frau von fünfunddreißig. Und, wie sie sagte, dazu brauchte man seine eigenen vier Wände, man konnte nicht dauernd heiligen Männern zur Last fallen, die einen Kleopatra und sogar Skarphedinn im Feuer nannten; denn natürlich heiße ich nicht Kleopatra und habe nie so geheißen und schon gar nicht noch anders, ich heiße Gudrun und werde Gunna die Wüste genannt.

Ich fragte sie, ob sie gerne heiraten würde, aber sie konnte sich kaum fassen vor Entrüstung über eine so unanständige Vermutung: Das hätte mir gerade noch gefehlt. Dagegen vertraute sie mir dann, als wir schon im Bett waren und das Licht ausgemacht hatten, an, ihr Traum von einem geruhsamen Leben wäre eine kleine Wohnung mit Wohnzimmer und Schlafzimmer, geschnitzten Renaissance-Möbeln, Küche und Klo mit Dusche, und es sich dann so einzurichten, daß sie nur drei Feste brauchte: einen verheirateten Geschäftsmann mit etwas Vermögen, der schon bald silberne Hochzeit feiern konnte; einen Seemann, der nur ab und zu an Land kam; und einen gebildeten Jungen, der mit einem Mädchen aus vornehmer Familie verlobt war.

Wir diskutierten über diesen Plan, bis wir schläfrig wurden, und bald sagten wir nichts mehr, bis sie nach einer ganzen Weile, als ich glaubte, sie sei schon längst eingeschlafen, in der Dunkelheit sagt:

So, wollen wir jetzt nicht unser Vaterunser beten.

Doch, sagte ich: Du für uns beide.

Da sprach sie das Vaterunser und anschließend wünschten wir einander eine gute Nacht und schliefen ein.

## *Achtzehntes Kapitel*

### Ein Ehrenmann hinter dem Haus

Obwohl neumodische Schriftsteller sagen, es sei schlecht für Kinder, wenn man sie wiegt, so fällt es mir doch plötzlich auf, wenn etwas über eine Wiege in der Zeitung steht, und sei es auch nur, daß eine Kinderwiege zu verkaufen ist. Und jetzt heißt es dort, der Stadtrat habe es gegen die Stimmen der Kommunisten abgelehnt, eine Kinderkrippe einzurichten. »Eine Frau« schrieb an die Zeitung und sagte, es würde der Unzucht im Land Vorschub leisten, wenn solche Institutionen mit öffentlichen Geldern gefördert würden, die wahren Kinderkrippen seien die Heimstätten rechtgläubiger christlicher Menschen und derer, die einen sittlichen Lebenswandel führen. Ich frage, warum soll es eine Kinderkrippe nur für die Kinder rechtgläubiger christlicher Menschen geben und derer, die einen sittlichen Lebenswandel führen? Warum soll es keine Kinderkrippe für die Kinder unchristlicher Menschen mit unsittlichem Lebenswandel, wie ich einer bin, geben?

Wir leben in einer Gesellschaft, die sich nur eines noch sehnlicher wünscht, als die Kinder der Reichen zu pflegen, nämlich die armen Kinder umzubringen, sagte der Kommunist. Vor wenigen Menschenaltern waren die Reichen so stark, obwohl sie damals noch verlaust waren, daß über die Hälfte aller Kinder in Island starben. Wenn das gewöhnliche Volk sich nicht organisiert hätte, würden die armen Kinder immer noch sterben; und wenn wir diese Organisationen nicht weiterhin stärkten, würden die Reichen die armen Eltern und ihre Kinder in Jesu Namen mit konkreten Maßnahmen bestrafen, mit Auspeitschen und Ertränken, genau wie früher; der Kampf gegen eine Kinderkrippe für die Kinder armer Mütter zeigt ihre Einstellung sehr deutlich; es fehlen ihnen nur die Läuse, sonst haben sie sich nicht geändert seit dem sechzehnten Jahrhundert.

Ich fragte das Mädchen im Bäckerladen, seine Freundin: Was würdest du machen, wenn du ein Kind hättest?

Auf einmal war das Lächeln des Mädchens verschwunden, ihre Pupillen wurden plötzlich größer, und sie sah ihren Kommunisten fragend an:

Du kannst es ihr ruhig sagen, sagte er.

Eine Frau verlangte ein Roggenbrot und ein Mädchen eine Sahnetorte, dann war niemand mehr im Laden.

Komm, sagte das Mädchen, öffnete den Ladentisch und bat mich, hereinzukommen und mit nach hinten zu gehen, durch eine winzige, dunkle Kammer, die zugleich Lager und Waschraum war und eine Tür zum Hinterhof hatte. Draußen war starker Ostwind mit strömendem Regen, am Himmel hingen schwarze Wolken. Zwischen den Pfützen hinter dem Haus stand ein Kinderwagen mit aufgeschlagenem Verdeck, über den ein Sack gebreitet war, um den schlimmsten Regen abzuhalten. Das Bäckermädchen hob den Sack zur Seite und schaute lächelnd unter das Verdeck.

Das Kind war hellwach und sah mit großen Augen unter dem Federbett hervor. Und als es seine Mutter sah, jauchzte es und strampelte und lutschte aus Leibeskräften an seinem Daumen.

Mein Liebling, sagte seine Mutter und sah ihren Jungen eine Weile verzückt an, mitten in der Arbeit des Tages in einem Hinterhof, über den schwarze Wolken fegten.

Nein, was er für kluge Augen hat, sagte ich. Ich glaube, das ist ein wirklicher Ehrenmann.

Wenn es herauskommt, daß ich ihn hier dabeihabe, werde ich entlassen, sagte sie.

Vorne im Laden hatte ein ungeduldiger Kunde angefangen, auf den Tisch zu klopfen.

## Alle Theorien der Welt – und ein bißchen mehr

Doktor Bui Arland kommt lächelnd mit Regen im Gesicht nach Hause, zieht seinen nassen Umhang aus und sagt, tja, jetzt habe ich gute Nachrichten.

Ich warte.

Ich glaube, ich darf behaupten, daß es mir jetzt endlich gelungen ist, beim Parlament ein paar tausend Kronen lockerzumachen für Ihren Papa, wegen seiner Kirche.

Ah, so, sagte ich.

Er sah mich überrascht an.

Und Sie fallen mir nicht um den Hals, sagte er.

Warum, sagte ich.

Aus Freude, sagte er.

Ich habe gehört, daß Luther der schlimmste Grobian der Welt ist, sagte ich. Da habe ich den Glauben aufgegeben.

Nein, zum Teufel, sagte er, zog seinen Mantel aus, wischte sich die Nässe aus dem Gesicht, nahm seine Brille und trocknete die Regentropfen ab, die an ihr hingen. Wenn ich es mir recht überlege: Können wir nicht an den Mann glauben, obwohl er manchmal rectum und bumbus in häßlichem Deutsch statt auf Latein sagt, wenn er über den Heiligen Geist disputiert; oder die Genitalien eines Esels in irgendeinen dunklen Zusammenhang mit dem Papst bringt? Er war zumindest provinziell genug, um das Christentum ernst zu nehmen, mitten in der Renaissance, als ganz Europa damit aufgehört hatte; und die Weltanschauung zu retten; ganz abgesehen davon, daß er etwas für den Gesang übrig hatte, wie viele deutsche Provinzler, der arme Kerl.

Ich wußte nicht, daß Sie Lutheraner sind, sagte ich.

Nein, das wußte ich eigentlich auch nicht, sagte er und lachte; nicht direkt. Ich hatte geglaubt, ich stünde dem einzigen Mann in der Christenheit, der nachweislich gar nichts glaubt, näher, nämlich dem Papst. Allerdings habe ich mir zur Gewohnheit gemacht, im Parlament den guten alten Jesus zu unterstützen, vor allem deshalb, weil ich mir mit unserem nicht gekreuzigten Drecksjuden Marx darin einig bin, daß das Kreuz Opium fürs Volk ist.

Mit anderen Worten, Sie sind Materialist, sagte ich.

Nein, wie lange das her ist, seit ich dieses Wort gehört habe – in dieser Bedeutung, sagte er. Wir in der Wirtschaftswissenschaft verwenden die Wörter nämlich in einer etwas anderen Bedeutung. Aber nachdem Sie mich aufrichtig nach meinem Glaubensbekenntnis gefragt haben, werde ich Ihnen antworten, wie Sie fragen; ich glaube, daß E gleich mc hoch zwei ist.

Was ist das für ein Zauberspruch, sagte ich.

Das ist die Theorie Einsteins, sagte er. Sie besagt, daß Masse mal Lichtgeschwindigkeit hoch zwei dasselbe ist wie Energie. Aber vielleicht ist es Materialismus, anzunehmen, daß es die Masse an sich gar nicht gibt.

Trotzdem können Sie Arbeit darauf verwenden, Geld zu beschaffen, damit droben in einem einsamen Tal, wo es fast keine Menschen gibt, eine Kirche gebaut wird, sagte ich.

Als ich vor ein paar Jahren dahinterkam, daß Ihr Papa an Pferde glaubt, da gelobte ich mir, alles für ihn zu tun, was ich könnte. Ich habe nämlich einmal eine religiöse Erleuchtung gehabt, etwas Ähnliches wie die Heiligen. Bei dieser Erleuchtung wurde mir geoffenbart, daß Pferde die einzigen Lebewesen sind, die eine Seele haben – abgesehen von den Fischen; und das liegt unter anderem daran, daß sie nur eine Zehe haben, eine Zehe, das ist das höchste an Vollkommenheit. Pferde haben eine Seele wie Götzenbilder; oder die Bilder bestimmter Maler; oder ein schönes Gefäß.

Wie gewandt er über die kompliziertesten Dinge sprach; fast zerstreut, mit diesem freundlichen, kultivierten Lächeln, das nicht ganz ohne Müdigkeit war und manchmal sogar mit einem Gähnen enden konnte, was es jetzt auch tat; und er nahm sich eine Zigarette und zündete sie an. Und während ich ihn betrachtete, verschwand die Erde unter meinen Füßen und meine Füße unter mir, und es kostete mich große Mühe, nicht aus der Materie getilgt zu werden. Ich nahm mich zusammen und sagte:

Ich habe heute gehört, sagte ich, die Reichen würden die unehelichen Kinder wieder wie früher verhungern und umbringen lassen und Gesetze machen, damit sie ihre Väter auspeitschen und ihre Mütter ertränken können, wenn sie nicht Angst vor den Organisationen der einfachen Leute hätten. Stimmt das?

Ja, sagte er und lächelte liebenswürdig. Alles für die Tugend, das ist unser Wahlspruch, meine Liebe. Unsere Frauen wollen eheliche Kinder, zumindest auf dem Papier; und am liebsten keine Konkurrenz. Die Einrichtung einer Kinderkrippe ist ein Angriff auf den Ehefrauenstand.

Ich möchte Ihnen so gern eine Frage stellen, sagte ich.

Ich wollte, ich wüßte alles, was Sie fragen, sagte er.

Ich fragte: Kann man Kapitalist sein, wenn man einen Säugling bei Sturm und Regen an der Hintertür eines Hauses sieht?

Das ist eine schwierige Frage, sagte er und kratzte sich hinter dem Ohr: Ich glaube, ich bin noch nicht weit genug fortgeschritten, um sie beantworten zu können, zumindest muß ich zuerst hinter das Haus gehen.

Warum will das Parlament und der Stadtrat nicht, daß meine Kinder eine Kinderkrippe haben wie Ihre Kinder? Sind meine Kinder nicht chemisch und biologisch genauso gut wie Ihre Kinder? Warum können wir nicht eine Gesellschaft haben, die sowohl für meine wie für Ihre Kinder zweckmäßig ist?

Er kam dicht an mich heran, legte die Hand auf meinen Nacken unter dem Haar und fragte, was ist mit unserer Bergeule geschehen?

Nichts, sagte ich und senkte den Kopf.

Doch, sagte er, Sie haben angefangen, immer in einem großen Kreis zu denken, aus dem Sie nicht ausbrechen können. Was bedrückt Sie und wird mit jedem Tag schlimmer?

Ich gehe, murmelte ich vor mich hin.

Er fragte wohin und wann.

Weg, sofort, sagte ich leise.

Heute abend, fragte er. Bei diesem Unwetter?

Sie haben gegen mich gestimmt, und ich habe nirgends ein Zuhause, sagte ich, und dann erzählte ich ihm, wie es mit mir stand, und wandte mich ab, und er hörte auf zu lächeln und es herrschte Schweigen. Schließlich fragte er: Haben Sie den Mann lieb?

Und ich antwortete: Nein, doch, ich weiß es nicht.

Er fragte, hat er Sie lieb?

Ich habe ihn nicht gefragt, sagte ich.

Wollt ihr heiraten, fragte er, aber ich konnte auf so einen Unsinn nur mit Kopfschütteln antworten.

Hat er kein Geld, fragte er. Kann ich etwas für euch tun?

Ich drehte mich wieder zu ihm hin, sah ihn an und sagte: Jetzt habe ich Ihnen gesagt, was ich nicht einmal ihm gesagt habe, und mehr kann ich nicht.

Darf ich dann nichts mehr fragen?

Ich weiß nicht einmal, wer der Mann ist, sagte ich, deshalb hat es keinen Sinn zu fragen. Ich bin ein Mädchen, das ist alles. Und Sie haben gegen mich gestimmt. Hätte ich nicht meine armen, alten Eltern im Nordland, würde mein Kind als Geächteter geboren werden, wie es in den Sagas steht, keiner darf ihn mitnehmen, keiner darf ihm Obdach oder Speise geben, keiner darf ihm helfen.

Er schaute mich fragend an, beinahe ängstlich, als ob er eine Gefahr, die er lange aus der Ferne gefürchtet hatte, näherkommen sähe, und wiederholte das, was ich eben gesagt hatte, etwas albern als Frage, habe ich gegen Sie gestimmt; und steckte sich den einen Daumennagel zwischen die Zähne.

Doch als ich weggehen wollte, kam er mir nach und sagte: Machen Sie sich keine Sorgen, Sie können von mir so viel Geld bekommen, wie Sie wollen, ein Haus, eine Kinderkrippe, alles.

Sie stimmen öffentlich dagegen, daß ich und meinesgleichen Menschen heißen können, und wollen mich heimlich zu Ihrem Bettler machen –

Wieso heimlich, sagte er. Zwischen Ihnen und mir gibt es keine Heimlichkeiten.

Nein, jetzt gehe ich und bekomme mein Kind für mein eigenes Geld, sagte ich. Immer noch besser, als heimlich Geld von einem Mann anzunehmen.

Ich war kaum droben in meinem Zimmer, da kam er mir nach, er öffnete sogar meine Tür, ohne anzuklopfen. Vorher war er einen Augenblick lang etwas aufgeregt gewesen, eine Zeitlang war er vielleicht nahe daran gewesen, seinen Standpunkt im Ernst gegen mich zu verteidigen, doch jetzt hatte er sich beruhigt, war wieder mild und schlicht, mit dieser aufrichtigen Miene, die ihn manchmal kindlicher als seine Kinder machte.

Wenn ich unsere roten Freunde recht kenne, sagte er, dann dauert es nicht mehr lange, bis sie die Sache wieder vorlegen. Das nächste Mal kann sie ganz anders angepackt werden. Ich werde mit meinem Schwager und anderen einflußreichen Leuten bei uns sprechen. Es wird eine Kinderkrippe eingerichtet werden, ganz bestimmt.

Und wenn Ihr Schwager nein sagt, sagte ich; und der Ehefrauenstand?

Ja, Sie machen sich über mich lustig, sagte er. Bitte sehr. Nur gut, daß ich mir selbst nicht einrede, ich sei ein großer Held. Aber ich verspreche Ihnen, daß ich mich in dieser Sache so verhalten werde, als hätte mich eine Frau inspiriert –

Ein schwangeres Dienstmädchen, korrigierte ich.

Eine Frau, die ich vom ersten Augenblick an bewundert habe, sagte er.

Ja, ich habe einmal einen angetrunkenen Mann sagen hören, ich wäre eines von den Frauenzimmern, mit denen die Männer ins Bett gehen wollten, wortlos, in derselben Minute, in der sie sie zum erstenmal sähen.

Er trat zu mir, faßte mich um die Taille und sah mich an.

Es gibt immer wieder eine Frau, die so ist, sagte er, daß ein Mann im selben Augenblick, in dem er sie zum erstenmal sieht, sein bisheriges Leben vergißt wie ein bedeutungsloses Nichts, bereit, das Band aller Pflichten, das ihn an seine Umgebung fesselt, durchzuschneiden, umzukehren und dieser Frau ans Ende der Welt zu folgen.

Nein, ich küsse Sie nicht, sagte ich, es sei denn, Sie versprechen, daß Sie mir nie Geld schenken, sondern mich für meinen Unterhalt arbeiten lassen, wie ein freier Mensch, obwohl ich Sie kenne.

Er küßte mich und sagte etwas.

Ich weiß, ich bin furchtbar dumm, sagte ich hinterher. Aber was soll ich tun: Sie sind anders als alle anderen.

## *Neunzehntes Kapitel*

### Die Kirchenbauer

Versteckt in einer Senke auf der Ostseite des Hügels, an dem der Hof liegt, erhob sich die Kirche; hinter dem Chor ein grasbewachsener Hang. Sie hatten im vergangenen Herbst angefangen zu betonieren, aber kein Geld gehabt, um ein Dach zu kaufen. Die Wände standen noch immer in ihren Holzverschalungen da, als jetzt im Frühjahr Geld von der Regierung eintraf, für das sie ein Dach kaufen konnten. Ich sitze unten in der Schlucht am Bach, wo der Schilfgeruch im Winter stärker ist als im Sommer, hier spielten wir als Kinder mit Hörnern und Backenknochen von Schafen; und füllten eine verrostete Blechbüchse mit Wasser aus dem Bach, das je nachdem Schokolade, Fleischsuppe oder Schnaps sein konnte. Und dann stand hier am Ufer drei Spätsommernächte lang ein spitzes Zelt. Und wie ich hier sitze, höre ich durch das Rauschen des Baches abwechselnd die Hammerschläge der Kirchenbauer und das Flöten des Regenpfeifers.

Ganz früher gehörten zwölf Höfe zur Kirche hier, manche sagen sogar achtzehn, doch im vergangenen Jahrhundert wurde die Kirche aufgegeben. Aber jetzt erhebt sich hier wieder eine Kirche, obwohl nur noch drei Höfe im Tal übrig sind, und der dritte Bauer, der Baumeister der Kirche, Jon auf Bard, zählt nur noch halb, oder nicht einmal das, er hat seine Frau verloren, und die Kinder sind nach Reykjavik gezogen, und auf dem Hof gibt es kein Feuer mehr, außer dem, das in dem Mann selber brennt; sein Glaube ist der Glaube eines Pferdenarren und hat mehr mit einem Pferdephallus als mit Jesus zu tun. Nie nannte Bard-Jon eine Kirche anders als Gottes Fenster-Mähre und den Pfarrer Hengst der Seelenherde; und weder ich noch andere haben bemerkt, daß er irgendein frommes Wort kannte, außer dem alten Vaterunser aus dem Skagafjord, das so beginnt: Vater unser, oh, hat das verdammte scheckige Fohlen doch tatsächlich angefangen, überall herumzuscheißen; und dieses Gebet brummte er von früh bis spät vor sich hin.

Und Geiri in Midhus lacht – ein Lachen, das ausreichen würde, um einen Dom zu errichten, sogar auf dem Gipfel der Hekla. Dieser kinderreiche Mann, unser Nachbar, der zweite richtige Bauer im Tal, ist die personifizierte Dickköpfigkeit der Welt, eine Dickköpfigkeit, die kein Argument angreifen kann, weder Theologie, noch Philosophie oder Ökonomie, nicht einmal die Argumente des Magens, die doch im allgemeinen vernünftiger sind als die Argumente des Gehirns, nicht zuletzt dann, wenn es der Magen unserer Kinder ist, der spricht: Dieser Mann sagte, lebendig würde er nie aus dem Tal weggehen, kassierte seine Gemeindeunterstützung und lachte. Er sagte, falls er noch mehr ungetaufte Kinder begraben müßte, dann hoffte er zu Gott, daß dies nur bei dieser Kirche geschehen würde, wo der berühmteste Mann Islands getauft worden sei. Er selbst, sagte er, freue sich darauf, eine Ewigkeit lang in einem dieser schönen, trockenen Gräber hier oben zu liegen und dann zwischen Dichtern und Helden der Vorzeit aufzuerstehen, anstatt in einem feuchten, langweiligen Grab drunten im Flachland zu versauern, zwischen Bauerntölpeln von heute und Sklaven, die Fische fingen.

Neben der Arbeit unterhielten sie sich fast den ganzen Tag über die Helden aus den Sagas.

Bard-Jon hatte am meisten für die Helden übrig, die sich im Gebirge oder auf weit draußen im Meer liegenden Inseln aufhielten. Seine Bewunderung galt nicht so sehr der Dichtung des Helden, sondern dem, wie lange ein Held sich allein gegen viele im Kampf verteidigen konnte, ohne Rücksicht auf die Sache, um die es ging; ihm war es gleichgültig, ob ein Held im Recht oder im Unrecht war. Fast immer waren die Helden von Anfang an im Unrecht, sagte er; sie wurden Helden, nicht weil sie für eine edle Sache kämpften, sondern weil sie nie aufgaben, nicht einmal, wenn sie lebendigen Leibes zerstükkelt wurden. Von den Helden, die als Geächtete in der Einöde hausten, liebte er ganz besonders Grettir den Starken, und zwar aus denselben Gründen, die am Schluß der Saga von Grettir aufgezählt werden: weil er länger in der Einöde hauste als andere Männer; weil er sich besser als alle anderen Männer mit Gespenstern herumschlagen konnte; und weil er weiter weg von Island gerächt wurde als irgendein anderer Held, und dazuhin in der größten Stadt der Welt, in Konstantinopel.

Die Helden meines Vaters hatten menschlichere Züge, sie mußten zumindest die Stammväter bekannter Geschlechter sein, wenn sie sein volles Vertrauen genießen sollten, noch besser aber Dichter. Berge und Meeresklippen waren kein Ort für seine Helden. Dieser rechtschaffene Mann, der nie jemanden auch nur um einen Öre betrogen hatte, fand nichts dabei, daß diese Helden auf Schiffen mit weit aufgesperrten Drachenmäulern nach Schottland, England oder Estland segelten, um dort unschuldige Menschen niederzumetzeln und deren Besitz abzutransportieren. Und dieser bescheidene Talbauer empfand es auch nicht als Makel, wenn ein Held Menschen ins Gesicht spuckte, Leuten die Kehle durchbiß oder ihnen mit dem Finger ein Auge herausriß, wenn er an ihnen vorbeiging, statt den Hut vor ihnen zu ziehen; und eine Saga-Frau wurde nicht weniger edel, auch wenn sie einem armen Jungen die Zunge herausschneiden ließ, weil er von ihrem Teller gegessen hatte. Ich glaube, es gab keine Begebenheit in der Saga von Egill Skallagrimsson, die meinem Vater nicht mehr am Herzen lag und die ihm nicht vertrauter gewesen wäre, als alle großen Ereignisse, die sich zu seinen eigenen Lebzeiten im Land zugetragen hatten, und es gab wohl kaum eine Zeile, die Egill zugeschrieben wurde, die er nicht auswendig konnte.

Mein Held ist und bleibt Thorgeir Havarsson, sagte Geiri in Midhus. Und warum? Weil er das kleinste Herz von allen Leuten in den Sagas hatte. Als sie ihm dieses Herz herausschnitten, das nie Furcht gekannt hatte, nicht einmal in Grönland, da war es nicht größer als ein Spatzenmagen – und dann lachte der Bauer mit dieser Lache, die genügen würde, einen Dom zu errichten.

Der Pfarrer läßt es sich nicht nehmen, aus der Gemeinde zu uns heraufzukommen, immerhin ein Ritt von fünf Stunden, um mit diesen lustigen Gläubigen Tabak zu schnupfen und Nägel einzuschlagen. Als die Verschalung von den Betonwänden abgenommen wird, ist das weitaus größte Fenster auf der

Ostseite, über dem Altar, dem Hang zugewandt, wo die Hauswiese sich den Berg hinaufzieht.

Der Pfarrer machte an dem Tag eine geheimnisvolle Miene, bis er schließlich beim Kaffee damit herausrückte:

Hier hat es eine große Revolution gegeben, sagte er; eine der größten in der Geschichte der Menschheit, und wie alle großen Revolutionen ist sie im stillen vor sich gegangen, ohne daß jemand es bemerkt hat.

Wir wußten nicht, worauf er hinauswollte, und warteten.

Ich weiß nicht, wie viele Kirchen man auf der Welt errichtet hat, seitdem das Christentum eingeführt wurde, sagte der Pfarrer. Doch das ist das erste Mal in der Geschichte der Menschheit, daß jemand es gewagt hat, eine Kirche mit einem Fenster über dem Altar zu bauen. Früher wäre jeder Kirchenbauer, der sich dazu erdreistet hätte, bei lebendigem Leibe gesotten worden.

Geiri in Midhus begann zu grinsen und lachte schallend, denn er glaubte, der Pfarrer hätte wieder einmal einen Witz erzählt.

Bard-Jon: Es wäre keine richtige Fenster-Mähre, wenn sie dort blind wäre.

Schön ist die Halde, sagte mein Vater.

Schön ist die Halde, wiederholte der Pfarrer: Dort kommt nämlich auf einmal das Heidentum in den Isländersagas zum Vorschein. Das Christentum ist dazu da, daß man die Halde nicht sieht. Und eine Kirche ist dazu da, dem Menschen den Blick auf die Natur zu verdecken, zumindest während des Gottesdienstes. In alten Kirchen waren alle Fensterscheiben bemalt. Und in allen Kirchen auf der Welt, sogar in unseren lutherischen Kirchen, nur nicht in dieser hier, hängt über dem Altar ein Bild oder ein Symbol, das den Sinn des Menschen auf die Geheimnisse des heiligen Glaubens lenkt, weg von dem Blendwerk der Schöpfung.

Wozu wollt ihr denn überhaupt eine Kirche, fragte ich. An was glaubt ihr?

Da stand der Pfarrer auf, kam zu mir, tätschelte mir die Wange und sagte, das ist keine ganz einfache Frage, meine Liebe: Wir glauben an das Land, das Gott uns geschenkt hat;

an das Bauernland, in dem unsere Leute schon seit tausend Jahren zu Hause sind; wir glauben an die Bedeutung der ländlichen Gegenden für das Leben der isländischen Nation; wir glauben an den grünen Hang, wo das All-Leben wohnt.

## Ein Gott

Oft kommt es mir so vor, als ob diese Männer spielten: Die Unwirklichkeit der Rolle ist ihre Sicherheit, sogar ihr eigenes Schicksal ist für sie eher Geschichte und Volkssage als Privatsache; das sind verhexte Menschen, Menschen, die in Vögel verwandelt wurden, oder vielmehr in irgendein komisches Tier, und sie tragen ihre Zaubergestalt mit jenem wortlosen Gleichmut, den wir als Kinder an den Märchentieren bestaunten. Wahrscheinlich ahnen sie sogar mit der stummen Angst des Tieres, daß es mit dem Märchen und gleichzeitig mit ihrer Sicherheit zu Ende geht, wenn sie ihre Zaubergestalt verlieren und das menschliche Leben mit all seinen Schwierigkeiten beginnt, vielleicht in einer Stadt, wo es weder Natur noch Luftspiegelungen gibt, keine Verbindung zur Volkssage und Vorzeit, keine seit Jahrhunderten ausgetretenen Pfade, die hinter den Bergen entlang, hinunter in die Schlucht am Fluß und hinaus auf das weite Grasland führen, keine Orientierungshilfe aus den Sagas; nur die rastlose Suche nach unfruchtbarem, abstumpfendem Genuß.

Wie kannst du dir nur einreden, Papa, sagte ich, als der Pfarrer und die Kirchenbauer gegangen waren, es sei möglich, von fünfundvierzig Lämmern zu leben, wenn du weißt, daß ein Lamm nicht mehr wert ist als der Tageslohn eines Arbeiters. Wenn du für das, was du ablieferst, diesen Lohn für fünfundvierzig Tage bekommen hast, dann bleiben immer noch dreihundertzwanzig Tage vom Jahr übrig.

Wir leben, sagte er: wir leben.

Und nur zwei Kühe, die entweder wenig oder gar keine Milch geben. Und hier in der Zeitung steht, in Amerika gilt es nur als durchschnittliche Arbeitsleistung, wenn einer an einem Tag hundert Pferdelasten Heu erntet und hundertzwanzig Kühe versorgt und melkt.

In der Zeitung steht auch, daß in Amerika am ersten Tag eines Atomkriegs vierzig Millionen Menschen in Stücke gerissen werden. Da hilft ihnen ihre ganze Milch nichts. Da ist es besser, in einem trockenen Grab im Eystridalur zu liegen und im ganzen neben seiner Kirche wiederaufzuerstehen.

Betreibt ihr die Landwirtschaft denn nur, um in einem trokkenen Grab zu liegen? sagte ich.

Ich weiß wohl, daß es nach den Regeln der Rechenkunst und der Vernunft nicht möglich ist, in einem abgelegenen Tal von ein paar Schafen und zwei schlechten Milchkühen zu leben. Aber wir leben, sage ich. Ihr Kinder habt alle leben können; deine Schwestern haben jetzt gesunde Kinder in weit entfernten Gegenden. Das, mit dem du schwanger gehst, mein Kleines, wird auch leben und willkommen sein, trotz Rechenkunst und Vernunft. Hier wird man sogar von Kuh und Schaf leben, liebes Kind, wenn Paris, London und Rom nur mehr unbedeutende, moosbewachsene Steinhaufen sind.

Einmal ganz abgesehen von der Atombombe, lieber Vater, sagte ich, bin ich der Meinung, du solltest lieber auf wenigstens eines von deinen Zuchtpferden verzichten und dir dafür ein Klosett leisten.

Ich weiß, in Reykjavik haben sie solche Klosetts, sagte er. Aber wir haben die Natur. Wenn man das menschliche Leben von dieser besonderen Warte aus betrachtet, dann ist die Natur das beste aller Klosetts. Und die Pferde, mein Kleines, sie weiden im Gebirge.

In Reykjavik hat man mir gesagt, daß du an halbwilde Pferde glaubst, Vater, sagte ich.

Sie drücken sich manchmal seltsam aus, unsere Freunde in der Stadt, sagte er. Aber es ist schon etwas Wahres daran, hier in unserer Gegend hat sich lange der Brauch gehalten, den Wert eines Menschen an seinen Pferden zu messen. Ein Mann, der nicht unter mehreren Pferden auswählen konnte, wenn er zum nächsten Hof wollte, war bei uns hier nie sehr angesehen. Die Pferde sind ein schöner Anblick im Sommer; und der Hengst ist ein herrliches Geschöpf.

Um so schwieriger ist es zu verstehen, daß Leute, die die Natur als Klosett benutzen und Pferde anbeten, vor allem anderen eine Kirche bauen.

Der Mensch ist das Tier auf Erden, das auf einem Pferd reitet und einen Gott hat, sagte mein Vater.

Und ein Haus für den Gott baut und die Pferde frei herumlaufen läßt, fügte ich hinzu.

Die Pferde kommen allein zurecht, sagte mein Vater. Aber das Gott ist ein Haustier.

Das Gott? sagte ich.

Das Gott, sagte mein Vater. Snorri Sturluson verwendet Gott im Neutrum, und ich bilde mir nicht ein, es besser zu wissen als er.

Was für ein Gott ist das, wenn ich fragen darf.

Gott erklären, würde bedeuten, keinen Gott zu haben, meine Kleine, sagte mein Vater.

Es kann wohl kaum der Gott Luthers sein, sagte ich.

Die Isländer haben von jeher gelernt, daß uns der lutherische Glaube von einem deutschen Dieb aufgezwungen worden sei, dem Dänenkönig Christian dem Dritten, sagte mein Vater. Seine dänischen Vögte haben Jon Arason geköpft. Wir auf unseren Höfen in den Tälern Islands kümmern uns wenig darum, was für Götter die Deutschen erfinden und die Dänen durch Mord verkündigen.

Vielleicht ist es der alte Gott des Papstes, sagte ich.

Lieber Jon Arason als den Deutschenluther und die Dänenkönige, sagte mein Vater. Und trotzdem, er ist es nicht.

Ich fragte, ob er dann die Kirche nicht zu einem Tempel für Thor, Odin und Frey umbauen wollte.

Mein Vater wiederholte ihre Namen langsam und nachdenklich, und seine Miene hellte sich wieder auf, wie bei der Erinnerung an längst entschwundene Freunde: Thor, Odin, Frey. Wie gut, daß du sie genannt hast. Und trotzdem, sie sind es nicht.

Ich fürchte, du weißt gar nicht, woran du glaubst, Vater, sagte ich.

O doch, mein Mädchen, ich glaube an meinen Gott, wir glauben an unseren Gott, antwortete dieser so gar nicht fanatische Gläubige und lächelte über unsere unschuldige Plauderei. Es ist zwar weder der Luthergott, noch der Gott des Papstes; und noch weniger der Gott Jesu, obwohl der vielleicht am häufigsten in den vorgeschriebenen Lesungen des Pfarrers genannt wird; und auch nicht Thor, Odin und Frey; und sogar nicht einmal der Zuchthengst, wie sie in Reykjavik glauben. Unser Gott ist das, was übrigbleibt, wenn alle Götter aufgezählt worden sind und gesagt worden ist, nein, der nicht, der nicht.

## *Zwanzigstes Kapitel*

### Das Land wird verkauft

Die Hammerschläge verhallten in ihrem Echo und vermischten sich mit der Stille des Gebirgstals; und den Regenpfeifer hört man immer noch. Warum nicht ein Leben lang in dieser friedlichen Stille leben und das Wasser am Bach holen, statt es aus einem Hahn im Haus fließen zu lassen; ohne Küchenmaschine; und ohne das Toilettenproblem gelöst zu haben.

Leider: Stille und Frieden, das ist nur ein Gedicht, das man in größeren Orten hersagt, ein Gedicht von Landleuten, die es aus Geldmangel in die Stadt verschlagen hat und die dort von der großen Welt angesteckt wurden; und bald nicht einmal mehr ein Gedicht aus unserer Zeit, sondern Jonas Hallgrimsson; würde es wohl einen zeitgenössischen Dichter rühren, wenn er hörte, wie in einem abgelegenen Tal eine Kirche zusammengezimmert wird und zwischen den Hammerschlägen ein Regenpfeifer flötet? Und der Südwind, den es in Reykjavik gar nicht gibt, wo ist heute der Dichter, der ihn kennt?

Bis die Stille plötzlich gestört wird: Die Politiker haben angefangen zu schreien, man soll wählen. Diese unangenehme Gesellschaft, die man mit keiner bekannten Methode loswerden kann, der einzige Trost ist, daß man sie in weiter Ferne weiß, sie hat sich jetzt vorübergehend bei uns niedergelassen. Ihre Beleidigungen und gegenseitigen Anschuldigungen, Verbrechen begangen zu haben, erfüllen diese stille Gegend, wo die Menschen vorsichtig sind bei der Wahl ihrer Worte. Und die Geschichte wiederholt sich: Obwohl die Landbewohner den ganzen Tag mit anhören, wie einer den anderen in Acht und Bann tut und stets mit unwiderlegbaren Beweisen, so würde ihnen doch nie einfallen, irgend etwas von dem, was sie einander vorwerfen, zu glauben, genausowenig wie ihnen einfallen würde, das zu glauben, was der Pfarrer auf der Kanzel sagt. Wenn die Kandidaten mit ihrer Rede fertig sind, lächeln ihnen die Landbewohner zu, als ob sie ganz gewöhnliche Menschen wären.

Ein Mann, der auf dem Land ein falsches Schaf schlachtet, wird nach seinem Tod in keinen Familienstammbaum aufgenommen, und trotzdem sind seine Nachkommen für zweihundert Jahre gebrandmarkt; deshalb kann es kaum verwundern, daß die Landleute nur bedingt an solche Schandtaten glauben, wie die Politiker sie einander in die Schuhe schieben; sie hören den Verbrechergeschichten auf politischen Versammlungen auch mit derselben Einstellung zu wie einer Saga, in der vom Kehlendurchbeißen, Anspucken und Augenherausreißen die Rede ist. Und da sie selbst nie ein Verbrechen begangen haben, sei es, weil sie nie Gelegenheit dazu hatten oder weil sie von Natur aus Heilige sind, fällt es ihnen genauso leicht, Verbrechen zu vergeben, wie es ihnen schwerfällt, an sie zu glauben.

Keine Macht hätte meinen Vater dazu bringen können zu glauben – selbst wenn man es vor seinen Augen mit Tatsachen bewiesen hätte –, daß es in Island Leute gäbe, die ein Jahr nach der Gründung der Republik die Landeshoheit an die Ausländer abtreten oder, wie man nach heutigem Sprachgebrauch sagt: das Land verkaufen wollten. Ganz gewiß, das war einmal in den Sagas vorgekommen, Gissur Thorvaldsson und seine Genossen hatten die Landeshoheit an die Ausländer abgetreten; das Land verkauft. Dieses Verbrechen, das die Bewohner des Tals im Jahre 1262 nicht hätten glauben wollen, hatten sie jetzt, nach siebenhundertjährigem Unabhängigkeitskampf, historisch entschuldigt. Doch wenn jetzt neue Politiker wieder anfingen, das Land zu verkaufen, würden sie es nicht glauben, auch wenn sie es sähen, sondern das Verbrechen noch einmal historisch entschuldigen, wenn ihre Nachkommen wieder siebenhundert Jahre lang gekämpft hatten.

Die Politiker schworen jetzt im Sommer im Nordland genauso feierliche Eide, wie sie im Winter in Reykjavik geschworen hatten: Island wird nicht verkauft, das Volk wird nicht betrogen, es wird keine Atomstation errichtet, wo man alle Isländer an einem Tag umbringen kann, erlaubt wird höchstens ein Rastplatz für ausländische Wohltätigkeitstrupps auf der Halbinsel Reykjanes; sie schworen bei Land, Volk und

Geschichte, schworen bei allen Göttern und Heiligtümern, an die sie nach eigener Aussage glaubten; schworen bei ihrer Mutter; und vor allen Dingen schworen sie bei ihrer Ehre. Und da wußte ich gleich, daß es jetzt geschehen war.

Noch etwas gab mir einen Hinweis: Sie hatten wieder angefangen, von den Gebeinen zu faseln. Sie hielten herzergreifende Reden über den Lieblingssohn der Nation und nannten ihn ein Kind unserer Gegend, die Freiheit des isländischen Volkes sei sein Leben gewesen, nichts sollte unversucht gelassen werden, um sein Grab zu finden und seine Gebeine aus fremder Erde auszugraben und ihnen einen Stein zu geben, weil sie zu Lebzeiten kein Brot bekommen hätten.

## Der Mann, den sie nicht verstanden, und unser Abgeordneter

Die Kirchenbauer fanden, daß Gesinnungsgenossen wie Gegner gute Reden hielten, sowohl wenn sie die Verbrechen der jeweils anderen ausmalten, als auch wenn sie plötzliche Einigkeit demonstrierten und schworen. Natürlich sind Politiker, wie alles andere in ihren Augen, eine Art von Saga, mehr oder weniger beherzte Seeräuber und kluge Wegelagerer, die statt mit Schwert und Spieß mit wüsten Beschimpfungen und Verleumdungen um das Geld anderer kämpfen; eine zeitgenössische Saga, zwar entschieden langweiliger als die Saga von Egill oder die Saga von Njall, aber mit derselben subjektiven Einstellung zu lesen. Sie kannten alle Kandidaten, verstanden alle und vergaben allen – mit Ausnahme des Kommunisten. Sie verstanden einen Mann nicht, der behauptete, er sei der Fürsprecher der Armen, sie empfanden es ganz einfach als bösartigen Angriff gegen sich selbst, wenn jemand behauptete, es gäbe arme Menschen. Sie kannten nicht nur die Saga von Egill und die Saga von Njall, sondern auch die Vorzeitsagas. Sie stammten nicht nur von den Helden der Isländersagas ab, sondern auch von vorgeschichtlichen Königen. Sie waren selbst verkleidete Wikinger mit unsichtbarem Schwert, sogar die Anführer auf einem prächtigen, großen Schiff. Sie wurden richtig streitlustig, wenn sie über den Kommunisten sprachen.

Am liebsten hätten sie einem solchen Menschen das Reden verboten. Hatten sie ihn im Verdacht, er könnte gemeinsame Sache machen mit dem gefesselten Fenriswolf in ihnen selber, der drohte, er werde ihnen den angeklebten Sagabart abreißen, ihnen das unsichtbare Schwert des Helden wegnehmen und auch das Schiff des Wikingers, der keuchend einen Berghang hinaufrennt, um ein Schaf einzufangen, und nie das Meer sah?

Hat – unser Abgeordneter geschworen, fragte ich.

Man hat verstanden, was er meinte, obwohl er keine großen Worte machte, dieser wahrhaft edle Mensch, sagten sie, und in ihrer Antwort sah ich plötzlich die Maske, die er vor seinen müden, armen Wählern in den Tälern des Nordlandes trug: ein edler Mensch, etwas, das an einen alten Bischof ohne Geschlechtstrieb erinnerte. Diese Männer hätten nie verstehen können, daß er selbst zu erschöpft war von der Sonnenhitze guter Tage, um noch Interessen zu haben, zu gebildet, als daß ihn noch irgendeine Anschuldigung getroffen hätte, er betrachtete das menschliche Leben als eine leere Posse oder vielmehr als ein Unglück; und er langweilte sich.

Da fällt mir ein, er kam zu mir und bat mich, die gute Stiefmutter zu grüßen, sagte mein Vater. Und er meinte sogar, er wollte einen Abstecher in die Täler hinauf machen, um unsere Kirche anzusehen, bevor er wieder heim nach Reykjavik müßte.

Ich will nicht versuchen, den Nebel zu beschreiben, der sich auf mich herabsenkte, oder wie mir alle Kraft aus den Gliedern wich, und ich war den ganzen Tag zerstreut, und träume ich doch nicht tatsächlich die ganze Nacht, daß er mit der hölzernen Schöpfkelle vor dem Haus steht und den Brunnen leerschöpft. Was für einen Brunnen? Hier gibt es keinen. Am nächsten Tag hörte ich nur Hammerschläge, aber keinen Vogel. Bis ich zu meiner Mutter sage:

Wenn er kommt, laufe ich auf den Berg hinauf.

Und warum willst du hinauf auf den Berg, mein Liebes, sagte meine Mutter.

Er soll mich nie mit so einem Bauch sehen, sagte ich.

Da antwortete meine Mutter: Du hast keinen solchen Vater, daß du nicht jedem Menschen frei ins Gesicht blicken könntest, ganz gleich, wie es um dich bestellt ist; und ich hoffe, auch keine solche Mutter.

Ich will nicht versuchen zu beschreiben, wie froh ich wurde, als ich hörte, daß er wegen dringender Geschäfte überraschend nach Reykjavik zurückgeflogen war. Doch am nächsten Tag kam ein Besucher aus der Gemeinde zu uns herauf, der einen Brief für mich dabeihatte; auf dem Umschlag standen die Worte: Für Ugla.

Seine Visitenkarte ohne Adresse, nur mit einer neuen Telefonnummer, das war der ganze Brief, und folgende Worte, eilig mit Bleistift gekritzelt: Wenn Du kommst, komm zu mir. Alles, worum Du bittest, sollst Du haben.

# *Einundzwanzigstes Kapitel*

## Alles, worum du bittest

Alles, worum du bittest, sollst du haben: Die kleine Gudrun wurde Mitte August geboren oder, wie mein Vater rechnete, in der siebzehnten Woche des Sommers. Meine Mutter sagte, das Mädchen hätte achtzehn halbe Pfund gewogen. Ich hatte kaum etwas gemerkt, da war sie schon zur Welt gekommen, vielleicht bin ich eine von denen, die achtzehn mal achtzehn gebären können, ohne viel zu merken. Als meine Mutter sie mir zeigte, kam sie mir unbekannt vor, aber ich hatte sie gleich ein wenig lieb, weil sie so klein und so groß war. Und mein Vater, der nie lacht, lachte, als er sie sah.

Etwa zur selben Zeit war die Kirche fertig. Während ich im Bett lag, holten sie den Altar der alten Kirche vom Boden des Schuppens herunter, wo er seit dem neunzehnten Jahrhundert aufbewahrt worden war. In meiner ganzen Kindheit war dieser Altar dort zwischen altem Gerümpel gestanden, und obwohl die Farbe schon so stark abgeblättert war, daß man nur mit Mühe die Umrisse von ein paar Heiligen erkennen konnte, und hier und dort ein halbes Wort auf latein, so hatte ich als Kind immer Angst gehabt vor diesem alten Stück, das auf geheimnisvolle Weise mit dem Papst in Verbindung stand. Als ich wieder auf die Beine kam, stand der Altar schon unter diesem untheologischen Giebelfenster in der Kirche, und sie hatten ihn rot angemalt, so daß keine Spur mehr von einem Heiligen oder Latein zu sehen war.

Die weiteren Besitztümer der Kirche waren ein dreiarmiger, an drei Stellen gebrochener Kerzenhalter aus Messing, den ich für sie mit Bindfaden zusammenband, so daß er stehenblieb, wenn man ihn nicht berührte; schließlich eine kupferne Lichtputzschere. Mit diesen Siebensachen wollten wir aufs neue ein sogenanntes geistliches Leben in den Tälern des Nordlandes beginnen.

Der Pfarrer wollte die kleine Gudrun gleichzeitig mit der Einweihung der Kirche taufen, doch als ich ihm sagte, ich hätte Angst vor Zauberkunststücken und Geisterbeschwörungen und fragte, ob er es wirklich verantworten könne, ein unschuldiges Kind dieser Einrichtung zu weihen, die seit zweitausend Jahren der Hauptfeind der menschlichen Natur sei und sich zum Gegner der Schöpfung erklärt habe, und fragte, ob es nicht ratsamer sei, den Abstand zwischen Göttern und Menschen möglichst groß zu halten, da lächelte er nur, tätschelte mir die Wange und flüsterte mir dann vertraulich zu: Beachte nicht, was ich mit den Lippen aus dem Handbuch ablese: In Gedanken weihen wir sie dem grünen Hang, wo das All-Leben wohnt.

Der Frauenverein brachte einen dänischen Buttergott, der aus einem Sahnetrog auferstand, doch es stellte sich heraus, daß in der Kirche kein Platz war, um ihn aufzuhängen, deshalb nahmen sie das Bild wieder mit. Sie brachten aber auch andere Dinge mit, die man bei der Einweihung einer Kirche noch besser gebrauchen konnte, nämlich sage und schreibe ein ganzes Bewirtungszelt, mit allem, was dazugehört, Kaffee, Zichorie und eine unglaubliche Menge von Kuchen, wie man sie nur auf dem Land aus Mehl, Margarine, weißem Zucker und künstlichem Backaroma zusammenkneten kann, sowie gestreifte Schichttorten in Truhen; und obwohl solches Backwerk möglicherweise ein bißchen blutarm ist, trug es viel dazu bei, an diesem Tag die Moral zu heben, denn draußen gab es Regen und viel Schnaps. Und keiner erwartet, daß die paar Leute im Tal die Bewohner der ganzen Gegend mit Kaffee und Kuchen versorgen, nur weil sie Gott eine Hütte zusammengenagelt haben.

Der Pfarrer und der Bischof hielten je zwei Reden, und die Nüchternen legten die Beine abwechselnd kreuzweise übereinander und wippten mit dem Fuß und zählten bis tausend und dann rückwärts von tausend bis eins herunter, und immer wieder vorwärts und rückwärts, bis es keine Reden mehr gab und die Kirche geweiht war. Anschließend weihte der Pfarrer die kleine Gudrun dem Hang, wo das All-Leben wohnt, wie wir es vereinbart hatten. Nach dem Gottesdienst wurden die zementverschmierten Holzbänke aus der Kirche ins Zelt hinübergetragen, um später als Brennholz verwendet zu werden. Und die Kirche stand wieder leer, nur voller Zementgeruch war sie, mit feuchten Wänden und Heiligen und Latein unter der Übermalung. Und als die provisorische Tür wieder geschlossen worden war, die sie für die nächsten hundert Jahre aus alten Kisten zusammengezimmert hatten, zeigte sich, daß auf ihr folgende Worte in großen, schwarzen, auf dem Kopf stehenden Buchstaben zu lesen waren: Margarinefabrik Sunna. Schließlich wurde von außen ein Riegel vor die Kirchentür genagelt, denn für ein Schloß hatte der staatliche Zuschuß nicht gereicht. Irgendwie war es, als ob alle spürten, daß man in absehbarer Zukunft Gott an diesem Ort nicht mehr preisen würde.

## Die nordländische Handelsgesellschaft

Am Abend regnete es in Strömen. Kurz vor Mitternacht waren wir die letzten völlig durchnäßten Einweihungsgäste losgeworden, einige wurden von ihren Freunden quer über den Sattel hängend nach Hause geschafft. Es war schon lange dunkel. Ich stand mit einer Kerze vorne am Hauseingang und war dabei, Sachen zum Trocknen aufzuhängen, es regnete auf das Steinpflaster vor der Tür, und aus dem Inneren des Hauses dringt der Geruch von gärendem Heu, der untrennbar mit den ersten dunklen Abenden verbunden ist. Ich hatte schon seit einiger Zeit den Hund laut bellen hören, dachte aber, das wäre wegen der Betrunkenen, die talabwärts transportiert wurden; bis plötzlich ein Mann in der Türe steht. Zuerst hörte ich seinen Schritt weiter draußen auf dem Pflaster, dann spürte ich, wie er näher kam und allmählich in der Türöffnung auftauchte, bis er ganz dastand.

Wer ist da, sagte ich.

Er nahm aus seiner Tasche eine Lampe, die viel heller war als meine Kerze, und leuchtete mich an.

Guten Abend, sagte er.

Ich glaubte, ich würde auf der Stelle zu Stein werden, erwiderte dann aber fragend und barsch, wie man zu einem Einbrecher sprechen würde: Guten Abend?

Ich bin es, antwortete er.
Ja, und, sagte ich.
Nichts.
Du hast mich ganz schön erschreckt, Mann.
Entschuldige.
Es ist schon nach Mitternacht.
Ja, sagte er, ich wollte nicht kommen, solange es hell war. Ich wußte, daß hier alles voller Leute war. Aber ich wollte gerne meine Tochter sehen.
Komm wenigstens ganz herein, Mann, sagte ich und gab ihm die Hand.
Er machte keinen Versuch, mich zu küssen oder dergleichen, Schmeichelei und Schöntun lag ihm nicht, man mußte ganz einfach Vertrauen haben zu einem Mann, der sich benahm wie er.
Leg ab, sagte ich, du bist ganz naß. Wie bist du hergekommen?
Der Cadillac steht auf der anderen Seite der Schlucht, sagte er.
Der Cadillac, sagte ich. Bist du jetzt auch unter die Diebe gegangen?
Die Berufung, sagte er.
Ich sagte, er solle mir einmal erklären, was es mit dieser Berufung auf sich habe, doch er sagte, eine Berufung könne man nicht erklären.
Hast du aufgehört bei der Polizei, fragte ich, und er antwortete: Schon lange.
Und jetzt? fragte ich.
Geld genug, sagte er.
Genug, wiederholte ich. Wenn du genug Geld hast, ist es sicher nicht auf ehrliche Weise erworben. Aber komm trotzdem herein ins Wohnzimmer, oder komm lieber mit in die Küche, wir wollen sehen, ob noch Glut im Herd ist, wenn nicht, werde ich versuchen, Feuer zu machen, du sollst auf jeden Fall Kaffee bekommen, auch wenn ich nicht glaube, daß du dableiben kannst.
Die Küche lag geradeaus gegenüber dem Eingang, das Wohnzimmer links, rechts die Stube, wo meine Eltern schliefen.

Wo ist meine Tochter, sagte er.

Also ging ich mit ihm ins Wohnzimmer und leuchtete mit der Kerze auf das Mädchen, das im Gästebett an der Wand schlief, mein Platz war neben ihr im selben Bett. Er sah das Kind an, und ich diesen fremden Mann, und ich merkte, daß ich immer noch bei den Völkern zu Hause war, die keinen Zusammenhang zwischen Vater und Kind sehen. Im Augenblick konnte ich auf keinen Fall sehen oder verstehen, daß ihm dieses Kind mehr gehörte als anderen Männern, oder daß einem Mann überhaupt Kinder gehören konnten. Er sah sie lange an, ohne ein Wort zu sprechen. Ich hob das Federbett, damit er sie ganz sehen konnte.

Merkst du, wie gut sie riecht, sagte ich.

Riecht? fragte er.

Kinder duften, sagte ich. Sie duften wie Blumen.

Ich dachte, sie riechen nach Urin, sagte er.

Weil du eben ein Schwein bist, sagte ich.

Er sah mich an und fragte feierlich: Bin ich nicht ihr Vater?

Es sei denn, du schwörst, daß du es nicht bist, sagte ich und fügte hinzu: Obwohl mir eigentlich nicht klar ist, was das mit der Sache zu tun hat.

Hat das nichts mit der Sache zu tun, sagte er.

Wir wollen jetzt nicht darüber nachgrübeln, sagte ich. Gehen wir in die Küche. Ich will versuchen, das Feuer wieder anzumachen.

Als er sich in der Küche hingesetzt hatte, sah ich, daß er einen Anzug aus teurem Stoff trug und einen neuen Hut hatte; und er war schlecht beschuht zum Gehen, seine empfindlichen braunen Schuhe waren ganz mit Schlamm überzogen, nachdem er vom Auto zum Hof gegangen und durch den Bach gewatet war. Aber als ich ihm trockene Strümpfe anbot, lehnte er ganz entschieden ab; nicht einmal schön gestrickte, feine Wollsocken? sagte ich; nein, sagte er.

Man mußte ihm das Gesprächsthema liefern, wie früher, er fing ungern von sich aus an zu sprechen, aber lange, nachdem er verstummt war, hatte man noch den Klang seiner Stimme im Ohr.

Was gibt es Neues in Reykjavik, sagte ich.

Nichts, sagte er.

Wie geht es – unserem Organisten, sagte ich und spürte im selben Augenblick, daß es so etwas wie eine Kapitulation war, wenn ich zugab, daß wir irgend etwas gemeinsam hatten. Und er merkte es auch sofort.

Unser Organist, wiederholte er. Seine Mutter ist gestorben. Und er ist dabei, sieben neue Rosensorten zu züchten.

Ich sagte, wie gut es sein müsse, zuerst zu vergessen und dann zu sterben wie diese Frau; und anschließend sagte ich, die Welt könne im Grunde gar nicht völlig schlecht sein, da es so viele Sorten von Rosen gebe.

Und hier ist eine gestreifte Schichttorte. Wir haben sie vom Frauenverein geerbt. Oder willst du lieber Butterbrot zum Kaffee.

Er wollte selbstverständlich lieber Butterbrot.

Ich spürte, wie er mich ansah, obwohl ich ihm den Rücken zudrehte und Essen und Kaffee herrichtete.

Und die Götter? sagte ich und suchte im Eckschrank weiter.

Sie haben Zangen den Krieg erklärt, sagte mein Gast. Sie sagen, er hätte ihnen die Hälfte des Cadillacs geschenkt, solange er an sie glaubte, und behaupten, sie hätten das schriftlich. Da hat Zangen den Wagen billig hergegeben.

Und findest du das nett, den Ärmsten den Wagen wegzunehmen? sagte ich. Das war doch ihr einziger Stolz, und ich muß gestehen, es fällt mir schwer, mir einen Atomdichter ohne Cadillac vorzustellen.

Ich habe kein Mitleid mit den Göttern, sagte er. Mein ist die Rache, sagt der Herr.

Und wie geht es der Faktura-Fälschungs-Firma mit dem Verkauf des Landes, sagte ich.

Gut, sagte er. Zangen ist nach Dänemark geflogen, um die Gebeine zu kaufen. Dann will die F. F. F. ein riesiges Zylinderhut-Begräbnis veranstalten – für das Volk.

So unterhielten wir uns noch eine ganze Weile über dies und das, bis er plötzlich sagt, während ich den Tisch decke und er dabei meine Hände betrachtet:

Darf ich heute nacht bei dir bleiben?

Laß mich in Ruhe, ich bin eine Jungfrau zur Auffrischung, sagte ich.

Was ist denn das, sagte er.

Das ist ein Mädchen, das innerhalb von sieben Jahren wieder eine unberührte Jungfrau wird, wenn man sie in Ruhe läßt, sagte ich und ging schnell wieder zum Eckschrank hinüber, damit er nicht sehen konnte, wie ich rot wurde; in Wirklichkeit ist es eine sexuelle Handlung, so zu sprechen.

Wir heiraten im Herbst, sagte er.

Bist du verrückt, Mann, sagte ich, wie kannst du dir nur so etwas Dummes einfallen lassen.

Er sagte: Das ist für uns beide zweckmäßig; für uns alle; für alle.

Ich glaube, es ist besser, wenn ich zuerst versuche, ein Mensch zu werden, sagte ich.

Das verstehe ich nicht, sagte er.

Verstehst du nicht, daß ich nichts bin, Mann, sagte ich: Ich weiß nichts, verstehe nichts, kann nichts, bin nichts.

Du bist das Innerste in einem Tal im Nordland, sagte er.

Ich glaube, es genügt, vom ersten besten ein Kind bekommen zu haben, da braucht man die Sache nicht noch dadurch schlimmer zu machen, daß man ihn heiratet.

Warum hast du mir letztes Jahr die Tür vor der Nase zugeschlagen, sagte er.

Warum, glaubst du, sagte ich.

Ein anderer Mann vielleicht, sagte er; und ich bin in Ungnade gefallen.

Natürlich, sagte ich. Immer wieder ein anderer, immer wieder ein neuer. Ich schaffe es kaum noch, mit allen zu schlafen.

Was ist denn mit dir los, sagte er.

Erzähl mir noch mehr aus Reykjavik, sagte ich. Erzähl mir wenigstens, was du jetzt bist. Ich weiß nicht einmal, mit wem ich spreche.

Sag mir, was du werden willst, sagte er.

Ich möchte gerne Kinderkrankenpflege lernen, sagte ich und gestand damit ihm als erstem, was ich mir seit längerem überlegt hatte.

Anderer Leute Kinder pflegen? sagte er.

Alle Kinder gehören der menschlichen Gesellschaft, sagte ich. Und natürlich muß man die menschliche Gesellschaft verändern, damit sie ihre Kinder besser behandelt.

Die Gesellschaft verändern, sagte er verächtlich. Ich habe dieses Geschwätz satt.

Dann bist du also doch ein Verbrecher geworden, wie ich befürchtet hatte, sagte ich.

Er sagte: Als ich ein kleiner Junge war, daheim, da erfand ich selber den Kommunismus, ohne ein Buch zu lesen. Vielleicht tun das alle armen Jungen auf dem Land und in der Stadt, wenn sie nicht auf den Kopf gefallen sind und Freude an der Musik haben. Dann ging ich in die Schule und vergaß den Kommunismus. Schließlich bekam ich eine Berufung und spannte den Gaul aus, wie ich dir letztes Jahr erzählt habe. Jetzt wird sich zeigen, ob ich meinen Mann stehen kann in der Gesellschaft, in der ich lebe.

Wir leben in einer Verbrechergesellschaft, das weiß jeder, gleichgültig ob er daran verdient oder verliert, sagte ich.

Mir ist das ganz egal, sagte er. Ich lebe nur einmal und nie wieder. Ich werde ihnen zeigen, daß ein gebildeter Mann, der Freude an der Musik hat, nicht ihr Lakai zu werden braucht, wenn er es nicht will.

Ich sah den Mann lange über den Tisch hinweg an, während er aß und trank.

Wer bist du, sagte ich schließlich.

Der Cadillac steht auf der anderen Seite der Schlucht, sagte er. Wenn du willst, dann fahr heute nacht mit mir.

Ich glaube beinahe, daß du ein Gespenst bist und mich ins Totenreich holen willst, sagte ich.

Er griff in seine Brusttasche und zog eine dicke Brieftasche heraus, schlug sie neben seiner Kaffeetasse auf und nahm den Inhalt halb heraus, Hunderterscheine und Fünfhunderterscheine, wie Kartenspiele, frisch von der Bank: Die nordländische Handelsgesellschaft, sagt er: Automobile, Bulldozer, Traktoren, Küchenmaschinen, Staubsauger, Bohnermaschinen – alles, was sich dreht, alles, was Lärm macht; die heutige Zeit. Ich bin auf dem Rückweg nach Reykjavik von meiner ersten Geschäftsreise.

Ich streckte die Hand nach den Geldscheinen aus und sagte: Ich werde sie für dich verbrennen, mein Lieber.

Aber er schob sie wieder zurück und steckte die Brieftasche ein.

Ich stehe nicht über den Menschen, wie die Götter, und schon gar nicht über den Göttern, wie der Organist, sagte er. Ich bin ein Mensch, das Geld ist die Wirklichkeit. Und ich zeige dir, was ich in der Tasche habe, damit du nicht glaubst, ich sei verrückt.

Wer glaubt, Geld sei die Wirklichkeit, ist verrückt, sagte ich. Deshalb hat der Organist das Geld verbrannt und sich bei mir eine Krone für Bonbons ausgeliehen. Und jetzt werde ich dir zum Trost ein Geheimnis anvertrauen: Es gibt einen anderen Mann, der noch stärker auf mich wirkt als du, ich bekomme schon weiche Knie, wenn ich weiß, daß er sich im Umkreis von hundert Kilometern befindet. Und weißt du, warum ich Angst vor ihm habe: Er hat tausendmal mehr Geld als du: und hat mir angeboten, mir alles zu kaufen, was man auf der Welt für Geld bekommt. Aber ich habe keine Lust, eine Millionen-Kronen-Lüge in Frauengestalt zu werden. Ich bin das, was ich selbst arbeite. Ich hätte dich vielleicht eingeladen, hier zu übernachten, wenn du als Bettler gekommen wärst, ja, vielleicht wäre ich sogar morgen früh mit dir gegangen, zu Fuß. Jetzt kann ich dich nicht einladen, über Nacht zu bleiben, und ich kann auch nicht mit dir wegfahren.

## Geistlicher Besuch

In einer Herbstnacht wache ich beim ersten Morgengrauen auf. Es hört sich so an, als ob unser Pfarrer draußen auf dem Hof steht und durch das offene Stubenfenster mit meinem Vater spricht. Kurz darauf hört man fremde Schritte im Hauseingang. Ich zog mich eilends an und brachte das Kind weg, und noch während ich das Wohnzimmer aufräumte, wo das Kind und ich schliefen, kamen schon die Gäste herein.

Es schien zunächst, als habe es nichts Gutes zu bedeuten, wenn ein nicht betrunkener Pfarrer zu dieser Tageszeit unangemeldet bei einer abgelegenen Filialkirche auftauchte, doch dieser Eindruck wurde dadurch abgeschwächt, daß er sich dafür Begleiter ausgewählt hatte, die zu einem wahren Pfarrer auf einer unerwarteten Reise paßten, nämlich die Götter. Ich kann nicht beschreiben, wie ich erschrak, als ich die beiden Bs, diese Gestalten, die mehr als andere dazu beigetragen hatten, daß der Asphalt in meiner Erinnerung zu einer Volkssage geworden war, leibhaftig über eine Schwelle im Nordland treten sah. Aber dies war offensichtlich nicht die passende Gelegenheit für dumme Witze: Aktiengesellschaft Ernst stand den Gästen deutlich im Gesicht geschrieben, fast möchte ich sagen Mordgesellschaft Feierlichkeit; der Atomdichter Benjamin stakte, das Gesicht zwischen den Wolken, durchs Gebirge, und aus den Augen von Brillantine leuchtete die unvergleichliche eisige Tiefe des Wahnsinns, wie dazu geschaffen, einen Pfarrer zu begeistern, ja sogar ein Frauenzimmer im Hof hinter einem Haus zu betören.

Wo sind die Zwillinge, sagte ich.

Ich habe meiner Frau versprochen, ein Lamm für die beiden zu schießen, sagte Brillantine und entblößte seine glatten, glänzenden Vorderzähne.

Und du bist hier auf dem Land, sagte ich zum Atomdichter, der sich erschöpft auf unserem Diwan niederließ.

Die ganze Welt – eine einzige Station, antwortete er. Und ich, Benjamin, der kleine Bruder.

Sie kommen nicht mit leeren Händen, sagte der Pfarrer.

Wir sind gesandt, sagten sie.

Ich fragte von wem, doch der Pfarrer kam ihnen zuvor und sagte: Sie haben einen Auftrag.

Wir sind vom Göttlichen gesandt, sagten sie.

Was für einem Göttlichen? fragte ich.

Diese jungen Männer sind Werkzeuge, sagte der Pfarrer. Sie sind außergewöhnliche Werkzeuge. Hm. Einer Eingebung folgend, haben sie die irdischen Überreste des Lieblingssohnes mit hierher ins Nordland gebracht. Der Befehl, den sie bekommen haben, ist von der Art, daß es mir nicht möglich ist, daran zu zweifeln. Und gleichzeitig scheint ein alter Traum unseres geliebten Bezirks in Erfüllung gehen zu wollen.

Also, so ist das, sagte mein Vater und sah die Gäste lächelnd und wohlwollend an. Und von wem stammt ihr ab, meine Freunde?

Sie antworteten: Wir gehören der Atombombe.

Bei dieser Antwort erstarrte das Gesicht meines Vaters, und das Lächeln verschwand, als hätte er Spott und leichtfertige Reden gehört.

Der Pfarrer sagte, daß die jungen Männer ein wenig müde wären.

Der eine ist Dichter und Sänger und war früher Laufjunge bei der Aktiengesellschaft Snorredda, sagte ich, und der andere ist ein vorbildlicher Familienvater und Vater von Zwillingen und war früher Lagerverwalter bei derselben Firma; beide sind Bekannte von mir aus Reykjavik.

Sehr gläubige Menschen, und sie haben Außergewöhnliches erfahren, sagte der Pfarrer. Ich bezweifle nichts dieser Art.

Wir glauben nicht, korrigierte der Gott Brillantine. Wir sind. Wir haben direkte Verbindung. Wir könnten sogar schon längst Millionäre sein, wenn wir wollten; vielleicht sogar in Hollywood wohnen.

Wir befinden uns im Krieg, sagte Benjamin. Wer nicht an uns glaubt, wird zuerst zerschmettert und dann ausgetilgt. Wir hören nicht eher auf, bis wir alles gestohlen und zerschlagen haben. Dann werden wir alles verbrennen. Nieder mit Zweihunderttausend Kneifzangen. Wir werden weder portugiesische Sardinen noch Dänischen Dreck verschonen. Bin ich verrückt oder bin ich nicht verrückt?

Mein Vater war hinausgegangen. Der Pfarrer nickte vor sich hin über diese außergewöhnlichen Werkzeuge des Allmächtigen und bot ihnen eine Prise an, doch sie wollten nur ihre eigenen Zigaretten paffen, allerdings durfte ihnen der Pfarrer Feuer geben.

Diese Stille macht mich noch wahnsinnig, sagte Benjamin.

Gibt es hier kein Radio, fragte Brillantine.

Nach einer kurzen Weile waren jedoch beide eingeschlafen, der eine auf dem Diwan, der andere auf dem Bett; ich nahm dem einen die Zigarette aus dem Mundwinkel, dem anderen aus der Hand, damit sie sich nicht anzündeten, während sie schliefen.

## Portugiesische Sardinen und D. L.

Ein symbolisches Ereignis von historischer Bedeutung hat sich im Leben der Nation zugetragen, sagte der Pfarrer. Heute ist dieses abgelegene Tal wieder der Mittelpunkt des Lebens unseres Volkes, wie einstmals an jenem Tage, an dem der Lieblingssohn der Nation in Windeln gewickelt hier in die Kirche von Eystridalur getragen wurde. Der Vorkämpfer der isländischen Freiheit und Dichter unseres Geistes ist wieder daheim in seinem Tal; unsere Dreieinigkeit, der Stern der Liebe, das Schneehuhn und der Hang mit Löwenzahn, sie grüßen aufs neue den Freund, den ein blindes Volk hundert Jahre lang in einem ausländischen Kirchhof vergessen hatte. Doch während er dort ohne Grabstein in der Erde ruhte, wurden alle seine Ideen verwirklicht, und die Sache Islands hat auf der ganzen Linie gesiegt. Die isländische Republik begrüßt –

Es war wohl nicht mehr daran zu zweifeln, unser Pfarrer hatte schon die Leichenrede verfaßt; und wollte sie jetzt an mir ausprobieren.

Aber, mein lieber Pfarrer Trausti, sagte ich, nachdem er eine Zeitlang ununterbrochen geredet hatte. In unseren Gedanken ist er nie gestorben. Deshalb haben wir nie viel Aufhebens gemacht von seinen sogenannten Gebeinen oder der Tatsache, daß er in Dänemark keinen Grabstein hatte. Er bewohnt die blauen Berggipfel, die wir immer sehen, wenn gutes Wetter ist.

Hinten auf einem großen Lastwagen, jenseits der Schlucht, standen zwei Kisten, jede etwa so groß wie ein Faß, und als es hell geworden war, gingen mein Vater und ich mit dem Pfarrer hinüber, um diese Fracht zu begutachten.

Zwei Kisten, sagte ich. Kaum zu glauben, wie umfangreich er dadurch geworden ist, daß es ihn hundert Jahre lang nicht gab.

Ja, das ist zweifelsohne ein wenig seltsam, sagte der Pfarrer. Aber sie sind überstürzt abgefahren. Sie sagen, eine der beiden Kisten sei ganz sicher die richtige Kiste.

Wir untersuchten die Kisten und entdeckten zwei Adressen, An den Premierminister Islands auf der einen, An die Großhandelsfirma Snorredda auf der anderen – zwei Namen für dasselbe Unternehmen. Da bemerkte mein Vater, daß auf die eine Kiste mit Teer folgende Worte geschrieben waren: Dansk Ler.

Was bedeuten diese Worte? fragte er.

Dansk Ler, Dansk Ler, murmelte der Pfarrer nachdenklich vor sich hin. Das sieht den Dänen ähnlich: Immer versucht dieses Volk, uns Isländer zu verhöhnen.

Das bedeutet im besten Fall Dänischer Lehm, sagte ich. Sollten wir nicht zuerst in die andere Kiste schauen. Ich finde, sie sieht vielversprechender aus, auch wenn ich das Ausländische darauf nicht verstehe.

Mit einem Brecheisen stemmten wir ein Brett des Deckels auf, und ich tastete durch die Holzwolle hinunter zum Inhalt, und was ziehe ich heraus: Eine kleine Blechdose, etwa zweihundert Gramm schwer, in halb durchsichtiges Papier gewikkelt; und da ich in einem Haushalt in Reykjavik gearbeitet habe, erkenne ich die Ware auch gleich wieder: Portugiesische Sardinen, aus Amerika eingeführt, der Fisch, von dem die Zeitung sagte, er könnte als einziger Fisch über die höchsten Zollmauern der Welt klettern, und der sich trotzdem mit tausend Prozent Gewinn verkaufen läßt, auch wenn er zehn Jahre alt ist, und das im größten Fischland der Welt, wo selbst

Hunde hinausgehen und sich übergeben, wenn sie von Lachs sprechen hören.

Ganz bestimmt ein Wunderfisch, sagte ich, aber wohl nicht der, den wir erwartet haben.

Die andere Kiste lassen wir zu, sagte der Pfarrer. Da lassen wir den Glauben walten. Es kommt im Grunde nicht darauf an, was in den Kisten ist. Das ist eine symbolische Sendung. Bei einer Beerdigung spielt nicht der chemische Inhalt des Sarges eine Rolle, sondern das Andenken an einen Verstorbenen in den Herzen derer, die leben.

Doch da hatte mein Vater schon die zweite Kiste aufgemacht und die Holzwolle herausgezogen. Und es war, wie ich vermutet hatte, auch in ihr befand sich recht wenig, was den Stolz der Nation hätte vergrößern können; und doch, wenn man daran glaubt, daß der Mensch Erde und Dreck ist, wie die Christen glauben, dann war dies ein Mensch wie jeder andere auch: Nur kein isländischer Mensch, weil dies kein isländischer Dreck war; das war weder der Kies noch die Erde, weder der Sand noch der Lehm, den wir von unserem Land her kennen, sondern ein trockenes, gräuliches, kalkartiges Zeug, das am ehesten Ähnlichkeit mit altem Hundedreck hatte.

Tja, sagte ich, was ist nun eigentlich der Lieblingssohn der Nation, Dänischer Lehm oder portugiesische Sardinen.

Glaubst du denn an gar nichts, meine Kleine, sagte der Pfarrer.

Ein Bubenstreich, sagte mein Vater und ging weg, um nach den Pferden zu sehen.

Glaubst du? sagte ich zu dem Pfarrer.

Er bekam plötzlich einen harten Zug um den Mund, dieser fröhliche, gutmütige Mann, der für gewöhnlich weit entfernt war von aller Rechtgläubigkeit, etwas Unbeugsames, Unangreifbares, fast möchte ich sagen, Verstocktes, so daß ich ihn kaum wiedererkannte, und seine Augen funkelten kalt und fanatisch.

Ich glaube, sagte er.

Glaubst du auch, wenn du selber etwas anfaßt und merkst, daß es genau das Gegenteil von dem ist, was du dir vorgestellt hattest, fragte ich.

Ich glaube, sagte er.

Besteht der Glaube dann darin, an etwas zu glauben, von dem man sicher weiß, daß es nicht existiert, fragte ich.

Ich glaube, sagte der Pfarrer Trausti, an die Bedeutung der ländlichen Gegenden für das Leben der isländischen Nation. Dieser Lehm, der möglicherweise den Saft aus den Gebeinen des Freiheitshelden und großen Dichters enthält, ist für mich ein heiliges Symbol. Vom heutigen Tage an wird es ein isländischer Glaubenssatz, daß der Lieblingssohn der Nation in seine Heimat zurückgekehrt ist. Der Heilige Geist in meiner Brust erleuchtet mich in diesem isländischen Glauben. Ich hoffe, daß unsere Gemeinde dieses Symbol des Glaubens an sich selbst nie wieder hergeben wird.

Dann ließ er seinen Blick zwischen den Bergen talabwärts schweifen und sagte feierlich, wie vor dem Altar, mit verklärt leuchtenden Augen:

Möge der Herr diese unsere Gemeinde aller Gemeinden in Ewigkeit segnen.

## Die Pferde

Die Stille weckte die Götter schon bald wieder auf, und meine Mutter brachte ihnen heißen Kaffee. Als sie noch ein paar Zigaretten gepafft hatten, gingen sie mit ihrem Gewehr hinaus.

Das war einer jener ruhigen Herbsttage, wie es sie in den Tälern gibt, an denen schon ein leises Geräusch als Echo von weit entfernten Felswänden zurückgeworfen wird. Es dauerte nicht lange, bis die Berge auf beiden Seiten des Tales von einer Gewehrsalve dröhnten; und unser stilles Tal hinter der Welt von panischem Schrecken ergriffen wird: Die Herbstvögel sausen in fliegender Fahrt vorbei, die Schafe drängen sich an den Abhängen der Berge zusammen und eilen hinauf in die Einöde; und schnaubende Pferde jagen den Berg hinauf und hinunter.

Etwas vom Schönsten und Großartigsten, das auf dem Land geschehen kann, ist, wenn Pferde durchgehen, besonders wenn es viele auf einmal sind. Ein Wiesenpieper ist vorbeigeflogen. Die Furcht der Pferde hatte zunächst etwas Spielerisches, sogar Spöttisches an sich, eine Unterhaltung, die Schaudern hervorruft, nicht unähnlich dem Verhalten eines geisteskranken Menschen. Sie traben, als ob sie vor einem langsam fließenden Lavastrom flüchteten, aber mit blitzartigen Bewegungen und angespannten Nerven; sie werfen ihre Köpfe hin und her, als ob ihre Hälse vorne aus Gummi wären, heben anmutig den Schwanz. Sie können sogar einen Augenblick stehenbleiben und anfangen, aufeinander loszugehen und sich mit abenteuerlichen Brunftschreien zu beißen. Plötzlich ist es, als ob das Feuer diese eigenartigen Tiere eingeholt hätte, sie rasen los wie der leibhaftige Sturm, über Geröllhalden, Sümpfe und Gräben, berühren mit den Hufen für den Bruchteil einer Sekunde das Flammenmeer, das unter ihren Füßen lodert, überqueren Wasserläufe, Klüfte und Felsklippen, laufen steile Abhänge hinauf, bis sie ganz oben am Berg auf einer schmalen Felsplatte stehen, wo sie nicht vor und nicht zurück können, sterben und von Vögeln aufgefressen werden.

Die Götter kamen kurz vor Mittag wieder. Es war ihnen gelungen, ein Lamm zu schießen, und sie zogen es zwischen sich den Berg herab. Brillantine, dieser einzige Luther der Gegenwart, durch Mitwirkung des Heiligen Geistes ebenso fähig als Familienvater wie als Deuter von Glaubensgeheimnissen, wollte es nicht darauf ankommen lassen, mit leeren Händen zu seiner Frau und den Zwillingen zurückzukehren.

Mein Vater befühlte das Ohr des Lammes und erkannte das Zeichen eines Bauern aus der Gegend; er sagte, das würde vor den Kreisrichter kommen, wenn sie nicht Geld hinterlegten und sagten, es sei keine Absicht gewesen. Sie fanden, es sei schwer verständlich, daß es nicht erlaubt sein sollte, die Schafe zu schießen, die im Gebirge herumliefen, und fragten, wovon die Bauern lebten, wenn man keine Schafe schießen dürfte.

Wenig später warfen sie die Kisten vom Lastwagen herunter und riefen den Pfarrer. Nichts konnte den Pfarrer Trausti von seiner Überzeugung abbringen, daß sie die Werkzeuge einer höheren Macht waren, wenn nicht sogar die Offenbarung des Göttlichen, wie sie selbst sagten; er sagte, er sei ein lutherischer Pfarrer und glaube denen, die sich direkt vom Heiligen Geist leiten ließen und die Schriften ohne Vermittlung des

Papstes verstünden. Die letzten Worte des Pfarrers an uns, als er zu ihnen in das Auto kletterte, waren, daß er innerhalb von zwei Tagen mit einer Gemeinde und den wichtigsten Männern des Bezirks hier herauf ins Tal kommen werde, um den Lieblingssohn der Nation würdig zu bestatten.

Nach einigem Überlegen gaben die Pferde es auf, sich noch weiter zu ängstigen; sie beruhigten sich und fingen an, auf den Weiden in der Nähe des Hofes und am Bach oder auf der Hauswiese neben der Einzäunung zu grasen. Ich stehe am Fenster im hellen Tageslicht des Herbstes, in dem man Totes und Lebendiges viel deutlicher sieht als im Licht anderer Jahreszeiten. Ja, das Pferd ist wirklich ein gut geschnitztes Geschöpf, so schön geformt, daß schon ein halber Messerschnitt mehr das Werk zunichte machen würde, die Bogenlinie vom Widerrist zur Lende, und weiter bis zum Fersenknöchel, ist eigentlich die Rundung einer Frau; in den schrägstehenden Augen des Tieres verbirgt sich ein Wissen, das den Menschen unzugänglich bleibt und etwas vom Spott der Götzen hat, und um das Maul spielt ein Lächeln, das kein Filmvamp nachahmen kann; und wo ist die Frau, die so gut duftet wie die Nüstern eines Pferdes; oder nehmen wir den Huf, in dem alle Finger der Welt enden: Kralle und Klaue, Hand und Pfote, Tatze und Flosse, Finne und Flügel. Und wahrscheinlich deshalb, weil das Pferd so vollkommen ist, hängt das Zeichen des Pferdes, das Hufeisen, als Zeichen unseres Glaubens über allen Türen, ein Symbol des Glücks, der Fruchtbarkeit und der Frau, das Gegenteil zum Zeichen des Kreuzes.

Wenn die Stille des Herbstes poetisch geworden ist, statt selbstverständlich zu sein, der letzte Tag des Regenpfeifers einen persönlichen Verlust bedeutet, das Pferd in einen Zusammenhang mit der Kunstgeschichte und der Mythologie geraten ist, das dünne Eis auf dem Bach beim Haus in der Morgendämmerung an Kristall erinnert und der Rauch aus dem Schornstein zu einer Botschaft an uns wird von denen, die das Feuer erfunden haben, dann ist es an der Zeit, Abschied zu nehmen: Die große Welt hat die Oberhand über dich gewonnen, das Leben auf dem Land ist zu Literatur, Dichtung und Kunst geworden; du bist dort nicht mehr zu Hause. Nach einem Winter in Gesellschaft des Elektrobohners ist das

Haus des Bauern Falur im Tal nur noch ein vorübergehender Zufluchtsort für das Mädchen, das in dem Gedicht »Schnee wirbelt über Höhen« vorkommt, damit es nicht im Freien erfriert. Ich hatte schon längst angefangen, die Tage zu zählen, bis ich wieder von zu Hause, wo ich fremd bin, wegkomme, um in die Fremde zu gehen, wo ich zu Hause bin. Noch warte ich eine Weile in Abschiedsgedanken und lausche auf die Stille, die den Göttern den Schlaf raubte; und die Dämmerung senkt sich auf die Pferde herab.

Am selben Abend kurz vor dem Zubettgehen kamen die Abgesandten der Regierung in Polizeiautos, um die portugiesischen Sardinen und den D. L. abzuholen.

## Telephonisches

Entschuldigen Sie, daß ich anrufe, und so spät; aber ich bin gerade angekommen. Und Sie haben geschrieben, ich sollte zu Ihnen kommen – zuerst; sofort. Ich habe gehofft, Sie wüßten eine Arbeit für mich. Doch jetzt, ich kann gar nicht sagen, wie ich mich fühle, weil ich jetzt tatsächlich telephoniere; ein solches Bauerntrampel zu sein, das Höflichkeitsfloskeln ernst nimmt; und noch in Reisekleidern, nichts als Staub bis über die Ohren.

Staub, wer ist nicht Staub? Ich bin Staub. Aber ich bin Ihr Abgeordneter – trotz allem.

Ja, aber wissen Sie denn, ob ich Sie wähle?

Man hat mich im Sommer gebeten, bei meiner Rückreise vom Nordland einen kleinen Sack für einen politischen Gegner im Flugzeug mitzunehmen, für eine Frau aus Os, die kurz zuvor nach Reykjavik gefahren war, um sich die Zähne ziehen zu lassen, und ihr Federbett vergessen hatte und jetzt ohne Zudecke und ohne einen einzigen Zahn im Mund in Reykjavik lag. Ich sagte natürlich, selbstverständlich –

Ja, ich bin genauso wie diese Frau.

Nur daß Sie noch alle Ihre Zähne haben und mich wählen – vielleicht, einmal. Wie gesagt, ich bin Ihr Abgeordneter, wen immer Sie wählen. Wo sind Sie?

In einer Telephonzelle; ich stehe mit meinem Holzkoffer mitten auf dem Hauptplatz.

Und wissen natürlich nicht, wo Sie übernachten können. Doch vielleicht – bei meinem Organisten.

Haben Sie – die Kleine dabei, wie heißt sie doch wieder?

Sie heißt Gudrun und bleibt im Nordland, bis ich hier etwas Passendes gefunden habe.

Und was haben Sie vor?

Ich will ein Mensch werden.

Ein Mensch, wie?

Weder eine unbezahlte Sklavin, wie die Frauen der Armen, noch eine gekaufte feine Dame, wie die Frauen der Reichen; schon gar nicht eine bezahlte Geliebte; und auch nicht die Gefangene eines Kindes, das von der Gesellschaft nicht anerkannt wird. Ein Mensch unter Menschen: Ich weiß, es ist lächerlich, verächtlich, schändlich und umstürzlerisch, daß ein Frauenzimmer nicht irgendeine Art von Sklavin oder Hure sein will. Aber so bin ich nun einmal.

Wollen Sie keinen Ehemann?

Ich will keinen Sklaven, weder unter dem einen noch unter dem anderen Namen.

Aber Sie wollen doch einen neuen Mantel haben?

Ich will mich weder von einem Armen in Lumpen noch von einem Reichen in einen Pelz kleiden lassen, dafür, daß ich mit ihnen geschlafen habe. Ich will mir einen Mantel kaufen für das Geld, das ich mir selbst verdient habe, weil ich ein Mensch bin.

Ich kann Ihnen die erfreuliche Mitteilung machen, daß jetzt niemand mehr Kommunist zu werden braucht, nur weil es keine Kinderkrippe gibt. Zwar sagen die neuen Dichter, daß nur böse Menschen Kinder wiegen und nur Sadisten Schlaflieder singen, doch Sie dürfen nicht glauben, daß es ganz ohne Schmerzen vor sich gegangen ist, als wir ein so gewagtes Unternehmen im Stadtrat beschlossen haben. Ich will es Ihnen nicht verheimlichen: Wir haben ziemlich geschwitzt und sehr gezittert, sogar gegeifert – jedenfalls ein wenig; »eine Frau« hatte auch schon mehrmals in der Zeitung geschrieben, daß es ein Skandal wäre, die Kinder der Kommunisten auf Kosten der Allgemeinheit wiegen zu lassen. Schließlich stimmte ich in dieser Sache gegen meine Partei, und ein anderer tat es mir zuliebe ebenfalls; und, wie gesagt, es klappte.

Aha, dann möchte ich mich verabschieden und mich bei Ihnen bedanken.

Ist das alles – nachdem ich Ihretwegen zum Verräter an meiner Partei geworden bin?

Nein, ich danke Ihnen vor allem und ganz besonders, weil Sie wollten, daß ich anrief; und außerdem natürlich für alles andere. Und ich bitte um Verzeihung, daß ich tu-tue, was Sie sagen. Selbst wenn Sie gar nicht ernst meinen, was Sie sagen, können Sie mich dazu bringen, alles zu tun, was ich nicht will. Ich weiß, ich bin ein Idiot, aber was soll ich tun? Tja, nun will ich weiter, gute Nacht. Und viele Grüße.

Einen Augenblick, ich fahre in drei Minuten über den Hauptplatz –

## Patagonien

Das, glaube ich, war unser Telephongespräch, soweit man ein Gespräch nacherzählen kann, bei dem ein Mädchen mit einem Mann und ein Mann mit einem Mädchen spricht, denn natürlich sagen die Worte das wenigste, wenn sie überhaupt etwas sagen; was uns ausdrückt, ist das Zittern der Stimme und zwar selbst dann, wenn es sich in Grenzen hält, der Atemzug, das Herzklopfen, das Zucken um Mund und Auge, das Sichweiten und Sichverengen der Pupille, die Kraft oder die Schwäche in den Knien, nebst einer Kette von verborgenen Reaktionen der Nerven und dem Sprudeln versteckter Drüsen, deren Namen man nie weiß, obwohl man in Büchern davon gelesen hat: Das ist der Inhalt eines Gesprächs, die Worte sind beinahe Zufall.

Und als das Gespräch zu Ende war, spürte ich eine wundersame Freude im Blut, und mein Herz schlug wie auf dem Gipfel eines Berges, ich war nicht mehr stofflich und zu allem fähig, jedes Anzeichen von Müdigkeit war verschwunden.

Drei Minuten, dachte ich, nein, das ist ganz unmöglich, ich laufe weg. Wie hatte ich nur auf diesen Gedanken kommen können, auch wenn er das im Scherz auf seine Visitenkarte geschrieben hatte? Um ganz ehrlich zu sein, hatte ich auch gar nicht die Absicht gehabt; heute, auf der Fahrt durch fremde Gegenden, hatte ich mir nämlich noch überlegt, wie völlig absurd das wäre, das Allerletzte, was mir passieren könnte; ich erlaubte einer solchen Dummheit nicht einmal, an die Oberfläche meiner Gedanken zu kommen, ich betrachtete die Natur durch das Busfenster und hatte schon genau beschlossen, wo ich übernachten würde: Die entfernten Verwandten in der Stadt würden aus Treue zum Nordland das Mädchen, das von dort kam, aufnehmen. Aber meine Wangen hatten geglüht; und ich bekam auf der Fahrt durch drei Bezirke keinen Bissen hinunter, außer einem Karamelbonbon und einer Limonade im Borgarfjord. Auf der Fähre von Akranes starrte mich eine gräßliche Frau an, wohin ich auch immer ging, und ich fürchtete, sie würde plötzlich auf mich zugehen und sagen: Sicher willst du ihn anrufen. Ich hätte diese Frau verprügeln können. Es wäre nicht nur unhöflich, ihn anzurufen, sondern ein nicht wiedergutzumachendes Verbrechen, vor allem aber eine Kapitulation, fast möchte ich sagen eine endgültige Kapitulation, diese bedingungslose Kapitulation, von der im Krieg gesprochen wurde und nach der es keinen Sieg geben kann, niemals. Die Fähre nähert sich dem Kai – und was ist aus dieser schrecklichen Frau geworden? Sie ist verschwunden. Ich ging von der Fähre an Land – geradewegs zu dieser Telephonzelle auf dem Hauptplatz; und rief an. Aber wie gesagt, jetzt laufe ich weg.

Er steht neben mir auf dem Hauptplatz, sagt hallo und gibt mir die Hand mit jener freundlichen, nachlässigen Ungezwungenheit eines Mannes, dem nichts etwas anhaben kann, erstens, weil er eine Million hat, und zweitens, weil morgen alle gehenkt werden; das ist sein ganz besonderer, unvergleichlicher Charme.

Gehen wir, sagte er.

Und ehe ich mich's versehe, hält er in seiner einen Hand meinen Holzkoffer, dieses lächerliche Behältnis, das in einem entlegenen Tal zusammengezimmert wurde, wo keiner weiß, was ein Koffer ist, er, der mit einem Koffer aus weichem, gelbem, knarrendem Leder, das duftet, durch die Luft fliegt; er trägt meinen Plunder in sein blankpoliertes Auto, das wenige Schritte weiter am Gehsteigrand steht. Und ehe ich mich's versehe, bin ich selbst tief in den Sitz neben ihm gesunken; ein Handgriff, und der Wagen gleitet lautlos im Verkehr dahin.

Haben Sie keine Angst, sagte ich, daß die Stadt sieht, was Sie für ein dummes Huhn in Ihr Auto steigen lassen.

Ich werde immer mutiger, sagte er und schaltete in den Dritten. Bald bin ich ein Held.

Wir fuhren eine ganze Zeitlang schweigend weiter.

Wohin fahren wir eigentlich, sagte ich.

Zu einem Hotel, sagte er.

Ich, die ich diesen Sommer außer der kleinen Gudrun nichts dazugewonnen habe, sagte ich, woher, glauben Sie, soll ich das Geld nehmen, um in einem Hotel schlafen zu können. Um ganz ehrlich zu sein, weiß ich überhaupt nicht, was ich bei Ihnen in diesem Auto zu suchen habe. Ich glaube, ich bin verrückt.

Wie geht es Gudrun, sagte er.

Danke der Nachfrage, sagte ich. Sie wog neun Pfund.

Ich gratuliere, sagte er. Übrigens – und er sah rasch zu mir herüber, während wir um eine Ecke bogen: Ich glaubte, wir hätten uns geduzt.

Wollen Sie mich jetzt bitte aussteigen lassen, sagte ich.

Mitten auf der Straße, sagte er.

Ja, bitte, sagte ich.

Darf ich Sie nicht einladen, bei mir zu übernachten, sagte er.

Nein, danke, sagte ich.

Das ist eigenartig, sagte er. Ich werde immer eingeladen, über Nacht zu bleiben, wenn ich ins Nordland komme.

Er fährt langsamer, und ich sehe, daß wir vor dem Firmengebäude der Aktiengesellschaft Snorredda sind, er biegt um eine Ecke in einen Hinterhof, hält an, steigt aus, läßt mich aussteigen und schließt das Auto ab. Und ich war wieder abends mit einem Mann hinter einem Haus, nur brauchte man hier keine Angst zu haben, daß jemand droben hinter den Fenstern stand, und er geht mit mir durch eine kleine Hintertür hinein, eine schmale, steile Hintertreppe hinauf, deren bunt gemusterter Gummibelag so sauber ist, als wäre noch nie jemand daraufgetreten, und ich folgte ihm höher und höher hinauf, ich weiß nicht wie hoch, vielleicht bis über das Dach hinaus, es war wie ein Traum; vielleicht einer von diesen zweifelhaften Glücksträumen, die mit Atemnot und Alpdrücken enden; oder war es der Anfang davon, daß ich ein Mensch würde? Bis er mir eine Tür aufmacht, und ich stehe in einem kleinen Vorraum und sehe durch die halboffene Tür in ein Wohnzimmer hinein; mit Leder bezogene Möbel, ein Schreibtisch mitten im Raum, Bücher in Regalen, Telephon, Radio.

Wo bin ich?

Das ist mein Unterschlupf, sagte er. Hier ist das Badezimmer, dort eine kleine Küche. Hinter dem Wohnzimmer gibt es ein Kämmerchen, wo ich schlafe, aber heute nacht werde ich dir mein Bett abtreten und selber vor der Tür schlafen.

Und das Haus, frage ich.

Wo ist ein sich'rer Zufluchtsort auf dieser uns'rer Welt? sagte er und lächelte wehmütig über diesen Choralanfang.

Warum soll das nicht möglich sein, sagte ich.

Die gnädige Frau ist in Kalifornien, sagte er.

Und Apfelblut, sagte ich.

Ich habe sie auf eine Klosterschule in die Schweiz geschickt.

Und der Morgenstrahl von Jona?

Diese amerikanisch-smaländische Erlöserin hatte angefangen, mein Engelchen ständig mit einem Stock zu schlagen, weil es geflucht hatte. Deshalb habe ich die Alte entlassen, die Kinder anderweitig untergebracht und abgeschlossen. Seitdem ist das Haus zu.

Das Bad war rosarot gefliest, und das Wasser aus den heißen Quellen dampfte in der Wanne, die eine Wand war ein Spiegel vom Boden bis zur Decke; ich starrte gebannt auf dieses große, starke Frauenzimmer, das dort mit Milch in den Brüsten stand, und fürchtete mich davor, wieder meine Kleider anzuziehen und ein armes Mädchen aus dem Nordland zu werden, und tat alles, um möglichst viel Zeit zu vertrödeln. Schließlich hätte ich höchstens noch die Seife aufessen können, da ging ich hinaus.

Er saß in einem Sessel und las ein Buch und hatte Schinken und Ei gebraten und auf den Tisch gestellt, das Teewasser kochte in einem gläsernen Kessel mit elektrischer Schnur, der an seiner Seite stand. Er lud mich ein, in einem Sessel ihm gegenüber am Tisch Platz zu nehmen, und fing an, Tee zu machen.

Und ich starrte verzückt auf diesen Mann, das Abenteuer in Menschengestalt, den Mann, dem die Welt gehörte, nicht nur all der Reichtum, den man sich innerhalb der Grenzen der Vernunft wünschen konnte, der über all die Macht verfügte, die man in einem kleinen Land erlangen kann, und was ist der Unterschied zwischen einem kleinen und einem großen Land, wenn man von den Größenverhältnissen absieht; dabei hatte er sicher eine Seele, genauso wie die Pferde, die ihm einmal in einer göttlichen Vision erschienen waren: gesund, klug, schön, männlich, in der Blüte seiner Mannesjahre, jedes seiner Worte Poesie, jeder seiner Gedanken ein Vergnügen, jede seiner Bewegungen ein Spiel, in Wirklichkeit steht ein solcher Mann über allem Irdischen, ist ein Phantom in der Luft, wie sollen die Ideen eines erdgebundenen Armen in seinen Augen und Ohren etwas anderes als geschmacklose Witze und langweilige Faseleien sein?

Gibt es etwas Lächerlicheres als ein Mädchen aus dem Nordland, das kein Geld hat und sagt, es wolle ein Mensch werden? sagte ich.

Alles, worum du bittest, sollst du haben, sagte er.

Ich hatte immer noch keinen richtigen Appetit, aber ich trank den Tee, den er zubereitet hatte, und fand ihn gut.

Da wir gerade davon sprechen, sagte ich, woher stammen diese Worte?

Ich habe sie geschrieben, als ich die Wahrheit erkannte, sagte er.

Die Wahrheit, sagte ich.

Ja, kein Wunder, daß du lachst, sagte er. Du glaubst, ich sei Theologe geworden wie Jona, und habe zu hüpfen begonnen.

Man kann sich aussuchen, was die Wahrheit ist, sagte ich.

Ganz recht, sagte er. Der Glaubensheld sagt, die Wahrheit wird euch erlösen, und dann ist vielleicht die ganze Wahrheit, daß Jesus Christus in Bethlehem wirklich geboren wurde, was jedoch historisch nicht bewiesen ist; oder der unliebsame Mahomet, was hingegen bewiesen ist. Aber das meine ich nicht. Erinnerst du dich daran, daß ich letztes Jahr einmal über die Theorie Einsteins mit dir sprach, aber ich meine auch nicht sie, obwohl sie rechnerisch bewiesen ist; nicht einmal die einfache, unvergeßliche und unumstößliche Wahrheit der Volksschule, daß Wasser H zwei O ist.

Ich sagte, ich finge an, neugierig zu werden.

Ich meine die Wahrheit meines Ichs, sagte er und sah mich ohne Brille an: meiner Natur. Diese Wahrheit habe ich gefunden, und wenn ich nicht für sie lebe, ist mein Leben nur ein halbes; mit anderen Worten gar kein Leben.

Ich fragte, was ist deine Wahrheit?

Du, sagte er. Du bist meine Wahrheit; die Wahrheit meines Lebens. Deshalb biete ich dir alles an, was ein Mann einer Frau anbietet. Das meinte ich mit dem, was ich dir auf die Visitenkarte geschrieben habe.

Ich kann schwören, daß mir ganz schwarz vor den Augen wurde und ich die Besinnung verlor.

Siehst du nicht diese Fetzen aus Saudarkrokur, die ich trage, war das erste, was ich sagte, als ich wieder zu mir kam.

Nein, sagte er.

Ich kann keine Fremdsprache, nur ein paar Brocken Englisch, sagte ich.

Na und, sagte er.

Und ich spiele Harmonium, was an und für sich schon lächerlich ist, selbst wenn man gut spielt. Und ich habe mir noch nie die Nägel lackiert oder die Lippen rot gemacht, höchstens mit Fruchtsuppe; und du bist Frauen gewöhnt, die aussehen, als hätten sie schwarzes Ochsenblut getrunken und rohes Menschenfleisch zerkratzt.

Ja, genau all das habe ich gemeint, sagte er. Deshalb will ich ganz neu anfangen.

Aber wenn du eine oder zwei Nächte mit mir geschlafen hast, oder allerhöchstens drei, dann wachst du aus deinem Schlummer auf und siehst mich entsetzt an und fragst wie in einem Märchen: Wie kommt dieses Trollweib in mein Bett; – und schleichst dich vor Tagesanbruch von mir weg und kommst nie wieder.

Sag mir, was ich tun soll, sagte er, und ich werde es tun.

Ich schaute ihn an, solange ich konnte, dann sah ich auf meine Knie nieder; aber antworten konnte ich nicht.

Willst du, daß ich alles aufgebe: die Firma, den Wahlkreis, die öffentlichen Ämter, die Partei, die Kameraden, die Freunde – und wieder ein armer Akademiker werde.

Nie, nie könnte ich ertragen, daß du meinetwegen auch nur um ein Haarbreit erniedrigt würdest, sagte ich. Außerdem bin ich sicher, auch wenn du arm wärst, würdest du das bleiben, was die Gewohnheit aus dir gemacht hat, der, der du bist; und ich bin das, was ich bin, ein Kind vom Land, ein Dienstmädchen, eine aus dem Volk; nichts als die Sehnsucht danach, ein Mensch zu werden, etwas zu wissen, etwas selbst zu können, nicht für mich bezahlen zu lassen, selbst für mich zu zahlen. Wo sollte es einen Ort für uns beide geben?

Jetzt müßtest du eigentlich sehen, daß Patagonien gar keine so schlechte Idee ist, sagte er.

Gibt es ein Patagonien, sagte ich.

Das werde ich dir jetzt auf der Karte zeigen, sagte er.

Ist das nicht irgendein Barbarenland, sagte ich.

Als ob das nicht gleichgültig wäre, sagte er. Bald ist die ganze Welt ein einziges Barbarenland.

Und ich habe geglaubt, jetzt würde die Weltkultur beginnen, sagte ich. Ich glaubte, wir würden gerade anfangen, Menschen zu werden.

Der Versuch scheint mißglückt zu sein, sagte er. Niemand würde sich mehr einfallen lassen zu glauben, daß man den Kapitalismus retten oder womöglich zu neuer Blüte führen kann; nicht einmal mit der Armenunterstützung aus Amerika. Die Barbarei steht vor der Tür.

Ist der Kommunismus denn die Barbarei, sagte ich.

Das habe ich nicht gesagt, sagte er. Aber der Kapitalismus wird bei seinem Untergang die Weltkultur mit sich in die Tiefe reißen.

Auch Island? sagte ich.

Er sagte: Es gibt das feste Land und das Meer, die zwischen Ost und West aufgeteilt sind; und die Atombombe.

Ist Island dann ausgeliefert worden – dem Atomkrieg, fragte ich.

Er war plötzlich aufgestanden, drehte mir den Rücken zu, ging zum Radio und stellte irgendeinen Spanier ab, der auf der anderen Seite der Erde eine Rede hielt.

Es ist ein Kampf zwischen zwei Prinzipien, sagte er: Die Front verläuft durch alle Länder, alle Meere, alle Lufträume; vor allem aber mitten durch unser eigenes Bewußtsein. Die Welt ist eine einzige Atomstation.

Dann also auch Patagonien, sagte ich.

Es war ihm jetzt gelungen, irgendwo im Apparat leichte Musik zu finden. Er kam zu mir her, setzte sich auf die Armlehne meines Sessels und legte die Hand auf meine Schulter.

Mit Patagonien hat es eine ganz andere Bewandtnis, sagte er. Patagonien ist das Land der Zukunft mitten in der Gegenwart, das Land, das von Anfang an so gewesen ist, wie Europa und die Vereinigten Staaten einmal sein werden; eine Einöde, wo ein paar dumme Hirten Schafe hüten. Ich hoffe, du verstehst, daß die Welt, in der ich gelebt habe, verurteilt ist, und dieses Urteil kann nicht angefochten werden; und noch etwas: Mir ist es egal, es ist kein Verlust für mich, wenn ich mich von allem trenne. Du mußt entscheiden. Sag, was du willst.

## *Vierundzwanzigstes Kapitel*

### Der Hauptplatz vor Tagesanbruch

Nach kurzem Schlaf machte ich die Augen auf, die Nachtlampe verbreitete noch immer ihren matten Schein, und wie ich mich umsah, überkam mich ein tiefes Unlustgefühl, wie in einer Sandwüste. Wer war ich? Und dieser Mann? Ich schlüpfte vorsichtig aus dem Bett und zog mich leise an. Schlief er – oder tat er nur so, als ob er schliefe? Die Tür war offen und ich schlich hinaus, hinunter, in der einen Hand meinen Koffer, und zog meine Schuhe erst an der Haustür an; und gehe in der kalten Morgenbrise durch die leere Straße, die Stadt schläft noch.

Die elektrischen Lichter ersetzten die Sterne, nur daß sie keine Botschaft aus der Tiefe des Himmels überbrachten; diese Welt war ohne Tiefe; und ich war allein; so allein, daß mir selbst diese andere Seite meines Ichs, die Scham und Reue erweckt, abhanden gekommen war; ich war gleichgültig, und alles war belanglos: ein Mensch ohne Umgebung, oder besser gesagt, eine Frau ohne Dasein.

Und wieder stehe ich auf dem Hauptplatz, wo ich gestern abend stand, so erscheint das Anfangsthema wieder am Ende eines Musikstücks, nur in einer anderen Tonart, in anderem Rhythmus, mit ganz anderen Akkorden – und völlig entgegengesetztem Inhalt; in Wirklichkeit erkenne ich nichts mehr wieder – außer meinem Holzkoffer. Der Platz, wo es gestern von geschäftigen Menschen wimmelte, wo Tausende von mechanisierten Pferdestärken lärmten, ist leer und still. Ich setze mich mitten auf dem Platz auf eine Bank, müde.

Was ist los?

Nichts.

Ist etwas passiert?

Nein, es ist nichts passiert.

So führe ich ein langes und wahrscheinlich wichtiges Gespräch, vielleicht mit einer körperlosen Stimme, vielleicht mit einer Seite meines Ichs oder des Göttlichen, die seit langem verschwunden war, oder sogar nie existiert hat, bis ich schließlich aufblicke und sehe, daß mir schräg gegenüber ein Mann steht und mich anschaut.

Ich dachte, du weinst, sagt er.

Neinein, sage ich. Bin nur ein wenig müde; habe eine lange Reise hinter mir.

Nein, guten Tag, und herzlich willkommen, sagt der Mann. Bist du es wirklich, hier.

Nein, seh' ich recht, sage ich, denn das ist kein anderer als mein guter Bekannter und Mitschüler vom letzten Winter, der nicht schüchterne Polizist, dieser stämmige Mann, der die Dinge stets im Licht der Wirklichkeit sah, weil er einen so schweren Hintern hatte. Und ich stand auf, wie es die Frauen auf dem Land tun, wenn sie Männer begrüßen, und sagte: Schönen guten Tag.

Was machst du denn eigentlich hier, meine Liebe, sagt er.

Ich bin gerade erst in die Stadt gekommen, sage ich; von zu Hause.

Zu einer so merkwürdigen Zeit, sagt er.

Wir hatten eine Panne, sagte ich; sie brauchten so lang für die Reparatur. Wir sind erst jetzt hier angekommen. Ich will warten, bis es richtig hell ist, bevor ich Leute aufwecke.

Hör mal zu, Mädchen, sagte der nicht schüchterne Polizist. Wir trinken natürlich Kaffee bei unserem Professor, er ist vermutlich noch nicht im Bett. Und du erzählst uns etwas über die Musik im Nordland.

Erzähl du mir lieber etwas aus Reykjavik, sagte ich.

Ach, liebes Kind, sagte der nicht schüchterne Polizist, was soll man in solchen Zeiten schon erzählen; ein Kindermord auf der Straße ist nichts Neues mehr, auch nicht, daß Männer sich sinnlos betrinken, damit sie den Mut bekommen, ihre Frau zu verprügeln, jetzt heißt die Losung: Land verkaufen, Gebeine vergraben.

Ich sagte, ich wüßte darüber nur, daß die Götter mit zwei Kisten aus Reykjavik zu uns gekommen wären und gesagt hätten, es seien Gebeine; und während unser Pfarrer Leute für eine Beerdigung zusammentrommelte, ließ die Regierung die Kisten abholen.

Diese verflixten Götter, sagte der nicht schüchterne Polizist. Es geschah nämlich am selben Tag, daß die Gebeine aus Kopenhagen kamen und die Agenten den Vertrag verlangten; deshalb war das Parlament an dem Tag vollauf damit beschäftigt, zu verkaufen, und hatte keine Zeit, eine Feierstunde abzuhalten. Der Minister schickte einen Zettel zum Hafen hinunter und bat, man solle die Gebeine in seine Lagerhalle in der Firma Snorredda bringen, bis die Sitzung beendet sei. Tatsächlich dauerte die Sitzung bis in die Nacht hinein, denn die Kommunisten sind gegen den Dollar, deshalb konnten sie erst gegen Morgen verkaufen. Und in der Zwischenzeit haben die Teufel die Gelegenheit ausgenützt und die Gebeine gestohlen.

Und wir sind also verkauft? sagte ich.

Tja, wer hätte das gedacht, die Hoheitsrechte des Landes sind weg, das ist eben so. Reykjanes soll ein besonderer Rastplatz für Wohltätigkeitsexpeditionen auf ihrem Weg nach Osten und Westen werden.

Und wer hat ja gesagt? fragte ich.

Du bist kaum ein solches Kind, daß du danach fragen mußt, sagte er. Natürlich haben die Hurrapatrioten ja gesagt.

Die, die bei ihrer Mutter schworen? fragte ich.

Meinst du vielleicht, irgend jemand sonst würde unser Land verkaufen wollen? sagte er.

Und die Leute? fragte ich.

Selbstverständlich hatten sie uns bei der Polizei angewiesen, Tränengas und andere süße Sachen für die Leute bereitzuhalten, sagte er. Aber die Leute taten nichts. Die Leute sind Kinder. Man hat ihnen beigebracht, daß die Verbrecher im Gefängnis am Skolavördustigur wohnen, und nicht im Parlament am Austurvöllur. Sie werden vielleicht dann und wann schwach in diesem Glauben, aber wenn die Politiker oft genug geschworen und lange genug hurra gerufen haben, dann fangen sie wieder an, daran zu glauben. Den Leuten fehlt die nötige Phantasie, um Politiker verstehen zu können. Die Leute sind zu naiv.

Ja, ich wußte schon, wie es gehen würde, als sie im Sommer im Nordland anfingen zu schwören, sagte ich. Solche Kleinigkeiten können mich nicht mehr überraschen. Aber wenn ich schon das Glück habe, einen Bekannten wie dich zu treffen, möchte ich noch etwas fragen: Wie steht es mit der – nordländischen Handelsgesellschaft?

Weißt du das auch nicht? sagte er.

Ich weiß gar nichts, sagte ich.

Nicht einmal, daß er droben gelandet ist?

Wer ist wo gelandet?

Nachdem du noch nichts davon gehört hast, sagte er, glaube ich kaum, daß ich der rechte Mann bin, um dir Neuigkeiten zu berichten.

Droben, fragte ich weiter. Was heißt droben?

Am Skolavördustigur, sagte er.

Das Gefängnis, fragte ich.

Wir nennen es droben, sagte er; droben: dort, wo die Kleinen landen. Aber es ist noch nicht aller Tage Abend, Mädchen. Ich glaube, daß sich das einrenkt. Er hatte es tatsächlich geschafft, Zangen, der aus derselben Gegend stammt wie er, den Cadillac abzukaufen. Im Grunde hat er nur einen Fehler gemacht, und das, obwohl der Organist ihn und uns alle schon oft gerade davor gewarnt hatte: Wenn du ein Verbrechen begehen willst, dann mußt du dir zuerst einen Millionär anschaffen, sonst bist du eine lächerliche Figur; und gehörst nach droben; an den Skolavördustigur.

Und die Handelsgesellschaft, fragte ich.

Die hat es nie gegeben; und irgendwelche Waren auch nicht. Er hatte allerdings auch nie behauptet, daß er die Waren hätte, er sagte nur: Die Ware kommt bald. Und dann verkaufte er und verkaufte, alles was das Herz begehrt, und ließ die Leute gleich bezahlen. Und als er schließlich mit dem Geld in der Hand dastand und die Waren für seine Kunden aus dem Ausland einführen wollte, da ließ ihn Snorredda nicht an die nötigen Devisen heran. Und die Regierung, die ja auch Snorredda gehört, hatte den Beschluß gefaßt, daß junge, kleine Großhändler geschlachtet werden sollten.

Ich verstehe nicht, warum mir so seltsam in den Beinen ist, sagte ich und hakte mich bei ihm ein: Um ehrlich zu sein, war mir ganz schlecht und ich hatte ein Flimmern vor den Augen, als ob ich ohnmächtig würde, und ich bat ihn, einen Augenblick stehenzubleiben, und strich mir mit der freien Hand über die Augen, um diese unangenehmen Gefühle wegzuwischen.

Ich hätte nicht davon faseln sollen, sagte er.

Das macht nichts, sagte ich. Aber ich bin immer noch ein bißchen müde nach der Fahrt.

Dann gingen wir Arm in Arm über die Straße und hinter die Häuser; zu dem Haus; und ich erholte mich wieder soweit, daß ich sagen konnte: Ach, jetzt wo wir verkaufte Menschen in einem verkauften Land sind, ist da nicht fast alles egal.

Nun wollen wir sehen, wie es unserem Organisten geht, sagte der nicht schüchterne Polizist.

## Vor und nach einem Atomkrieg

Selbstverständlich ging es diesem Glücksmenschen gut. Er war mit seinen Blumen beschäftigt, hatte die Ärmel bis zu den Ellbogen aufgekrempelt, seine Hände waren voll Erde, er pflanzte Rosen, lichtete aus, schnitt welke Blätter ab, riß Unkraut aus, bereitete die Erde für den Winter vor. Verschiedene Pflanzen standen noch in voller Blüte, darunter auch einige von den Rosen. Aber wenn man sich umschaute, sah man, daß das Haus leerer war als je zuvor, das wacklige Harmonium war weg, das Bild an der Wand verschwunden. Von den Blumen abgesehen, war nicht mehr viel da, außer dem dreibeinigen Sofa, auf dem zu sitzen ein solches Kunststück war.

Einen schönen guten Tag, sagte der Organist fröhlich und munter inmitten seiner geliebten täglichen Arbeit, schon allein seine Nähe bot Schutz und Frieden: und seid willkommen.

Er wischte sich die Erde ab und gab uns seine warme Hand, küßte mich und hieß mich willkommen in den südlichen Gefilden, machte mir Komplimente und lachte mich an – bitte nehmt Platz, der Kaffee ist gleich fertig.

Wir schoben meinen Holzkoffer unter die Ecke des Sofas, wo das Bein fehlte, und setzten uns, und er lachte – über uns, weil wir uns auf ein so schlechtes Sofa setzten, und über sich, weil es ihm gehörte.

Und wo ist Kleopatra, sagte ich.

Kleopatra ist abgezogen, als meine Mutter starb, sagte er. Sie glaubte, sie würde vielleicht durch mich in schlechten Ruf gebracht. Wenn man es genau betrachtet, war Kleopatra schon immer ein wenig kleinbürgerlich, obwohl sie eine große Frau war; und Napoleon der Große ein großer Mann.

Napoleon der Große? sagte der nicht schüchterne Polizist verblüfft.

Sieh mal an, du kannst ja tatsächlich den Mund aufmachen. Du schaust schrecklich ernst drein, mein Lieber, sagte der Organist.

Was soll man in diesen Zeiten schon sagen, sagte der nicht schüchterne Polizist. Der Nation hat es die Sprache verschlagen. Wie Ugla und ich gerade vorher sagten, die Leute sind so naiv, daß sie nicht glauben, etwas Derartiges könne überhaupt möglich sein, das Volk ist nicht imstande, sich so etwas vorzustellen; und wir hatten gerade einen siebenhundertjährigen Kampf hinter uns.

Ist es indiskret zu fragen, wovon du sprichst, mein Lieber, sagte der Organist.

Land verkaufen, Gebeine vergraben, sagte der nicht schüchterne Polizist. Was sonst?

Was soll denn das, Kinder, sagte der Organist. Wollt ihr keine Helden haben?

Ja, sonst noch etwas, sagte der nicht schüchterne Polizist; Helden; das hat uns gerade gefehlt.

Ein Mensch, der für seine Sache alles aufs Spiel setzt, sogar seinen Ruhm, wenn seine Sache eine Niederlage erleidet, ich weiß nicht, wer ein Held sein sollte, wenn nicht er, sagte der Organist.

Dann ist Quisling ein Held, sagte der nicht schüchterne Polizist, denn er wußte von Anfang an, daß er nicht nur gehenkt, sondern auch nach seinem Tod von den Norwegern verflucht werden würde.

Goebbels hat zuerst seine sechs Kinder und seine Frau und dann sich selbst umgebracht, weil er sich nicht dem Osten unterwerfen wollte, sagte der Organist. Es ist ein Mißverständnis zu glauben, daß Heldentum etwas mit der Sache zu tun hätte, für die man kämpft. Wir Isländer, die wir die größte Heldenliteratur der Welt besitzen, sollten wissen, was ein Held ist; die Jomswikinger sind unsere Leute, sie führten noch lockere Reden, als sie geköpft wurden. Wir zweifeln nicht daran, daß in der Armee der Faschisten im Verhältnis genauso viele Helden waren wie in der Armee der Alliierten. Die Sache hat nichts zu tun mit dem Heldentum. Ich für meine Person bin der Ansicht, daß die isländische Nation während der letzten Tage Helden hervorgebracht hat.

Und wenn ihre Sache siegen sollte, sind sie dann trotzdem immer noch Helden? fragte der nicht schüchterne Polizist.

Sie wissen selbst am besten, daß das nie geschehen wird. Es ist noch niemals vorgekommen, daß die, die ein Land verkaufen, gewinnen. Die, die ein Land bewohnen, siegen. Man darf nur nicht das Heldentum, als einen absoluten Begriff, mit dem Ruhm des Siegers verwechseln. Nehmen wir Hitler, den Mörder Europas: Weder gegen Ende noch zu Anfang des ganzen Mordens kam ihm der Gedanke aufzugeben; er heiratete sogar, als sein Kopf schon in der Schlinge steckte. Der Gauner Göring gab nie klein bei. Manche glauben, Helden seien eine Art von Idealisten und gute Menschen wie ich und du, aber ich versichere euch, wenn wir einer solchen Ansicht huldigen, könnte es soweit kommen, daß alle die Millionen, die Hitler in seinen Öfen verbrannte, als Helden bezeichnet würden, oder sogar die hundert Millionen Frauen und Kinder, die in der Atombombe verglühen werden.

Aber wenn es diesen Helden nun gelingen sollte, alle Isländer umzubringen, sagte der nicht schüchterne Polizist. Eine Kriegsmacht braucht nicht lange, um aus einer Wohltätigkeitsstation eine Kernwaffenstation zu machen, wenn es sein muß.

Wir wissen, wie es Hitler ergangen ist, sagte der Organist. Menschen sind unsterblich. Es ist nicht möglich, die Menschheit auszurotten – in dieser Periode der Erdgeschichte. Es kann gut sein, daß ein großer Teil der Erdbewohner im Krieg für eine zweckmäßigere Gesellschaftsform umkommt. Es kann gut sein, daß die Städte der Welt untergehen müssen, bevor diese Gesellschaftsordnung gefunden wird. Aber wenn sie gefunden ist, wird die Menschheit wieder eine neue Blütezeit erleben.

Das ist ein schwacher Trost für Island, wenn wir beim Kampf der anderen um die Welt ausgelöscht und plattgewalzt werden, sagte der nicht schüchterne Polizist.

Island spielt keine große Rolle, wenn man die Gesamtheit im Auge hat, sagte der Organist. Isländer gibt es erst seit höchstens tausend Jahren, und wir waren immer ein eher unbedeutendes Volk; abgesehen davon, daß wir vor siebenhundert Jahren diese Heldengeschichten geschrieben haben. Viele Weltreiche sind schon untergegangen, und wir wissen nicht einmal mehr ihre Namen, weil sie nicht mit der Entwicklung

Schritt halten konnten, als die Natur sich eine zweckmäßigere Form suchte. Nationalstaaten spielen überhaupt keine Rolle, schließlich ist es ja auch ein junges und zugleich veraltetes Phänomen, Nationalstaaten als politische Einheiten zu betrachten; überhaupt Länder und Politik durcheinanderzubringen. Das Römerreich war kein Land, sondern eine bestimmte, bewaffnete Zivilisation. China war nie ein Land, sondern eine bestimmte, moralische Zivilisation. Die Christenheit des Mittelalters war kein Land. Der Kapitalismus ist kein Land. Der Kommunismus ist kein Land. Ost und West sind keine Länder. Island ist nur im geographischen Sinn ein Land. Die Atombombe löscht Städte aus, aber nicht die Geographie; Island wird also weiterbestehen.

Und du als gebildeter Mann kannst seelenruhig zusehen, wie sie alle Weltstädte, in denen die Kultur zu Hause ist, dem Erdboden gleichmachen, fragte der nicht schüchterne Polizist.

Ich habe immer gehört, Städte wären um so wertvoller, je mehr Ruinen sie hätten, sagte der Organist und lachte unbekümmert, während das Wasser im Kessel zu kochen anfing. Es lebe Pompeji!

Ja, und du willst vielleicht Unkraut wachsen lassen auf dem Schutthügel, wo London zusammenstürzte, und Algen in dem Tümpel, wo Paris versank, sagt der nicht schüchterne Polizist.

Warum nicht einen Rosenbaum, sagte der Organist; und einen Schwan auf dem Wasser. Die Menschen finden Städte um so schöner, je größer die Gärten in ihnen sind, so daß die menschlichen Behausungen zwischen Bäumen und Rosensträuchern verschwinden und sich in stillen Seen spiegeln. Aber der schönste Garten ist das Bauernland, es ist der Garten aller Gärten. Wenn die Atombombe bei dieser Weltrevolution, die jetzt vor sich geht, die Städte dem Erdboden gleichgemacht hat, weil sie der Entwicklung hinterherhinken, dann beginnt die Kultur des Bauernlandes, die Erde wird ein Garten, wie es ihn noch nie gegeben hat, außer in Träumen und Gedichten –

Und wir beginnen wieder, an die Pferde zu glauben, sagte das Mädchen aus dem Nordland, lehnte sich hinter dem nicht schüchternen Polizisten in das Sofa zurück und war eingeschlafen.

*Sechsundzwanzigstes Kapitel*

## Das Haus des Reichtums

Es war schon längst heller Tag. Mein Organist war dabei, nach der Arbeit mit Erde sein Wohnzimmer sauberzumachen, in Hemdsärmeln, mit Eimer und Schrubber. Ich wachte unter seinem Wintermantel auf.

Unglaublich, wie lange ich geschlafen habe, sagte ich.

Du hast dich selbst um den Kaffee betrogen, sagte er. Und jetzt ist bald Essenszeit.

Ich verstehe mich selbst nicht mehr, sagte ich.

Warum? sagte er und sah mich lächelnd an.

Ja, so an einem fremden Ort aufzuwachen, sagte ich.

Was ist nicht alles ein fremder Ort, sagte er. Wir sind alle Nachtgäste an einem fremden Ort. Aber es ist wundervoll, auf diese Reise gegangen zu sein.

Obwohl die Welt eine Räuberhöhle ist? sagte ich.

Ja, sagte er; obwohl die Welt eine Räuberhöhle ist. Was macht das schon?

Und obwohl das Land unter unseren Füßen weg verschachert wird? sagte ich.

Ja, sagte er; obwohl das Land unter unseren Füßen weg verschachert wird. Hast du etwas anderes erwartet?

Ich habe Milch in den Brüsten, sagte ich.

Geh hinein und mache dich ein wenig zurecht, bevor wir essen, sagte er.

Er war weggegangen und hatte eingekauft, während ich schlief, allerlei leckere, in Papier eingewickelte Sachen, ein Päckchen mit Ei, ein anderes mit Wurst, ein drittes mit getrocknetem Fisch, Butter, Quark, Sahne; und ein großes Päckchen, von dem ich annahm, es sei Käse. Wir saßen auf dem Küchentisch, baumelten mit den Beinen und ließen uns diese Leckereien direkt vom Papier schmecken.

Schließlich konnte ich mich nicht mehr zurückhalten und sagte:

Tja, jetzt sag mir einmal, was hat – mein Junge gemacht?

In unserer Gesellschaft gibt es nur ein wirklich gefährliches Verbrechen, sagte er: und das ist, vom Land zu kommen. Deshalb werden alle Städte der Welt einstürzen.

Aber er hatte eine Berufung, sagte ich. Etwas hat er sich dabei gedacht.

Ja, das ist etwas vom Schlimmsten, was einem Menschen vom Land passieren kann, sagte er. Zum Beispiel die Jungfrau von Orleans. Fangen doch plötzlich berühmte Heilige an, der Kleinen Befehle zu erteilen, während sie die Schafe hütet.

Aber sie hat Frankreich gerettet, sagte ich.

Das glaube ich nicht, sagte der Organist: Von Grund auf ein Mißverständnis. Historiker haben bewiesen, daß die Heiligen, die sprachen, Personen aus erdichteten Wundergeschichten aus Konstantinopel waren: Sogar Gott hat das Mädchen zum Narren gehalten, indem er es die Stimmen von Heiligen hören ließ, von denen er genau wußte, daß es sie nie gegeben hatte. Zu guter Letzt wurde die arme Kleine verbrannt – wegen eines Mißverständnisses. Nichts ist so gefährlich für Leute vom Land, wie auf himmlische Stimmen zu hören.

Wollte er vielleicht das Land befreien? fragte ich.

Oh, nein, glücklicherweise nicht, man soll ja nichts übertreiben, sagte der Organist. Dagegen hörte er eine Stimme vom Himmel, die einmal, als er beim Mähen ist, sagt: Wenn du ein Mann werden willst, dann reite sofort nach Reykjavik und werde ein Dieb.

Soviel ich weiß, kam er nach Reykjavik, um Polizist zu werden, sagte ich.

In der Edda heißt es, ein Mann soll mittelmäßig klug sein, aber nie zu klug, sagte der Organist. Er glaubte, er könnte die Methoden der Einbrecher am besten bei der Polizei lernen. Leute vom Land und Heilige, und sogar Götter, glauben, daß Einbrecher gut verdienen. Ich habe ihm letzten Winter mehrmals bewiesen, daß das ein Irrtum ist, Einbrecher verdienen viel weniger als die Männer bei der Müllabfuhr.

Und die nordländische Handelsgesellschaft, fragte ich.

Nun, selbstverständlich begriff ein so gescheiter und musikalischer Mensch schnell, daß Wertsachen viel zu gut verwahrt werden, als daß Leute vom Land sie an sich bringen könnten, indem sie nachts durch Fenster kletterten. Wenn man in einer Gesellschaft von Dieben stehlen will, dann muß man in Übereinstimmung mit den Gesetzen stehlen; und am besten selbst an der Formulierung der Gesetze beteiligt gewesen sein. Deshalb habe ich ihm unermüdlich eingeschärft, er müsse ins Parlament kommen, sich bei einem Millionär Rückhalt verschaffen, eine Aktiengesellschaft gründen und sich ein neues Auto kaufen, am besten alles auf einmal. Doch er war zu sehr Provinzler und hat mich nie richtig verstanden; und deshalb kam es, wie es gekommen ist. Er glaubte, es würde ausreichen, eine Schwindelaktiengesellschaft wie die nordländische Handelsgesellschaft zu gründen und mit einem Schwindelmillionär wie Zangen gemeinsame Sache zu machen, und ihm ein mehrfach gestohlenes Auto abzukaufen, doch es muß eine echte Aktiengesellschaft sein, und ein echter Millionär, und ein neues Auto, das diesjährige Modell, direkt aus der Fabrik. Mit anderen Worten, er hat alle technischen Details bei seiner Berufung falsch gemacht. Die Folge ist selbstverständlich die, daß er, der damit anfangen sollte, einen Sitz am Austurvöllur einzunehmen, am Skolavördustigur sitzt.

Kann man einen kleinen Mann, der die Gesetze nicht auf seiner Seite hat, retten, sagte ich.

Es ist immer schwierig, Leute vom Land zu retten, sagte der Organist. Die Strafgesetze wurden dazu gemacht, Verbrecher zu schützen und die anderen, die zu einfältig sind, um die Gesellschaft zu verstehen, zu prügeln. Aber obwohl die Tätigkeit unseres Freundes ihrer Natur nach an die kindischsten Verbrechen wie Einbruchdiebstahl erinnert, so ähnelt sein Vorgehen zum Glück so sehr dem allgemein üblichen Geschäftsgebaren, daß man sich fragt, ob es nicht für verschiedene unserer angeseheneren Männer eine Beleidigung wäre, wenn er verurteilt würde. In Wirklichkeit fehlen ihm nur knapp hunderttausend Kronen, um freizukommen.

Ich überlegte eine Weile, sah aber gleich, wie hoffnungslos und absurd das war: Mein Vater und meine Mutter sind schon alt, und ich bin sicher, selbst wenn man alles, was sie in ihrem ganzen bisherigen Leben verdient haben, zusammenrechnete, würde es nicht die Summe ergeben, die du genannt hast.

Findest du es nicht richtig, daß der Mann seine Ungeschicktheit und Eigensinnigkeit am eigenen Leib zu spüren bekommt, sagte der Organist. Kann ihn etwas anderes retten?

Ich hatte aufgehört zu essen und schaute durch das Fenster hinaus auf die verwelkten wilden Pflanzen um das Haus herum, doch bei dieser Frage drehte ich mich zu ihm hin und sagte, ohne nachzudenken:

Er ist der Vater der kleinen Gudrun, und ob er ins Gefängnis muß oder nicht, er ist mein Mann.

So ist das, sagte der Organist, ohne mich auszulachen. Ich wußte nicht, wie du über die Sache denkst.

Ich wußte es auch nicht – bis jetzt; heute; eben nach der vergangenen Nacht. Aber hunderttausend Kronen habe ich nicht.

Er lächelte vorsichtig und sah mich aus der Ferne an: Bui Arland, sagte er, unser Parlamentsabgeordneter und alter Hausherr, würde sofort einen Scheck über diese Summe ausstellen –

Ich warte lieber auf meinen Mann, bis er herauskommt, sagte ich.

Bui Arland ist ein sehr netter Bursche, wir gingen einmal zusammen zur Schule, ich weiß, er würde das sofort tun.

Bui Arland ist der herrlichste Mann im ganzen Land, sagte ich. Wer sollte das besser wissen als ich, die ich heute nacht mit ihm geschlafen habe.

Hör mal zu, Mädchen, sagte mein Organist. Sollen wir nach diesem Essen nicht Kaffee trinken; hier in der Tüte sind Blätterteigstückchen.

Ich mache den Kaffee, sagte ich. Du hast schon genug getan: viele Päckchen mit Essen gekauft, deine Blumen für den Winter fertiggemacht, den Boden aufgewischt. Aber hör mal, wo ist das Bild von unserem Skarphedinn Njalsson mit dem gespaltenen Kopf, alias Kleopatra die Schöne? Ich vermisse es wirklich.

Ich habe es verbrannt, sagte er. Ich habe vor, das Bild zu wechseln. Man braucht ab und zu eine Veränderung. Und du, meine Kleine?

Ich will mir Arbeit suchen und die Abendschule machen, sagte ich. Und wenn ich das Geld zusammengespart habe, will ich anfangen, Kinderkrankenpflege zu lernen.

Wir tranken den Kaffee und waren satt.

Tja, sagte ich dann. Ich danke dir. Jetzt will ich in die Stadt, um mir etwas zu suchen.

Geh nur deinen Weg, sagte er. Und möge es dir gutgehen. Und unser Freund am Skolavördustigur, – das ist beschlossene Sache, oder nicht?

Doch, sagte ich, das ist beschlossene Sache: Er ist mein Mann.

Dieser Organist, von dem die Leute annahmen, er sei über die Götter erhaben, wie die Götter über die Menschen, er, dem in Wirklichkeit die Frauen ferner standen als anderen Männern, und der doch der einzige Mann ist, bei dem eine Frau am Ende Zuflucht suchen kann – ehe ich mich's versehe, umfaßt er mit seinen schmalen Fingern meinen Kopf, beugt sich über mich und küßt mein Haar, ganz oben, genau in den Scheitel. Dann dreht er sich von mir weg und nimmt vom Küchentisch das Päckchen, das wir noch nicht angerührt hatten, und von dem ich geglaubt hatte, es sei Käse. Er wickelte es mit schnellen Handbewegungen aus dem Papier. Und da sind es lauter Geldscheine.

Bitte sehr, sagte er.

Ist das echtes Geld, sagte ich.

Kaum, sagte er. Zumindest habe ich es nicht selbst gemacht. Aber gib mir trotzdem deinen Koffer her.

Wie kannst du bloß glauben, ich würde das annehmen, sagte ich.

Na gut, meine Liebe, sagte er. Dann werfen wir es in den Ofen.

Er ging mit dem Packen Geldscheine ins Wohnzimmer hinüber und direkt auf den Ofen zu; ich zweifle nicht daran, wenn es nach ihm gegangen wäre, hätte er diesen Reichtum vor meinen Augen ins Feuer geworfen, sich dann mit kindlichem Lachen nach mir umgedreht; und dann die Sache nie mehr erwähnt. Doch ich lief ihm in den Weg, packte ihn an den Händen und sagte neineinein, ich werde es annehmen. Daraufhin reichte er mir den Schatz.

Allerdings nur unter einer Bedingung, sagte er, während er das Geld in meine Hände legte: Daß du nie jemandem sagst, woher du dieses Geld bekommen hast, weder solange ich lebe, noch nach meinem Tod.

Und während ich mich damit abmühe, dieses ganze Geld zu verstauen, rot im Gesicht und stumm, und mir am ganzen Körper heiß wird vor Scham, sehe ich plötzlich, daß er die schönsten Blüten von seinen Pflanzen abschneidet und zu einem Strauß zusammenlegt!

Wie gehst du mit deinen Blumen um, sage ich.

Er band die Stengel mit einem Stück Bast zusammen und reichte mir lächelnd den Strauß.

Das weiß ich, keine Braut im Land hat jemals einen schöneren Strauß geschenkt bekommen, sagte ich.

Ich bin froh, wenn du sie für mich ansehen willst, solange sie leben, und sie für mich verbrennst, wenn sie verwelkt sind, sagte er. Und lebe wohl; nett, daß du gekommen bist. Und einen schönen Gruß an unseren Freund.

Ein schmaler, zerbrechlicher Mann; vielleicht war er nicht gesund; als ich ihn umarmte und mein Gesicht auf seine Schulter legte, spürte ich, daß er ein wenig zitterte.

Doch als ich schon draußen auf den Steinen vor dem Hauseingang stand und er wieder hineingehen wollte, nachdem er mich zur Tür begleitet hatte, fiel ihm plötzlich noch etwas ein und er sagte entschuldigend: Ach, das hatte ich ganz vergessen, es hat keinen Sinn, wieder hierherzukommen und mich zu suchen. Ich ziehe heute weg. Ich habe gestern das Haus verkauft.

Wohin gehst du, sagte ich.

Dorthin, wohin die Blumen gehen, sagte er.

Und die Blumen, sagte ich. Wer kümmert sich um sie?

Blumen sind unsterblich, sagte er und lachte. Du schneidest sie im Herbst, und sie wachsen wieder im Frühling – irgendwo.

## Die unsterblichen Blumen

Als ich mit meinem Koffer und dem Blumenstrauß auf dem Weg zum Gefängnis am Skolavördustigur war, kam ich an der Domkirche vorbei, und ehe ich mich's versehe, befinde ich mich mitten in einer Beerdigung, gerade wurde der Sarg aus der Kirche getragen. Nach dem Pomp zu urteilen, wurde hier ganz sicher kein armer Schlucker begraben, denn soviel ich sah, waren die Größen des Landes, die ich im vergangenen Jahr vom Ansehen kennengelernt hatte, als ich ihnen nachts aufmachte, wieder hier versammelt, schwarz und weiß gekleidet, den Zylinderhut in der Hand, der Premierminister und die übrigen Minister, der Direktor des Schafseuchenschutzes, einige Parlamentsabgeordnete, Großhändler und Richter, der bleigraue, traurige Mann, der die Zeitung herausgab, die Bischöfe, der Direktor der Lebertranhärtung. Diese kleine Gruppe bildete einen Kreis um den prachtvollen Sarg, den die Vornehmsten dieser großen Herren trugen, vorne auf der einen Seite der Premierminister, auf der anderen Seite der bleigraue, traurige Mann, der die Zeitung herausgegeben hatte; dann kam ein gutaussehender, stattlicher Mann mit graumeliertem Haar und Adlernase, einer Hornbrille, die wie eine Maske wirkte, schneeweißen Handschuhen und einem Zylinder in der freien Hand, völlig zu Hause in dieser Mannschaft; wer? Konnte es wahr sein? Sah ich recht? Oder träumte ich immer noch – einen von diesen zweifelhaften Glücksträumen.

Alles, worum du bittest, sollst du haben – irgendwie hatte ich das nie richtig einordnen können, bis mir jetzt plötzlich wieder ein alter Spruch aus der Bibel einfiel, den ich als Kind gelernt hatte: All das werde ich dir geben, wenn du niederfällst und mich anbetest.

Das merkwürdigste an dieser vornehmen Beerdigung war aber, daß hinter dem Sarg kein Trauergefolge kam; wo waren jetzt Jugendvereine, Schulen, der Studentenverein, der Straßenkehrerverein, die Frauenvereine, der Verein der Büroangestellten, der Künstlerverein, der Reiterverein; nein, keine Leute, keine Angehörigen, keine Trauernden, sogar der Hund, der einstmals allein dem Genie der höheren Sphären gefolgt war, fand es unter seiner Würde, hinter dieser Beerdigung herzuschnüffeln. War es denkbar, daß jemand heimlich den Sargdeckel gelüftet hatte? Und was gesehen hatte? Portugiesische Sardinen? Oder sogar D. L. selbst; dann die Neuigkeit schnurstracks unters Volk brachte? Aber wer? Doch nicht schon wieder die Kommunisten.

Die gewöhnlichen Leute auf der Straße gingen völlig teilnahmslos ihres Wegs, schauten nicht einmal in die Richtung dieses Aufzuges. Doch ein Stückchen weiter stand eine Gruppe von Tagedieben und verhöhnte die Zylinderhüte, als sie mit ihrer Last vorbeigingen. Man konnte hören, daß sie den Nachruf des Atomdichters vor sich hin sangen:

Gefallen ist Oli Figur,
Verfinsterer des Volkes,
dieser Teufel aus Keflavik:
Er wollte Land verkaufen,
er wollte Gebeine vergraben,
schleimig wie eine Qualle,
er wollte einen Atomkrieg in Keflavik.
Gefallen ist Oli Figur,
Verfinsterer des Volkes,
dieser Teufel aus Keflavik.

Ich sah mich um, wie ich diesen Platz auf dem schnellsten Weg verlassen könnte, drückte meinen Blumenstrauß fester an mich und lief los. Was wäre mir das Leben ohne diese Blumen wert gewesen?

1947

## Anmerkung des Übersetzers

Halldór Laxness' Roman *Atomstation,* der im isländischen Original den Titel *Atómstödin* trägt, entstand kurz nach dem Ende des Zweiten Weltkrieges und handelt von den chaotischen Verhältnissen, die in dieser Zeit des beginnenden kalten Krieges in Island – genauso wie in fast allen westeuropäischen Staaten – herrschten. Das politische Ereignis, das im Zentrum der Handlung steht, gab auch den unmittelbaren Anstoß dazu, daß das Buch geschrieben wurde: Am 5. Oktober 1946 stimmte das isländische Parlament dem heftig umstrittenen und bekämpften Vertrag zu, durch welchen den USA der Flugplatz Keflavik für militärische Zwecke überlassen wurde.

Schon in den folgenden fünf bis sechs Wochen fertigte der Autor einen ersten Entwurf des Romans an; die erste ausführliche Fassung des Textes stammt aus der Zeit zwischen November 1946 und Juni 1947; eine gestraffte Version entstand im Sommer und Herbst 1947, und schließlich wurden zwei weitere Manuskripte angefertigt, von denen dann eines als Druckvorlage diente. Die erste gedruckte Ausgabe erschien 1948 in Reykjavik.

Die politische Brisanz des Buches verärgerte nicht nur viele Isländer, sondern verschreckte auch Verleger und Rezensenten im Ausland. Eine schon fest geplante Übersetzung ins Dänische wurde durch massiven Druck aus dem konservativen Lager verhindert; erst 1952 konnte eine dänische Ausgabe erscheinen – allerdings unter dem unverfänglicheren Titel *Organistens hus* (»Das Haus des Organisten«). Im selben Jahr erschien auch erstmals die schwedische Übersetzung.

Die erste deutsche Übersetzung erschien 1955 und ist nicht, wie im Buch selbst angegeben, aus dem Isländischen übertragen, sondern nach der dänischen und der schwedischen Ausgabe; der Übersetzer Ernst Harthern konnte gar nicht Isländisch. Der Umweg über eine dritte Sprache erklärt allerdings nur einen Teil der Ungenauigkeiten und Ungereimtheiten in dieser älteren deutschen Übersetzung. Der Übersetzer verfuhr insgesamt sehr frei, um nicht zu sagen selbstherrlich, mit dem Text seiner Vorlagen und war, da er die isländischen Verhältnisse nicht aus eigener Anschauung kannte, nicht in der Lage, Schilderungen des isländischen Milieus und verschiedene Stilmerkmale in der Sprache von Personen ins Deutsche zu übertragen.

Dazu kam, daß bestimmte, politisch besonders brisante oder für ein deutsches Publikum anstößige oder mißverständliche Sätze weggelassen wurden. »Die hundert Millionen Frauen und Kinder, die in der Atombombe verglühen werden« wollte oder konnte man im Jahre 1955 einem deutschen Leser genausowenig zumuten wie eine antisemitische Ausfälligkeit gegen Karl Marx oder den Satz »Wir zweifeln nicht daran, daß in der Armee der Faschisten im Verhältnis genauso viele Helden waren wie in der Armee der Alliierten.«

Die vorliegende Neuübersetzung folgt dem isländischen Originaltext nach der zweiten Auflage des Buches von 1961, und zwar so genau wie irgend möglich. Diese Bemühung um größtmögliche Nähe zur isländischen Vorlage betrifft nicht nur Umfang und Inhalt des Textes, sondern auch Satzbau und Zeichensetzung. Die langen, für Laxness typischen Aneinanderreihungen von Sätzen wurden beibehalten, wo immer es im Deutschen vertretbar schien. Ebenso wurde der Tempuswechsel beibehalten, der in der isländischen Literatur eine lange Tradition hat und durch den der Text etwas Unmittelbares, Spontanes erhält, was wir im Deutschen sonst nur vom mündlichen Erzählen kennen. Ein ähnliches Phänomen ist das Fehlen von Anführungsstrichen bei der wörtlichen Rede; es erlaubt dem Autor, fast unbemerkt zwischen direkter und indirekter Rede hin und her zu wechseln. Deshalb verzichtet auch die neue deutsche Übersetzung auf Anführungsstriche bei der direkten Rede. Entsprechendes gilt übrigens auch für die scheinbar inkonsequente Verwendung von Fragezeichen – manchmal sind Fragen durch Fragezeichen gekennzeichnet, manchmal nicht; auch diese Eigenart des Originaltextes ist in der neuen Übersetzung beibehalten.

Unnötig zu betonen, daß die Einteilung in Kapitel und Abschnitte genau dem Original folgt. Die isländischen Personen- und Ortsnamen sind meist in der originalen Form übernommen, wobei allerdings die Akzente weggelassen und die Sonderzeichen des isländischen Alphabets in der allgemein üblichen Weise ersetzt wurden (also zum Beispiel *Gudny* statt *Gudný* oder *Bui Arland* statt *Búi Árland*), übersetzt sind dagegen auffällig sprechende Namen, wie *Zweihunderttausend Kneifzangen* oder *Hafenstraße*. Die altnordischen Götternamen werden in der im Deutschen üblichen Form wiedergegeben *(Thor, Odin, Frey)*, der exotische Ortsname *Mikligardur* durch das im Deutschen übliche *Konstantinopel*.

Im Jahre 1955, als die erste deutsche Übersetzung von *Atomstation* erschien, wurde Halldór Laxness der Nobelpreis für Literatur verliehen, »für sein lebendiges episches Werk, das die große Erzählkunst Islands erneuert hat«. Von den zahlreichen Besprechungen, die damals bei uns über *Atomstation* geschrieben wurden, behandelte kaum eine das Buch selbst; fast alle Rezensenten interessierten sich nur für die Frage, ob der Verfasser Kommunist sei oder nicht. Heute, ein halbes Jahrhundert nach dem Erscheinen der isländischen Erstausgabe und zu einer Zeit, in der das Ende des kalten Krieges als eine historische Tatsache gelten kann, sind wir vielleicht eher dazu fähig, das Buch als Roman, das heißt als literarisches Werk, zu lesen und zu verstehen. Ich hoffe, diese Neuübersetzung trägt dazu bei, daß Halldór Laxness' *Atomstation* auch im deutschsprachigen Raum als das erkannt und geschätzt wird, was sie in Wirklichkeit ist: Ein wichtiges und noch immer aktuelles, vor allem aber sehr vergnügliches Buch aus einer Zeit, die unsere Welt und unser Leben bis heute prägt.

*Hubert Seelow*

HALLDÓR LAXNESS

**Sieben Zauberer**

Erzählungen
Aus dem Isländischen von
Hubert Seelow
stb 89, 144 Seiten, € 7,50

*

Die stilistische Meisterschaft von Halldór Laxness zeigt sich nicht nur in seinen Romanen, sondern auch und ganz besonders in seinen Erzählungen. *Sieben Zauberer* enthält realistische und mystische, bodenständige und exotische Geschichten über den hinkenden alten Thordur und die Entdeckung Indiens, über einen Napoleon Bonaparte und die italienische Luftflotte, die in Island, einem Land ganz ohne Militär, eine herbe Niederlage einstecken muß.
Große und kleine Welt, Alltag und Abenteuer begegnen sich in Situationen voller Witz und Ironie. Laxness erzählt in einer Mischung aus Weltaufgeschlossenheit und Fabulierfreude, sozialem Engagement und menschlichem Verständnis.

»Einmal lesen reicht nicht.«
*Süddeutsche Zeitung*

HALLDÓR LAXNESS

**Das Fischkonzert**

Roman
Aus dem Isländischen und mit einem
Nachwort von Hubert Seelow
stb 168, 272 Seiten, € 9,90

*

Alfgrimurs Leben hätte trauriger kaum beginnen können. Ein Vater steht nicht zur Verfügung, und die Mutter läßt den Säugling auf der Durchreise nach Amerika an seinem Geburtsort zurück: auf dem armseligen Hof des Seehasenfischers Björn. Dort wächst Alfgrimur in einer vollkommenen Welt auf, zwischen mittellosen Durchreisenden und kauzigen Dauermietern, zwischen den Versen und Chorälen der Ersatzgroßmutter und dem ewigen Gesang der alten Standuhr. Der leisen Schwermut, mit der die Geschichte einer Jugend erzählt wird, ist stets eine unwiderstehliche Situationskomik beigemischt. *Das Fischkonzert* gehört zu den erfolgreichsten Werken von Halldór Laxness.

»Der Roman gehört zu den schönsten literarischen Kindheitsbeschreibungen überhaupt.« *Rheinischer Merkur*

HALLDÓR LAXNESS

**Der große Weber von Kaschmir**

Roman

Aus dem Isländischen von Hubert Seelow

stb 169, 344 Seiten, € 11,50

*

Er ist egozentrisch, rücksichtslos und auf der Suche nach sich selbst. Island ist ihm zu eng und provinziell, in der großen weiten Welt leben junge Männer wie er inmitten von Ausschweifungen und leidenschaftlichen Debatten. Dorthin zieht es Stein Ellidi, auch er will zügellos leben und mitreden. Bevor er geht, verabschiedet er sich von seiner Kindheitsfreundin Dilja. Eine Nacht lang sitzen sie auf den Thingfeldern am Meer, und Stein entwirft ihr das Panorama seiner strahlenden Zukunft.

Ähnlich jung wie sein Held war der Autor, als er *Der große Weber von Kaschmir*, seinen ersten bedeutenden Roman, schrieb: 23 Jahre. Auch Laxness hatte sich in das wilde Leben gestürzt, war der Enge seiner Heimat entflohen, bevor er diese bunte, lebenssatte Geschichte eines Aufbegehrenden in Sizilien niederschrieb. »Wie jubeljung ist das! Im Platzkonzert des schwarzen Humors ein Fanfarenstoß des ästhetischen Immoralismus.«

*Süddeutsche Zeitung*